鲁 山 县
优秀文艺成果丛书

郭伟宁 主编

# 老树着花

袁占才 / 著

LAO SHU ZHUO HUA

中国文联出版社

图书在版编目（ＣＩＰ）数据

老树着花 / 袁占才著.-- 北京 ：中国文联出版社，
2022.2

（鲁山县优秀文艺成果丛书 / 郭伟宁主编）

ISBN 978-7-5190-4759-7

Ⅰ. ①老… Ⅱ. ①袁… Ⅲ. ①中国文学－当代文学－
作品综合集 Ⅳ. ①I217.2

中国版本图书馆 CIP 数据核字(2021)第 276954 号

著　　者　袁占才
丛书主编　郭伟宁
责任编辑　王素珍
责任校对　潘传兵
装帧设计　王熙元

出版发行　中国文联出版社有限公司
社　　址　北京市朝阳区农展馆南里 10 号　邮编　100125
电　　话　010-85923025（发行部）　　010-85923091（总编室）
经　　销　全国新华书店等
印　　刷　中煤（北京）印务有限公司

开　　本　880 毫米 x 1230 毫米　　1/32
印　　张　11.5
字　　数　235 千字
版　　次　2022 年 2 月第 1 版第 1 次印刷
定　　价　46.00 元

# 总　序

　　鲁山物华天宝、人杰地灵，是一方神奇的土地。

　　她历史悠久，文化底蕴深厚。"鲁"之地名，最远可以追溯至夏代。西周初，鲁山为周公封地，史称西鲁。这里秦汉年间置鲁阳县，后曾置广州、荆州、鲁州，唐贞观元年置鲁山县。鲁山是世界刘姓发祥地，境内有楚长城、汉代冶铁遗址、唐代鲁山花瓷瓷窑遗址和唐代大书法家颜真卿撰文并书丹的元次山碑等。鲁山还是中国墨子文化之乡、中国牛郎织女文化之乡、中国温泉之乡、中国长寿之乡、中华名窑花瓷之乡、中国屈原文化传承基地。

　　这片热土，文脉绵长。先秦时期墨家学派创始人墨子、唐代著名文学家元结、清代中州硕儒张宗泰、中原一步踏入中国新文学殿堂第一人徐玉诺，都来自这片热土的温润与滋养。

　　进入新时期，鲁山文学艺术事业蓬勃发展。依照中共鲁山县委《关于繁荣发展社会主义文艺的实施意见》，县文联组织带领全县广大文学艺术工作者，致力于创作无愧于时代、无愧于人民的优秀文学作品，创作了大量有筋骨、有道德、有温度的文艺作品，书写和记录人民的伟大实践、时代的进步要求，彰显了信仰之美、崇高之美，弘扬中国精神、凝聚中国力量，成绩可喜可贺。

　　县文联组织专家学者，选取近年来优秀文艺作品作为"鲁山县优秀文艺成果丛书"结集出版。希望此举能够进一步激励全县文艺家创作更多精品力作，助推社会主义文艺事业繁荣发展，为建设生态文化美丽富强新鲁山贡献文艺力量。

刘鹏

2021 年 11 月 9 日

# 自 序

　　算起来，这已是我第五本散文集。除了第一本《鲁山风韵》，博唐史专家马驰青睐溢美，第三本《尴尬人生》，得著名学者王培中抬爱谬赞，余皆自序。写了大半辈子，惭愧寂寂无声，少人锦上添花。这样也好，纸上耕田，褒贬由之。若要强奸民意，买些敷衍浮夸，非出人心，亦无必要。新娘出嫁，蒙块红布，穿上婚纱，花团锦簇的，然喧哗之后，揭开盖头，还是要看妍媸美丑。倒不如素面朝天，任尔评说。这一本，原是想简，哪怕无序无跋，开门就见南山。再一思忖，无首无尾，只有肉骨，缺乏灵动。罢了，还是缀上几言，做些题外说明吧！

　　我这人，念旧、守旧，混熟不混生，视老家为圣土，如歌如梦；视小县为精神家园，如诗如画。常记挂我那小村，父母亲邻，山野沟壑；常感怀古邑西鲁，风霜四季，山川秀美。我们脚下，虽非天子脚下，却也是皇天后土，有湝水尧山，更有蚩尤渔牧、刘累豢龙。家乡滋养我，山城滋润我。我的血液，我的DNA，由二者浸浸，我的写作，一直围着村转、县转。我写小村，写过往，不虚构，无粉饰，少风花雪月，多人生况味。

尤其，当我拂去尘埃，掀开史册，品故事陈酿，不饮而微醺，少啜而沉醉。我在史海丛中，吮吸采撷，钩沉云烟。我膜拜仓颉，想他以代结绳，察鸟兽蹄迹，书刻文字；我感念墨子，想他摩顶放踵，兴利除害；我追怀屈原，想他长歌放吟，辞悬日月；我景仰紫芝，想他素食淡餐，善政琴台。我目睹古瓷，见匠工纳巧，施千年绝技；我叹云海雾涛，叠嶂层峦；我抚今追昔，心潮激荡。华夏古邑，一方热土，文脉之深，风景之佳，怎不令人心骛八极，歌咏以赞。是故，我的文字，多以地方文化为泉，酿而化之。

遥忆年轻时作文，如初生牛犊，不知天高地厚。那时没电脑，手写了，约略一改，底儿也不留，就往外寄，寄的是《人民文学》《人民日报》。屡寄不中，心下怨恨编辑，不是慧眼，不识珠玑。下移至省，省也不中，心绪收拢至市。几十年过去，越写越怯，越写越怕，怕人哂笑，不过尔尔。奈何功底浅薄，天分如此。是故，近年，对大报大刊，心存敬畏，已少非分之想。有几篇入了文选，那是瞎猫乱撞。文学这东西，亦如嗜酒嗜烟，一旦染上，想戒也难，年轻时爱，到老更爱，痴情专一，一爱到底。我在1998年出过第一本集子后，就曾决心辍笔。写作太苦，说里面有"黄金屋""颜如玉",都是骗人的,我辈不可及也。要写,只会写出血压高、血糖高,写潦倒。心下明白,却还是按捺不住。果不其然,写得血管硬化,冠脉堵塞,险些要命。退职后,想做徐霞客,周游一番,然囊空不说,受不了颠簸;想学五柳先生,却觅不到好的园田……似乎只有捉笔,才打发得了时光。这本集子,是我赋闲三年的心血,大多在报上发过。报上用,千字而已,我呢,一诌就长,那就任编辑们删吧,佩服删得都妙。如今结集,敝帚自珍,把删丢的,又拾了来。

书名《老树着花》,取自古诗"老树着花无丑枝"。省后三字,留点空白,让你想,这老树,能开出什么花呢?这古县,能焕出什么彩呢?

出一本书,不单作者之功,凝着多人心血。没有大家抬爱,难以付梓。吾铭记在心,恕不具名。笔力不逮,舛误多矣,敬希见谅,翘盼赐正。

# 目　录
*CONTENTS*

## 第一辑　心香一瓣

柞坡碧海话山蚕　　　　　　　　*003*

岭上开遍映山红　　　　　　　　*008*

度春荒的野菜　　　　　　　　　*013*

温情的腊月　　　　　　　　　　*015*

人生磨难听唱戏　　　　　　　　*020*

话说"新新词语"　　　　　　　　*025*

报　缘　　　　　　　　　　　　*029*

蹲　守　　　　　　　　　　　　*033*

泥器之涅槃　　　　　　　　　　*037*

说"惹翻"　　　　　　　　　　　*041*

归园田居雅趣　　　　　　　　　*044*

亮　宝　　　　　　　　　　　　048

以"艺"战疫　　　　　　　　052

浅论豪横　　　　　　　　　　056

仙凡情缘话七夕　　　　　　　060

牛郎织女前世有缘　　　　　　069

心香一瓣到瑶台　　　　　　　074

穿越时空的爱　　　　　　　　081

## 第二辑　往日情怀

月黑大雁怎飞高　　　　　　　　　087

七夕之美　　　　　　　　　　　　090

香囊之香　　　　　　　　　　　　095

话说牛崇拜　　　　　　　　　　　099

古路沟　　　　　　　　　　　　　104

说照相　　　　　　　　　　　　　109

烟熏火燎忆拾柴　　　　　　　　　114

借上一借　　　　　　　　　　　　119

由书荒到书盈　　　　　　　　　　124

父亲的农耕　　　　　　　　　　　129

一位老人的爱国情怀　　　　　　　133

老牛奋蹄剪晚霞　　　　　　　　　138

琅琅佳句颂党恩　　　　　　　　　142

丹心一片著华章　　　　　　　　　149

## 第三辑　老树着花

城市的品位　　　　　　　　163

鲁山几大"怪"　　　　　　167

漫说鲁山特色美食　　　　　173

乡情一抹搅锅菜　　　　　　179

一个人的说唱　　　　　　　183

评书大家情系民间艺人　　　196

桃树着花无丑枝　　　　　　200

香菇梦　　　　　　　　　　207

问渠那得清如许　　　　　　214

# 第四辑　乡韵悠长

文化名片耀鹰城　　　　　　　　　　225

乡韵悠长　　　　　　　　　　　　　230

"鲁阳挥戈"语词多　　　　　　　　238

墨子止鲁阳文君攻郑　　　　　　　242

墨子与鲁班四次比巧　　　　　　　247

恨我不识元鲁山　　　　　　　　　252

忍俊不禁的夸张诗　　　　　　　　257

# 第五辑　活态标本

中原农耕文明的活态标本　　　　269

盘根究底话墨子　　　　284

屈原文化在鲁山　　　　298

唐《难元庆墓志》的发现与研究　　　　314

鲁山温泉蕴古风　　　　327

红军过鲁留文物　　　　340

英烈寂然长眠　　　　346

# 第一辑 心香一瓣

爱情是亘古不变的主题。每个人都企求完美的爱情，但很多人的爱情却并不完美，于是就演绎出无数的悲情爱情传说故事。其中又以牛郎织女的爱情故事最为典型。又一个七夕节将临，天人合一，暑消秋长，不免让人思绪万千，心香一瓣缥缈到瑶台之上……

# 柞坡碧海话山蚕

　　中原地区养柞蚕的地方，只在豫西两个紧邻的县：鲁山与南召。这两个县，适宜放养柞蚕的山坡达百万亩，被誉为"柞蚕之乡"。我生在鲁山，听养蚕事，睹喂蚕景，感到这柞蚕比桑蚕难养许多，它身上充满了神奇与神秘，简直是一种神虫。

　　这世上的生物链，虫子吃草吃肉、吃蔬菜吃庄稼，但吃树叶的却不多。作为昆虫之一种，桑蚕独食桑叶，柞蚕呢，唯喜柞叶，其他一概排斥。柞即栎。嫩生生的栎叶，是柞蚕的美味佳肴。是柞树叶子里的什么物质让蚕儿一代代不改初衷，如此喜爱呢？说不清楚。

　　柞蚕的个儿，比桑蚕要大，食量当然也大，吃叶子多，无法在室内喂养，需放它到山上的栎墩里。它才能吸纳天地之精华，任性生长，吐丝结茧，所以柞蚕又叫山蚕。

栎树抱团成片，领地在浅山丘陵区。栎树长大长老，长成了橡树。柞栎橡，称谓不同，实乃一种树，正如一个人，有乳名，有学名，有字号也。蚕农们为养蚕，不待栎树长高，就掂了锯斧，把枝干锯了砍了，砍得齐腰深，成栎墩子。栎树的根，虬曲盘旋，扎入山体，耐旱耐涝，越砍越旺。栎墩发芽，嫩莹莹，鲜碧碧，风一吹拂，叶面翻卷，一浪青一浪白。在这"波翻浪涌"的蚕坡里，空中鸟儿飞叫，叶间蚕儿栖息，墩下虫兽藏身，蚕农游走其间，情生景动，是一幅多彩的画卷。

然而，蚕农日日里辛苦操劳，却体会不出任何诗意。

农谚："麦熟一晌，蚕老一时。"六一前夕，麦收将毕，正是柞蚕结茧之时，受友人之邀，前往豫西鲁山下汤蚕场参观。时至午后，太阳正毒，蚕农们依然在蚕坡里穿梭忙碌。有两位蚕农在仔细拣拾老蚕，我们询问何故？蚕农言说这是老蚕蛹，受了伤害，不会做茧了，干脆拣出来卖掉换钱。我们看拣出的所谓老蚕蛹，与挂在栎叶上的蚕，一样金灿灿的，问区别在哪？蚕农并不多作解释，却透出一脸神秘，说："你们辨不清，俺一眼就认出来了。"

我们饶有兴趣地看一只只柞蚕，黄澄澄，明闪闪，实在惹人喜爱。它通透柔软，趴在叶上，不停蠕动，啃食栎叶。嘴过处，一道锯齿。蚕农说，任凭栎墩再茂密，三五天，它就啃它个净光。一看没了栎叶，可不敢让蚕宝宝饿着，蚕农们就赶快拾蚕转场，把蚕拾到顶筐里，甚而连栎枝剪下，用头顶着，移至新的蚕坡，把蚕撒进栎丛。从蚁蚕到收茧，养一季蚕，要转场移坡至少五次。在山野清虚安谧时，俯耳倾听，蚕食之声，"沙沙"一片，简直天籁之音。蚕农与蚕相依相偎，柞蚕是通灵性的：天气太热温度过高，它会藏在叶下避暑；下雨时趴到柞叶上争喝雨水，说明雨下不大；要是争相往粗枝上躲爬，可能要刮大风。怪不得，鲁山早有传说，说这柞蚕原是天上的虫儿，是织女与牛郎成亲后，看凡间过于辛苦，就从天庭携来这一种虫儿，教人喂养以抽丝、织绸。织女在天上织的是五彩云锦，携下来的也是五彩虫儿。我就见过五彩柞蚕：绿的绿如翡翠，白的白润如玉，青的青似玛瑙……城里孩子一见，惊呼不已。

只是，蚕农放养的蚕，仍以金黄色居多。

这等尤物，肥嘟嘟，胖乎乎，娇嫩金贵，吐出来的丝，做成被子盖身上奇暖，织成绸缎，穿身上光彩照人，有谁不爱呢？

说话间，几只黑白相间的花喜鹊喳喳叫着，尾巴一翘，斜刺里，冲向蚕坡。一位戴着草帽的老蚕农看见，猛地站起，双手拍掌，扯喉大喊；又一蚕农紧跑几步，从身旁纸箱中，摸出一个二踢脚两响炮，用烟点燃，手一松，随着"嘭啪"两声，二踢脚在空中炸响。花喜鹊惊慌飞去。

蚕农介绍，每天一早，天蒙蒙亮，人睁开眼睛，就开始了忙碌，一天不离蚕坡，晚上也宿到了蚕庵里。回家住，总害怕夜间蚕儿有啥闪失。养蚕忙就忙在赶鸟兽、转蚕场。鹰鸥隼鹞，鼠狼狐蛇，皆嗜蚕，可以说，天上飞的，地下跑的，都是蚕的天敌。其中，又以鸟害为最。俗话说，早起的鸟儿有食吃，鸟儿一大早醒来，就从四面八方赶过来叼蚕充饥。提起鸟儿，蚕农们心情不是喜，是恨，恨得咬牙切齿。尤恨者，一种白头喜鹊，个体不大，吃饱了还啄，专啄蚕头，把蚕啄死，存心祸害人呢。

鸟一怕人，二怕响。围绕驱鸟，蚕农们做足了文章，想尽了法子：扎草人，竖旗帜，甩响鞭，放炮仗，扯暗网……以驱为主，以逮为辅。被逮的鸟，多因心贪性急，一头扎进网眼儿，越扑棱，陷得越深，轻者被关进鸟笼失去自由，重者丢却性命。

柞蚕儿几眠几蜕，几经裂变。先由卵孵虫，后茧内作蛹，再化蛹为蝶；由黑变黄，由黄到褐，能爬能飞，能蛰能动。几种形态，几移容貌。它奇特的生命律动，呈现出五彩绚烂的光环。吐丝结茧时，它先是把体内的污垢排净，然后在两片柞叶间，以自身为圆点，不惜束缚自己，一口气吐出上千米的银丝。在茧内，它反反复复，颠倒腾挪，缠绕涂抹，唯恐厚薄不均，直到力尽，才沉沉睡去。待力量蓄满，化蝶破茧时，口中吐一种溶酶，把坚固的茧壳溶出一个孔洞飞出，这才完成了华丽转变。

柞蚕的蛹、蛾富含蛋白，具补肾壮阳之功效，可药用，可食用，所制糕点、罐头、药酒就有 40 多种。任凭别人怎么煎炸烹炒蛹蛾，蚕农们却很少尝鲜。何也？这一神虫伴随在蚕农身边结茧吐丝，他们认为蚕儿功高盖世，心生敬畏，若是吃了，岂非暴殄天物？

古诗曰:"遍身罗绮者,不是养蚕人。""青青小麦下镰迟,小姑忍泪卖新丝。"蚕农艰辛养蚕,为的是养家糊口。好年景,风调雨顺的,收获不菲,苦有所值,蚕农笑意荡在脸上;怕就怕灾年,天热雨多,兽侵鸟叼,七折八损,十收二三,不堪言也。所以,蚕农多用不起源于自家所养之丝品,再一层,也是不忍心穿在身上啊!

追溯起源,鲁山在周代已开始养殖柞蚕,鲁山属楚,孔子适楚,曾与林中养蚕人对话。丝绸之路上,骆驼驮载的主要特产,就有来自鲁山的柞丝绸。明清时,瑞士好士门公司十二代人专营鲁山柞绸。1915 年,万国博览会上,鲁山柞绸一举夺魁,荣获金奖。晚清小说《老残游记》、姚雪垠小说《李自成》中,均有对鲁山柞绸的特别描述。清代光绪年间,鲁山立碑建章,把保护蚕坡、点橡植柞、发展柞蚕作为政令颁布,有偷伐栎梢柞墩者,不送官究办,也要被蚕农们吐唾沫淹死。新中国成立至今,鲁山一直设蚕业局,专司帮扶蚕农养蚕之职。如今,脱贫攻坚,县里对蚕农帮助力度更大,蚕籽、技术、资金都予以支持,还给蚕农们买有保险。

我期盼着有朝一日,人人都能穿得上这无数柞蚕丝织成的绫罗绸缎。

# 岭上开遍映山红

时已是四月春老。正遗憾繁花落尽，人们陡然发现，在豫西的深山里，漫山遍野，一种俗名叫映山红的花儿，抓住春的尾巴，恣意地绽放了。

逮了这截春尾，借了这花开，鲁山西陲，有个叫四棵树的乡，热热闹闹，办起了杜鹃花节。

按照往年，凭着鲁山的美丽，在这样一个季节，各个乡镇村庄，依了自己的优势办节的多了去了，诸如连翘节、桃花节、梨花节、油菜花节……引得城里人可劲儿奔来。今年是一概减了。

获悉消息，当天，我戴着口罩，迫不及待赶了去，要一睹杜鹃花之芳颜。

杜鹃花也即映山红。我总觉着，平日里叫杜鹃花别扭、外道，不如"映山红"说着随意、顺耳；好比我见儿时的同伴，喊他学名，就远不如叫他乳名亲切。也可能缘于电影《闪闪的红星》中"夜半三更盼天明，寒冬腊月盼春风。若要盼得红军来，岭上开遍映山红"这几句歌词吧。快半个世纪了，这词，一直在我脑子里回旋；还有那烈焰般的映山红画面，也定格到现在，挥之不去。

再往深处想，这种花，若要移栽入公园，嫁接到城里，一棵一棵的，开花再多，叫它杜鹃，似乎还算妥帖。而在这高寒地带，大片大片的，却是相依相偎，簇拥丛生，蔓延出一种气势，灿烂出一片辉煌，还是叫映山红的好。

开幕式设在平沟的后山。当然，一乡里，就数这儿的杜鹃花最好看。听村名，你绝对想象不到，它是栖息在高山的一个村子。小车一路向上，左盘右旋，把司机吓得胆都缩没了，这才爬到山顶。山顶别有洞天。人多以为是进了世外桃源，但分明路铺柏油，楼舍掩映，村貌整洁；只是没有阡陌，少见桃树，多见森林。这里，海拔一千多米，暴雨最多，气温最低，夏天凉爽，冬天却又冷得出奇。先前公路不通，村民一年里难得下山一次，杀一头猪没法运下山卖，只好腌上，可吃一年。

乡村之美，已是今非昔比了。

县长宣布杜鹃花节开幕，我们随同人众，登上村后的山岭上看。但只见，几条山岭，密密匝匝，一簇簇，一丛丛的映山红，打着朵含羞半开的，敞了怀喜笑颜开的，都在无所顾忌，各呈姿态，展露芳容。浅红深红的多，淡白粉紫的少。飞花万点，姹紫嫣红，几与云霞对接。说热烈，热烈得浓艳；谈活泼，活泼得汪洋；论坦诚，坦诚得无遗。在映山红花丛中穿梭，人是做了点缀，只感觉自己暗淡无光。我奇怪，它怎么避离人群，独独在这瑰伟奇险处，抒发豪情，吐纳心曲，让人眼前一亮？也难怪，山里老百姓，亦如我者，鲜有文绉绉叫它杜鹃花的，都习惯叫它映山红。不少人吐字重，又异化成了照山红。

可不，这花把一面面山体都照红了。

这时节，花褪残红。在人间，在平原，所有的花儿，都撤了喧闹，复归平静，唯映山红却在大山深处烂漫。是天然的狂放，它在追求个性的洒脱，还是它在为春天做最后一件嫁衣？

南疆北土，杜鹃都能落地生根。但不同的地方，人们对杜鹃爱恋有加，叫法也大不相同。有少数民族人称它"麻雅王""索马花"的，甚而还选择在它开花时，载歌载舞，举办"插花节""火把节""跳花节"；朝鲜族人美其名曰"金达莱"，而西藏同胞则又亲切地喊它"格桑花"。不管叫它什么，都想借它的花，喻自家吉祥幸福，盼日子红火美好。这些个名字，无论雅俗，听上去，我都觉着舒服、有韵味。我感叹，这山野之花，不管它有百千品种，在老百姓眼里，怎么竟会不约而同，给它一样的赞美？！

想来，全在于映山红的气质和风韵。它骨子里并不粗鄙。它不选择在庭院公园里招摇。它从不拜倒在城市的石榴裙下。它虽落地生根，却挚爱大山，只把热情奉献给重峦叠嶂，只把纯真泼洒给高山旷野，只把心声向大自然吐露。它扎根的地方，海拔多在千米，浅山丘陵处也有，但都星星点点的，形不成霞光，给不了人们以视觉的冲击。而且，它们多生在山腰之上，少有苟且在沟底的；即便偶有在沟底屈身的，也长不强壮，开花也开不了轰轰烈烈，开出来也没几人去看。

我终于明白，像青松一样，它的扎根是有选择的。它原本就属于山顶上的一种花儿。它扎根的地方，是石的筋骨，腐的土质，疏松透气。在这里，它能栉风沐雨，能吸纳日月山川精华，能敞开胸怀。它不怕平时遭受冷落，只在乎绽放时的如火如荼。无怪乎有人说，映山红是沾了仙气的花儿。由花推人，在城市的大街上，芸芸众生，熙来攘往，匆匆忙忙，有几个清新脱俗？人啊，若能像映山红一样，把根牢牢扎在山岩之间，经霜历雪，岂非也不惧坎坷、耐得了严寒？

古人写杜鹃花的诗不少，但翻出新意的不多。倒是我一个朋友，叫李长兴的，他吟咏杜鹃的两首小诗，颇有些味道。诗曰：百花挤园圃，君独隐葱茏；暮春千山碧，请看万点红。又曰：悬崖岩隙中，寸草几不生；几簇红杜鹃，灿灿笑春风。

最能为杜鹃的品格作注的，还是它的根。它的根须细长，密如蛛网，可扎进山体数米。也难怪它耐旱，生长力顽强旺盛。那根虬曲盘旋，苍劲古朴，形神凸现，拙而有灵。艺术家们发挥想象，把龙一样古怪的裸根，看作鸟兽虫鱼、人间万物，稍作打磨，制成根雕，置于案头，观赏把玩，不期然，就与大自然发生了共鸣，产生了碰撞。

山里人原是没几人认识到杜鹃的价值的。它那材质，当不成栋梁，拿来烧柴，火苗也不旺。多少年，映山红寂寞无主，仿佛被人遗忘似的，任人折任人刨。想不到，一说要办杜鹃节，村人意识提高，把它当作了宝贝。花棵繁盛处，村民们挂了很多保护牌，上写"盗挖杜鹃，闭关 7 天，罚款 5 千"。一名游客欲折上一枝，立马就有人上前制止。

杜鹃的花期是比较长的，从开到败 20 来天。有兴趣的朋友，不妨趁了五一长假，赶快来看看吧。

# 度春荒的野菜

　　我所住之地儿，乃一旧区，出胡同一拐，即大路口。这里，城乡接合，鸡犬声闻。一年四季，日还未升呢，路的两边，不少人，沾满泥土，急匆匆地，由乡间赶来，从自行车篓里，从三轮车斗里，从摩托车筐里，卸下从地里新割的、新摘的、新薅的，盈满露水的鲜菜、鲜果、鲜物，清亮亮，绿莹莹，嫩生生，摆放齐整，一溜排开。人在一旁，或蹲或站，等待买主。这些时令果蔬，皆为自产，量不大，自家吃不完，就拿来卖。待到日头升上来，露水照下去，卖得差不多了，嘀铃铃，咣当当，又各各奔了东西南北。

　　这集就叫露水集，一晃号。可方便了这儿的居民。

　　今春，我发现，这集市上，除了卖鲜菜的，卖野菜的格外多，像是把春打节撷来，作以展示。前些年，街上亦有人卖，却是寥寥。去春，新冠肺炎疫情严重，街头清冷，青菜几无，更甭提有野菜卖了。今年卖野菜的，竟超过卖家常菜蔬的。卖的人多，买的人也就多，有时，一个摊位前，人扎堆围拢，生怕买不到。价钱不贵，都想尝鲜。真是兴啥啥不丑。随着春浅春深，鹅黄半匀，花开次第，那些菜摊上，依次有茵陈、灰灰菜、刺角芽、苦地丁、荠荠菜、婆婆蒿、蒲公英、春棒棒、榆钱儿、香椿、泡桐花、洋槐花……多了去了，数都数不过来。这些花草，岁岁荣枯，春风一吹，便铺陈开来。它们原是贫苦年月，缸中无米，囤里无粮，无奈之下，勉强果腹，权度春荒用的，现今摇身一变，竟成"尤物"。那榆钱儿，由浅绿，到碧翠，一串串，如钱串儿，相依相偎，可生吃，可拌面蒸吃。蒲公英俗名黄黄苗，早年间，不知两物乃一物，感冒发热，医生嘱咐，让到药铺包蒲公英，熬茶饮用；家中没钱，就到野外，刨来黄黄苗卖了，复又到药铺包来黄黄苗。春棒棒、泡桐花等树头菜，非经滚水焯过不能食用。更多野菜，或凉拌，或热炒，或蒸煮，味道虽有清苦，却又分外爽口，好吃得很。

隔三岔五的，我都会买了些时令的来。摆上餐桌，仿佛摆的是整个春天。

如今，人人脱贫。都生活在蜜罐里，凭着春天再漫再长，也无春荒发生了。吃野菜，倒成了调节、品味，我们品的，正是它的清新与微苦啊！

# 温情的腊月

　　季节的威力越来越明显。风愈加寒冽，仿佛知晓自己逞凶的时日将尽，有些变本加厉的味道；河也只在冰下暗流；枯树和村庄都成了凝静的风景，像充满哲思的老人。太阳难得活泛，有时几天都不露脸，把偌大个天空交于阴沉沉、灰蒙蒙的颜色来涂抹，高兴起来，又是几天暖暖的，让久病的人感觉日子还有盼头。而雪的精灵总想在某一个静悄悄的夜晚潜入人的梦中，待早晨推窗看时，好给你个惊喜，但今年，这样的惊喜仿佛成了奢望。翻开日历，已进入农历腊月，节气只剩了大寒；六九梢头的立春，竟然守候在了春节之前，心下明白，春节，一步步地逼临了，春天，一步步地逼近了。不管天气再怎么不好，心情得慢慢好起来。

　　田里的活，已不多了。如今，日子叠进岁月，即便焦麦炸豆，也忙不到哪里去了，都是机械化、半机械化收种；平常日子，地里人也并不多，况这腊月，田野更显空旷。几只鸟，豆子般一点儿，浮在枯枝尖上，打着瞌睡。一地麦裸，正把身子抱紧了，蹲进土里去，出地的麦苗，在风中摇晃，任着一群又一群牲畜疯啃，似乎无关痛痒。坡坡岭岭上，是留的春地，经了一冬的干晒，老牛拉犁，才把这碗大的土坷垃翻出，只等了腊月里有场雨雪冻酥它，来年再犁耙后，点上春天的种子。所以，冬天里，下一场雨雪，比春天里下一场细雨，更显得必要和金贵。做父亲的上了把年纪，眼看着儿女们像鸟儿一样飞远，留都留不住，而自己是离了土地，愈加显得六神无主，只好地里转过，思谋着百年之后，自己要埋进哪一块地最为合适，不免叹息几声，又拐去邻家，围着火炉，翻烤些秦砖汉瓦，倾吐过去的苦难和曾经辉煌的一页；当然，遇了阳光暖时，也不妨自己一个人，蹴坐在院中，回忆几十年前初恋时的甜蜜；瞅儿辈们不在，还会冲灶房里正煎炸烹炒的老伴，唤一声已经遗忘了几十年的小名儿，打一句调皮。老伴也果真又回到了刚过门那阵的样子，桃色绯红，一脸羞怯，待回过神时，禁不住嗔骂一句"老不正经"，心里却无比畅润：这日子是再不凄惶过了。

儿女们哪里去了？都已经长大，不用再给老子请假了。他们还未谈下对象呢，就口出狂言，说："俺的婚姻事，您别管"。时代不同了，当老的心知儿子是自己的翻版，却比自己强多了。儿女们学历高，心也野，几亩瘦土薄地，拴不住他们的心，当老的也只好任他们南北地飞，管他们是飞成候鸟留鸟。儿女们要是在家，当老的，是情愿把权力移交给儿女们的。偶有儿女，孝顺生病的父母，在家里守着，也是农忙时不耽误种地，农闲时贩鸡仔卖豆腐，做些营生，钱并不比在外挣的少多少。遗憾生意要做活泛，就免不了赊账。生意是越来越不好做，市场却是越来越繁荣，于是，儿女们就趁了这腊月间，外出讨账去了。以前，咱欠人家债，现在，人家欠咱钱。翻了个个儿。

日历就是这么一页页翻过去的。

孩子们原是冬天里的天使。他们热也不怕，冷也不怕，冷热相比，更愿过冷，因为冷到极致，有个春节在悄悄等着。春节了，可以穿新衣，可以发压岁钱，可以放鞭炮。有几年禁炮，那是把孩子们的魂都禁住了，一开禁，个个欢天喜地，一挂挂千响的大地红，孩子们哭闹着，由父亲驮进城去买回。然而，点燃这个仪式，最终还得由父亲进行。孩子们只消在一旁，捂紧耳朵，听一阵噼里啪啦，震天价的响声，再拾几个未燃的炮仗，就心满意足了。至于春节时的盼吃，于现今的孩子已不十分重要。现在的日子，谁家隔段时日不割顿肉吃？想我小时，腊月二十三放寒假之后，进城去兑了几百个米花糖儿，自己舍不得吃上一个，怀揣窝窝头，冷风里吸着鼻涕出村去卖，用以换回新学年的学杂费。那个童年，与现在小儿们的童年不堪一比。

突兀地，晨雾笼起的懒阳中，人烟稀少的村路上，就响起了迎亲的唢呐声，把个冷风和冷风中的鸟儿惊得一乍一乍的。腊月里娶亲，这村嫁，那村娶，场面上的人物，随礼得随双份。看这娶亲的场面，是愈来愈讲究了，先是毛驴，后是自行车带；我那阵，有个212，喇叭嘀嘀响，这就不错了；如今，桑塔纳、奔驰、皇冠、保时捷，三五辆，十辆八辆，清一色的白，清一色的红。嫁妆不必多要，要房要车，这就够了。即便是二婚，新娘也必是经了一番美容化妆的，半老徐娘，那也打扮得漂亮如十八岁的小姑娘。吹唢呐的，吹军号的，年轻了一代又一代，吹得流行歌曲颇有声色；吹得喜气满天乱绕；吹得腊月温暖了许多。这年头岁尾，人虽忙着，天却是闲天，从亲生父母处嫁进婆母家，正如春天是植树的季节一样，那么这腊月天，该是婚嫁的季节了。未寻下婆家的姑娘们眼羡，心里正火烧火燎地乱呢，可巧媒人就踏进了门坎。网上聊一个吧？总是觉着悬虚，心里不踏实，还是由媒人介绍的保险。保不齐，这姑娘便又成了下年腊月里通红的风景……

过了腊八节，新年的气息越燃越浓了。不见家家户户灶房中袅出的炊烟，家家户户的院里却分明都萦着浓香。无论昼夜，不时有零星散碎的鞭炮声炸响，只把人四季绷紧的筋络炸得活顺舒松起来。病毒最是怕鞭炮的驱赶。女人倚门张望：盼着外出打工一年的男人返家，望穿了双眼，一天里几个电话，也抵挡不了肌肤之亲。而当男人真的鸟儿一样飞进视野里时，女人也并未虎狼一样扑上去亲热。温情自是别有一种风采。爆爆米花儿的老汉一脸炭灰，每每腊月半，才布散进村村落落，炉膛火旺，一声声震响似春天的滚雷，把人们心中的腊月爆得香喷喷、甜丝丝的，开满了花朵。夜的漫长，少了公鸡的鸣叫，缺乏了些迫不及待的味道，而在酣睡的人们，正做来年春暖、冰河解冻、万物复苏的美梦，倏忽，却听见，谁家婴儿"哇"的一声啼哭。女人是刚刚经过痛苦的分娩，当爹的赶紧把一团粉肉抱入怀中，喃喃着说，这孩子，腊月里生，生月小，满岁长。

# 人生磨难听唱戏

我那村离城不远也不近，二十几里路，沾山，偏僻得很。人穷，十年八辈，难进城看台大戏。如我，18岁前，只进城看了一次，是《艳阳天》，看呆了，惊讶这世上，还有如此奇妙的艺术，觉着戏子们了不起得很。

这一方人，称唱戏的为戏子。

那年月是啥年月，阴雨天，冬雪天，人闲急了，就请说书的。说书人，两个人搭班，一人一天两块钱。钱可不少。当时的钱顶事。也曾多次想请大戏，却没大戏来。说到底，钱窄，没人来。来了，划不着。也就权把听说书，当作看大戏，称说书的也为戏子。

记得一年冬天，大雪封山，一瞎了一只眼、缺了一只耳、断了两根手指头的豁嘴，人称"十不全"的，来说书。"十不全"说的是《解放重庆》。他脚踏音板，全的左手扶弦把，残的右手的三指（中指、无名指残）握弦子和鼓槌，连拉带敲；一只明眼唱时闭了，说时睁了，摇头晃脑。他沙沙的声音，像林涛，像水涛，一会儿轻，一会儿急的，很是抓响儿，一唱半月，引得邻村人都跑来听。半月后，村人实在拿不出钱雇了，要放他走，言语落地，就被邻村请了去，还是《解放重庆》，接着断处说。遗憾得队长直拍膝盖："啧啧，亏了，早知如此，早推出去几天，不耽误听。"至今还记得，那人绘声绘色地表演唱："孔祥熙坐着小车往前行，不远前来到家门中——嘀嘀嘀，吱哇哇，屁，气，停了。"

这一次，村人皆过了听说书的瘾，却也更增了以后听说书看戏的瘾。

由是，就常想：身残志不残！多少全人都不如人家。虽然缺耳、断指、盲眼、豁嘴，能学得这门手艺，何妨一生遍吃四方！

之后，上头号召各村都组织文艺宣传队，成立剧团。唱的多是《批水浒》《向阳红花》等，也唱"小铁梅""阿庆嫂"。谁家娃子能被选入剧团，怕只半句台词，或只从台上一过，也荣耀得不认识自个姓甚名谁了，演出前必遍喊村人"可去看呀！""王八戏子吹鼓手，剃头修脚讨饭头"。不信。对戏子捧还不及呢！阶级斗争正激烈，各处都把"地富反坏右"揪出来斗，邻村一地主，为躲这场灾难，去西山亲戚家藏身，恰逢汝阳县的豫剧团来亲戚村演出，唱的是老包的戏，这人灵机一动，剧场休息时，上后台找到团长，说："下半场叫我试试老包。"团长知道遇了行家，不敢怠慢，赶紧吩咐卸装、化装。果然，一上场，两句出口，就博得台下一片掌声。演出结束，这人要走，团长说啥也不让走。他也正想留剧团上呢。邻村当权者听说，追寻至汝阳，但人家剧团不放。不放，当权者干气，没门儿。

脱胎换骨，这人因此躲过了一灾。

后来，上边不号召，不组织了，各地的宣传队、剧团自动解散。我们这一方却没，散了的，又组织起来，老戏子退去，新戏子上来，茬口接着。土地承包到各家各户，剧团却忙时散，闲时聚，旗杆竖着，牌子不倒，有村子请，就去，不图挣多少，只图混俩添戏箱的钱。这地方，春天会多，逢会必戏，有时两台三台的对戏。农村人，一年四季总是苦、累、忙，不如意的事情太多，赶赶会，看看戏，豫剧、曲剧、越调，腔粗粗的，嘹亮，婉转，能转到天上去，一如这方人的性格；戏的内容，多是苦命人的经历，多是磨难后的苦尽甜来，看过了，听过了，想想自己，胸腔里舒出一口长叹，也就释然了。

比起专业剧团，土剧团当然差得远，也不正规。女子们下场了，喘着气，一把揽过孩子，古装里拽出奶头就往孩子嘴里塞。孩子吃饱了，就在后台爬着跑着玩，往鬼样脸谱人的裆里钻。但这些土剧团，自有他们得天独厚的优点：一方唱给一方听，都成了熟人。台上出来个小姐，台下老太太就指点着说："这是俺亲家的表侄女，闺女可知道啥啦，要我给她找个婆家呢！她奶，你给留意着。"年轻人则指点说："那一个，某某某，俺俩初中时同学，好成一个头，现在，人家熬成人尖尖了，看不见咱了。"又有演员，平日里，人出奇地腼腆，一脚蹬不出一个响屁，三天说不上一句话，上了舞台，锣鼓一敲，弦子一响，换了个人似的，眼神活泛，口齿伶俐，不知道是他想捉弄生活，还是生活捉弄了他呢。

这些观众，看的不是戏子们唱得好赖。来看戏，莫如说是看人，唱得不好，他们也说唱得好。也有好事者，听得不入耳了，跃上台"教场"的。剧团不能拒绝，只能笑脸相迎，诺诺称应。观众屏神敛气，静等下文。也就只好让这不知天高地厚的上台去试了。若是唱得真比剧团上的还好，剧团就是演砸了，一场下来，悄无声息，就走了。若是唱得好，叫响了，看的人多，随后，来写戏的也多。

这一方曾有三个剧团叫得最响，三个剧团各有自己的台柱子。山北村豫剧团的"她二姨"，是个泼辣角色，女扮男装唱小包公，亮腔一嗓，能把日月喊羞；平渡村曲剧团的张平道，7 岁演戏，在《小寡妇上坟》里扮小儿。小寡妇哭得日月无光，他竟脱了鞋一下下围着坟扣蚂蚱，这天真幼稚的动作，让台下一片唏嘘。长大了，戏开始，平道一上场，连美工都扔下笔跑前台看；小营村曲剧团的李九成，貌好，天生一副好嗓，长得男人女人样，腔又蛮撩人的，一唱就红。一次，九成在瓦屋演出，一家农户，闺女正帮娘包饺子，听见锣鼓响，慌了，说："娘，我可看戏走哩！"娘说："死妮子，锅滚了，你不吃，也得帮娘把饺子下锅里！"闺女端起锅排，猛听得李九成一声亮腔，心一惊，把饺子往"锅"里一倒，撂莛子就跑出门。待娘捉勺搅锅时，沸水翻卷着，不见饺子影。却是倒到了锅旁的水缸里。气得娘等闺女回来狠捶了她一顿。

九成戏唱得好，竟唱到姑娘们心中去了。

社会发展到今天，即便农村，经济观念也愈来愈强，一年中，除年关或春上，村人会写两台戏乐乐外，平常日子都各种各的地，各挣各的钱，这就苦了爱唱戏的人。爱听戏的，瘾发，可看电视，看手机；爱唱戏的，喉咙急得发痒，咋办？县城某局有个主，姓刘，单位工资总发不下来，却爱唱戏，索性做起卖蚊香的生意，却不在城里卖，总串乡走村地卖，脖子上挂个兜子，手心里掂把弦子。我们这儿乡下风景好，很少生蚊子，即使驱蚊，沤把艾蒿就中。所以，这人卖蚊香只是个招牌，没人买，他也就不指这挣钱，他意就在弦上。每至一村，就膝上垫块布，自拉自唱，卖力得很，妇孺老幼，引得一大圈人听。中午了，自然有人端上粗茶淡饭。吃过千家饭，睡过百家炕，自得其乐，问起"弦子刘"，名声比县长都大……

# 话说"新新词语"

网络世界，瞬息万变，几天不浏览，就有陌生感，就感觉被淘汰。究其原因，我想，惹祸之重要原因之一，乃"新新人类"所创"新新词语"也。网络上，生词怪语，铺天盖地，汹涌澎湃，挡不住，推不开，直往你眼里塞。脑僵如我者，无所适从，只有摇头感叹的份儿，套用一句时髦话：我被"新新词语"撞了一下腰。但是，腰撞断，也得接受啊，连《咬文嚼字》杂志，年年里，还评新语热词，推波助澜呢。

不单网络，翻看报刊，时不时的，就有新词跳出。按说，纸媒是很严肃的，非经论证认证，不胡用。早几年，"威客晒客""裸替裸考""熊猫烧香""学术超男"，弄得我一愣一愣。《读者》曾有言论曰："'穷忙族'是一种无奈，'考碗族'是一种妥协，'御宅族'是一种逃避。族群背后是被异化的生活，与社会结构带来的马太效应"。绞尽脑汁，想得头疼，我也不解。后来，我发现，这些年，所谓的新新族类还真不少：丁克族、背包族、套牢族、本本族、奔奔族、号哭族、毕婚族、脑残族、候鸟族、草莓族、蛋壳族、慢活族、装嫩族、陪拼族、合吃族、拇指族、啃老族、月光族、蚁族……叩问我是哪一族，我的回答：脑残族。

老树着花。新创语境，虽多牵强，未为不可：日子好得，天天像是过年，或谓"度日如年"；不拿钞票，一部手机，横扫天下，可不"身无分文"；住的高楼，"屋无片瓦"；到处旅游，"居无定所"；工资充卡，"坐以待币"。分明翻新琵琶，与时俱进，弦外有音。更有人偷梁换柱，戏弄成语："据礼力争""钱途远大""语过添情"。悖离典出，简直颠覆三观，实在不可取也。早些年还有广告成语："痔在必得""无胃不至""咳不容缓"。嫁接成语，拉郎配，令人啼笑皆非。

网络语言，或直白，或隐讳，其特立独行，常使人大跌眼镜。微信里，朋友都是"楼主"，调侃是在"灌水"，隐匿谓之"潜水"，"闷骚"乃表面矜持、内里热昏，"劈腿"喻出轨……其大胆随意，像纨绔子弟的玩世不恭。不玩网络的人，难免错愕。2019年，热搜中，有"夸夸群""杀猪盘"，前天还看到一个"懂事崩"，像不像土匪说黑话，特务对暗号，乞丐赶时尚？最近，倒是有两个词，我觉得挺有味的。一是"盘他"，万物皆能"盘"，含有"撩她"、"怼他"、羡慕嫉妒恨、和他过不去之意；二是"打工人"，初嚼无味，细品味浓。打工人，打工魂，打工不易，勤劳的人，太阳未升，就上了塔吊，然而你，却窝在被窝，伸着懒腰。

能上热搜的词汇，能够流行的语言，多来自年轻人的标新立异。他们为这个高速、超高速时代打上鲜明印记。世界的炫丽，靠他们渲染，吾辈心里诅咒，不想接受，面儿上别显。上些年纪，走路还是靠边的好。早几年，一年轻朋友发给我"鸟语"："达人，你是有巢氏吧？"我莫名其妙。多方询问，才知，"达人"乃高人也，"有巢氏"指有房住。心里一热：又回到原始社会了？还有一次，大街上，有老太嗲腔喊我："'摔锅'（帅哥）"，吓我糟老头子一跳。扭过头，我也学乖了，嗲曰："美眉。"心下想，我是省略了"资深"的，果弄得半老徐娘眉开眼笑。

被新生词语撞腰，尴尬无奈、洋相百出的，不止我一个。一文友给我讲：老子陪儿子去修电脑，老子说"荧光屏"，儿子说"显示器"，老子曰"零件"，儿子曰"配置"。出了修理部，儿子责老子："你今天一错再错，不嫌害臊？"老子怒曰："你孩子，天天上网，有本事，你到国外去，弄弄英文达尔文！"

社会发展，物质富裕，制度变迁，文化兴盛，新的语言如雨后春笋般。这并不奇怪。汉语魅力独特，魔力神奇，随便哪个都能组合，像原子核在裂、裂、裂……无穷裂变。例如，由网络，可裂出网站、网址、网友、网页、网民、网恋、网虫；由酒吧，可衍出网吧、书吧、吧台、吧女；由奴字，可诞出车奴、婚奴、钱奴、书奴……"奴"，原是受役使的人，古代女子，自谦"奴家"，而今，大街上，服装店风靡，店名却"奴"气熏天：佐丹奴、美尔奴、米兰奴、曼娅奴……不知所云。

这个时代，新生词语招摇过市。无须申报注册，再怎么蹩脚，有人跟风就行。说不清，这是文化之幸？之哀？抱怨是没有用的，贴不贴标签，怎么流变，像活鲜市场，笑看扑面而来，招摇过市，忍看烟消云散，淡出视野。沉淀下来的，就当金子，珍藏好了。

# 报　缘

　　一生与文字结缘，缘在书报。书呢，砖头一样的厚，多是单核结晶体，一个人，神游八极，由着一把辛酸泪，淫浸成点点墨迹，不静下心细读，是很难体会其中况味的。而报纸，偌大的一张，折叠起来，顺入衣兜，随时随地，无时无刻，茶余饭后，枕畔厕间，速览也好，细读也罢，长了知识，消了疲惫，驱了寂寞。遇缝插针，每每在颠簸的旅途中，见客于车座位上看报，不禁肃然起敬；每每在枯燥的会议中，见参会者任凭领导于主席台上口吐莲花，滔滔不绝，兀自埋首看报，心下慨叹，文山会海之别用也。

　　报业发展，百多年历史，林林总总，靠的版面说话。那版，如人的面孔，讲究庄重大方，活泼新颖。标题斗大，大得重要；文章醒目，醒得养眼；图片插配，配得适宜。一个一个投稿人，锦心秀章，呈上来精心架构的文字，等待报人采撷。日日，一块田里，四季轮回，不知疲倦，编辑们选择在夜深人静时，蜜蜂一样，不停地采了这文字之花，酿啊酿的，这才酿出散着油墨香的报纸。

一张报，摊在面前，粗看一眼，你分明就知道，新闻时讯，法规政策，焦点民生，气候风云；昨天有哪些大事发生，今天有哪些事情要做。爱看报，知道"八项规定"之严，少犯政治错误；晓得我国今非昔比，感谢党的领导；了解贸易战由美挑起，激发无限爱国热情。所谓的秀才不出门，便知天下事，秀才们不光读书，还要读报，才无所不知。忆及"文革"后期，我正上初中，一位下放来淘茅缸的"右派分子"，总蹲在校办公室门外看报，人问之：这大粪，你要挑到几时？他乐呵呵地说：快了。未几，就复职，到一个乡中学当校长去了。难道他有先见之明？非也，他是读报读出了时代航标。20 世纪 80 年代，鲁山县医院，一位叫尤华坤的老人，多年自费订了一份《参考消息》，眼戴老花镜，手拿放大镜，日日里看，竟看出，我国早早晚晚，是该建航空母舰的，就自己身体力行，省吃俭用，把积蓄都捐给了国家建航母。

因为爱看报，两位老人被我敬重，烙在我脑中了。

网络时代，人们似乎过于懒惰，习惯了打开手机电脑，有意无意的，让屏幕向我们灌输。殊不知，这种碎片化阅读，让我们的记忆恍若流云，害得我们心神不宁，很多时候，误导我们对社会的整体判断。相较于报纸，网络这个新嫁娘，传递信息迅速，查阅资料便捷，但它不经过滤，虚无缥缈，玉石杂糅，转瞬即逝。在微信上推介你一篇文章，一百人点赞，其中有十个人认真读了就不错了，都是言不由衷的吹捧。而报纸，饱经沧桑，成熟稳重，返璞归真；它深度追踪，挖掘真相，白纸黑字，严格审核，其权威性毋庸置疑。网络上出错，大不了把文章删掉；报纸上出错，处分编辑是轻说，重的，总编也要撤的。

与报纸结缘，少不了订报。曾自费订过《中国青年报》《文艺报》《作家报》《文摘报》《大河报》等，有十多种，遇到好文章，就剪下来贴到剪本上，一遍遍，反复读。一张报，任我剪得窟窟窿窿。这么多年，也没少蹭单位的光，想看什么报，到了征订季节，就拉拢办公室主任，添一些我想看的。《南方周末》《羊城晚报》《新民晚报》，我让单位都订过。领导也都开明，即便知道了，也不说什么。爱看报，最爱看到邮递员的身影，嘀铃铃，那绿色自行车一出现，我就跑跟前询问，有没有洒家的报纸信件。平日里，得罪谁，我也不得罪传达室的老头，害怕他私藏了我的报纸不给。

爱看报，最喜看副刊。打问过多人，都言爱看副刊。副刊多千字短文，所述人物，仿若相识，所记事情，身边发生，感觉亲切温暖，接地气。不像有些杂志上的文章，动辄万言，云山雾罩，缺少韵味，难生共鸣。早年，老家四壁被油灯熏得乌黑，找来报纸糊满土墙，有副刊的报纸，我都挑拣出来，不舍得糊到墙上去。家家都缺卫生纸，一张张旧报，撕开用来擦屁股，比玉米棒鹅卵石强多了。有一次出恭，见池外地上，一块儿用过的报纸，脏兮兮的，却是副刊。瞟上一眼，感觉文章写得好，耐着性子正读，不料，一股风刮来，竟把报纸块儿吹过墙去。我心里甚是惋惜：这么好的文章，怎么会用来擦屁股呢？又遗憾：正读间，怎么会吹来风呢？

与副刊这么一共鸣，心就痒痒的，想着自家能不能也写呢？写了，也投投试试吧。一试，还真有了回音。感谢《平顶山日报》《平顶山晚报》的编辑，他们没少抬爱我、提携我。我与他们也都成了朋友，有的还成了忘年交。相信无数的作者，都与副刊有缘，缘深缘浅，多由副刊蹒跚起步。因能捉笔，在工作上，我也没少受益，好几次调动提拔，皆缘于这。我码出的文字，多投报纸，窃喜报纸发行量大，文章发表，报纸撒得到处都是；不像杂志，曲高和寡，扔一块石头，听不见声音儿。年轻时，去市里，攀不上一个亲戚，不认得一个人，走在光明路上，孤零零，像是被这座城市遗忘了一样；如今，再往市里，走到街上，不再那么孤独无助，心里想着，小偷偷我，我也不怕了，钱丢了，也可以找编辑或者文友们借一些来。

指文字疗饥，似乎不太现实。延伸了想，多少农家孩子，还不是指的文字改变的人生？！多读书看报，纯益无害。所以奉劝大家，好好看报，天天向上。

# 蹲　守

老张的蹲守功夫，在圈儿内，是出了名的。

圈儿是摄影圈儿。老张迷摄影，迷到了神经质，工资都玩了摄影。一退休，更是不着家，要么，和摄友们厮混，要么，独自入山，那股疯劲儿，不亚于年轻人。老婆有意见，嘟囔说："玩这弄啥？既花钱，又吃苦；学钓鱼多好，蹲一天，轻轻松松，钓住了，咱还能改善生活。"老张只是不理，唠叨烦了，眼一瞪："这能比吗？"老婆不复再言。

豫西有座尧山，层峦叠嶂，神工鬼斧，海拔 2153.3米，徒步登一次，腿得痛上好几天。山上动物多松鼠，松鼠鬼精灵，稍有风吹草动，就蹿个没影，遁个没踪。抓不住，靠不近，拍不成，老张苦恼极了。后来，他问山民，得知松鼠多在早晨到路边觅食，有时还扎堆聚拢。老张心生一计，买了一兜白面蒸馍，喊我作伴，驱车百里，把车停在山路尽头，摸黑爬到山腰，把馍揉碎，把馍花撒在松鼠经常出没的山路上。想回山下宾馆休息，路程太远，我们只好在石窟里露宿。初春的夜里，山下凉，山上寒，我被冻得身子打颤。看我顶不住，老张把上衣脱了，让我穿。老张肯定也冷，但他露宿惯了，耐受力强。天将放亮，老张提醒我别有动静。我们扒在山石后面，屏息敛气，眼盯路面。曦光透出，果然，松鼠们不知从什么地方，真的一个个跳了出来，争相觅食。老张远距调焦，拍了无数张。回家来连电脑逐一翻看，但见一只只松鼠，浑身毛茸茸的，状似家鼠，却大耳长尾，比家鼠漂亮几许；它尾巴蓬松，时翘时甩，攀爬跳跃，机敏伶俐，眼睛灵动，活泼极了，可爱极了。

老张向我介绍，他上尧山，拍星轨、拍花开、拍红叶、拍鸟雀、拍飞虫，上上下下，不下百次，一蹲守，几天几夜。常常是，他一看季节来了，山景披新，驱车即走，夜宿山上。无功而返，毫无怨言，稍有所获，喜不自禁。有年雪天，他守在山上拍雪景，山下气温零下五六度，山上零下十几度，冰凌柱一尺多长。他忽发奇想，以水、雪、冰三态为构图，花了十来天工夫，以沟壑、草窝、水潭、冰挂、石窟为背景，从微观视角，拍了"卵、游、阳、合、孕、胞、胎、生"等照，起名"生命的起源"，参展全国摄影大赛，竟意外夺得金奖。

静态景，再辛苦，也好拍，无非是调角调焦。最难拍的，是鸟兽，传神处，仅在一瞬，抓拍不住，飞了，蹿了。

多少次，老张守株待兔，既要徒步跋涉，又需隐蔽伪装。今年三月，紫藤花开，老张又到山里，见两只鸟落在紫藤上，争相啄食花瓣。他赶快挪移镜头，尚未对准，晚了，鸟见人打扰，扑棱棱，飞了。老张很是遗憾。联想自家住的一楼，楼前小院，紫藤葳蕤，花也正艳，老张又做文章。他先到店里，买来鸟网，把整个小院网住，又到花鸟市场，买来一对鹦鹉撒入网内，自己躲在屋中偷拍。不料，鹦鹉见这架势，惊恐不已，顾不得啄花，四处乱撞，最后双双从一豁口处撞出飞走。老张连连叹息。翌日，他又买来一对，结果网口松动，又是空喜。老张心有不甘，仔细检查，堵塞漏洞，复又买来鸟儿，嘱妻走两天娘家，独个儿在屋，雕塑般打坐，摄像机时刻对准窗外，终是捕到鹦鹉飞动啄花之一瞬。

　　我对摄影，是门外汉。老张告诉我，摄影娱人悦己。摄影与照相，同是"咔嚓"一声，说是一码事，不是一码事。照，多静态，谁都会，一次不行，两次，可摆拍，慢慢来。照相的目的，是自己留个念想，无干他人。摄乃艺术，要的是景，是美，是一瞬，是与人分享；需捕捉，需抓拍，需蹲守，静候那一缕霞光闪现，静待那一刻璀璨迸发。别人摄影，往人堆里钻，他，背上满满当当，兜里鼓鼓囊囊，却是往没人处躲；别人闹中取乐，他是静中寻趣。

　　为拍鸟，老张上过树，潜过水，攀过房顶，踩过牛屎，被狗吠过，被蛇咬过，但更多时候，他是像特务一样，孤零零蹲守。别人拍大景，他总是拍小景。尧山脚下，有一道谷叫玫瑰谷，谷内多红腹锦鸡。老张多次去拍，前几日，他又去，不小心，竟滚下悬崖，摔断左腿骨。我闻听前往探望。病床前，看他腿上打着石膏，缠满绷带，稍稍一动，疼得呲牙，埋怨他："你咋这么不小心。"老张痛中作笑："还不是摄影惹的祸。那天雨过天晴，我蹲在崖畔，见俩鸟动作亲昵，似在恋爱，遂左挪右移，紧选角度，只顾着眼前之景，冷不防，一脚悬空，身子就斜着往下坠。要是坠到谷底，保险没命。侥幸，被崖畔一棵松树挡住。也算是大难不死。"

我笑说："腿好，还拍不拍了？"老张毫不犹豫："哪会不拍！"果然，不待百天，他拄着拐杖又进山了。

腿虽未好利索，蹲守拍摄似已无甚大碍。

# 泥器之涅槃

　　先民由猴变人，从树上跳下来聚群居住时，首先想到的是盘泥捏器储存食物。这泥捏的器物当然既要耐用也要好看，不妨就放到火窑里烧烧。不料，这些泥器竟在烈火中涅槃，窑门开启，已被赋予神奇的文化密码。

　　陶瓷和人一样，都是泥土的杰作。土掺水和泥若烧成了陶瓷，不管是用她当尿壶还是置于案头把玩欣赏，这泥土就升华成了金贵的东西。怪不得陶瓷能成为民族瑰宝，宝到连英语China（中国）的原意都要用瓷器表达，就在于她的遗世独立名扬寰宇。沧海桑田，风云激荡，历史留给了我们什么东西？留给我们的唯有沉甸甸的书籍和陶瓷。书是圣贤们的心血，陶瓷是窑工们的心血，二者都是历史文化的精髓，都是美的一种独特存在，都需要细心阅读。发黄的纸页直截了当教诲我们，沉静的古瓷却让我们去幻想意会。观其器形，抚其胎纹，我们会穿越历史，油然生出无边思古之幽情。

　　无论什么东西埋到地下都是要速朽的，朽不掉也黯淡无光了，连铁器青铜器也免不了锈迹斑斑。唯古老的瓷器深埋于地下那是最好的储藏。她耐得腐蚀，经得考验，愈经岁月打磨愈加生辉，以至于成国宝，受到世人的无限追捧。海底发现一艘沉船，那船上沉的若是瓷器，何止于价值连城。《红楼梦》中有一块来自女娲补天的通灵宝玉，玉经了打磨就有了灵性，说来，这瓷器经了煅烧，也算是通灵宝物了。

　　泥土是陶瓷的前生，陶瓷是泥土的新生，瓷又是陶的再生。古人也可能是受了太白金星炼丹炉的启发：那孙悟空在炼丹炉里七七四十九天不是炼得一副火眼金睛吗？就把这器物装到窑炉里，用上好的柴木去烧炼吧，看她们是不是也能炼出个金刚之躯。但窑工们实在想不出窑内到底是在发生着怎样的变化，心就一直悬着。一天，两天……累了，困了，找人替换，不眠不休。急不可待了，打开来看，泥土成了陶器，有了质的改变。但在这炼狱般的过程中，窑里的温度是怎样升腾呢？窑工们想知道窑里边浴火重生的状况，就又在窑口处留一个瞭望口，塞进去几块泥条，是谓火照，隔几个时辰取出来看看这泥条变化到什么程度。数着星星，三天，五天，持续不断地加薪烧火，总以为温度已高得不能再高了，又取出火照来看，一种特别的惊喜终于呈现。窑变效果出来了。打开再看烧出来的东西，那风格，有的朴实恬静，有的热烈奔放，那釉色，有的碧如蓝天，有的艳如彩云，层次想象不出来的丰富，真可谓"入窑一色，出窑万彩"啊！这可高兴坏了窑工们，意识到开窑分明开得恰到好处。柴烧的陶瓷并非美轮美奂，掌握不好火候，一窑货指不定能不能烧出一件精品，但柴烧散发出的是一种浑厚古拙之美。这也正是柴烧家们陶醉痴迷，苦苦追求的一种自然与人性的最高契合：木材燃烧，焰火窜入窑内，留下了柴木温柔驻足的痕迹，这种驻足没有粉饰之气，唯有倾心真淳的滋润。她与之后的煤、气窑烧形成的高温有着天壤之别。她让我们明白，这世间万物，只要能倾心真淳去滋润，都能够收到意想不到的好的效果。

因为温度的高低变化，由陶到瓷华丽转身，于是，人世间，完成了一个由大俗之物到大雅之物的质的飞跃，进而由原先陶的实用引为瓷的欣赏。

陶瓷啊，经了几十道工序，是窑工们在泥土与柴火间寻找契合点，让泥土与柴火自然对话，亲切交流，共同舞蹈，血脉相融的结果。难怪陶瓷是有灵魂的，她温润得养手养眼养心。

陶无声，瓷无语。繁华落尽，千年古瓷，掷地有声。她凝缩着朝代风骨：古朴自然是秦汉以前农耕文明的反映，雄浑庄重是泱泱盛唐的享配，精致内敛是宋代偏安尚文的体现。一枝独秀的元瓷，浓艳多姿的明瓷，繁缛富丽的清瓷，良莠不齐的民国瓷器，都是当时社会理想、审美情趣、科技能力的展示，是时代最耀眼的光环。还有什么东西比陶瓷能承载这么多文明发展的信息？

现今之家庭，稍有点儿文化味的，就附庸风雅，在客厅里摆上个博古架，淘得几件瓷器，旧的也好，新的也罢，见客人来，就滔滔不绝地介绍。风雅总比庸俗的好，摆几件古瓷要比摆几件石膏像的好。豫西鲁山有几个人，其貌不扬，却令我刮目相看：吸的劣质烟，骑的破车子，兜里没闲钱，但谈论起陶瓷来，一套一套的，到家里一看，更让我大吃一惊：屋子里摆的尽是瓷器和瓷片。说这一件他是花多少钱买来的，那一件他是花多少钱淘来的，大堆的瓷片是从古瓷窑遗址上捡来的，都是捡了漏的。我说干脆卖给我一件吧！他们断然摇头，说他们的魂都叫瓷勾了去了，这些个瓷到了他们手里便再也不忍心卖出去了。我说，你们给我介绍介绍瓷的品类吧，他们就说这瓷的器形多了去了，有碗罐瓶盏，有壶碟盆盘，有钵盒盅鼎，有匣盂筒枕等等，何止于百千种。又介绍每一器形上的不同图案，精雕细刻，手工描绘，各呈异彩，目不暇接，眼花缭乱，每一样都是不出重复的。说不重复那才算得是艺术，不然的话是工艺了。我听得似是而非，虽然还是不太明白他们怎么就迷上了瓷器，但自那儿以后，自己竟然也对陶瓷感兴趣起来。

# 说"惹翻"

    2020 年 10 月 23 日，我国召开纪念中国人民志愿军抗美援朝出国作战 70 周年大会。习近平总书记讲话中，用了一个新词：惹翻。当晚，我在墨子古街聚餐，进屋，就听见一要好朋友在议论："'惹翻了我们，是不好办的'，别看这话不是文绉绉的，却是柔中带刚，自生威仪。我们说自信，这才是最大的自信。"话落点儿，一古稀的老学究，嗓门提高几度，也发慷慨，声震屋瓦："总书记说'惹翻'，这个词，用得好，接地气，有底气，生骨气。"

    那天上午，我因有事，未及时看直播，听一干人议论，就赶快上手机，找出视频看。早有人制作了十几秒的抖音，单单截了习近平总书记的这句话。一遍一遍，反复反复，我听了又看，看了又听，那声音，分明雄浑厚重，充满磁性，听得我热血翻滚，心潮澎湃，精神亢奋。

惹字为草头。墙上草，随风倒。《说文解字》："惹，乱也。从心。"似与草无涉。但仔细揣摩，此字实具草之性格，勿言其直白藏露，组上几十个词，多在于随风摆弄，招引挑逗，有意冒犯，无意撩拨，有些搔首弄姿的味道。这个字叠加，成了"惹惹"，归到天津方言，就有了不办正事，乱起哄、瞎胡闹的意思。天津俏皮话，描述无所事事，却又好事之徒，一字仨音"惹惹惹"。"惹惹惹，敲破锣；摞摞缸，卖生姜"，是对在市井里，天天闲逛的混混们的描述。他们捆着发麻，吊着发木，无所事事；饱食终日，精力剩余，无处排遣，需要找事，故而又生性好事。于是乎，就呼朋引类，瞎"惹惹"。"惹惹"的结果，就有些不妙了：没有事儿，一惹惹就生事儿；出了事儿，一惹惹就坏事儿；少一事儿，一惹惹就多一事儿。

古诗有"惹人爱""惹人怜""惹人恨""惹尘埃"之喻，这种招惹，惹不到哪儿，上升不到对立面儿去。有时，物移景换，倒还有些言外之意，明面上是责备，内心里小欢喜。但要不顾别人的感受，执意地去惹发惹动，牵缠惹绊，故意触犯，则令人生厌了。再进一步，要是做事太不守规矩，不顾后果，故意招惹，惹了不该惹的主儿，人家咽不下这气，被惹翻了，那就难免生出是非，招来祸端，小起口角，大起战端。"心、若"叠加，心口一致，心里这么想的，口里这么说的，抑或心口不一，行动上去做了，碍着别人事儿，犯了别人忌，让人心生不快，矛盾激化，难免惹祸上身，成了反贴的门神，开始针尖对了麦芒。

惹字的语境是十分强烈的。有一种不期而遇，不请自来，躲又躲不开，避又避不及的况味。躲不开，避不及，那就坦然以待。"帘外芭蕉惹骤雨""山林竹枝惹风狂"，惹了吗？无非这一片嫩绿遮了山野的景色。而芭蕉与竹枝还怕风吹雨打？这就是一方面，我们不想打、不愿打、不怕打；另一方面，在任何困难和风险面前，腿肚子不抖，腰杆子不弯的道理。

考"翻"字意，也即推倒越过，变了一个样，翻出另一番景象境界。我们说，给我惹毛了，惹火了，惹急了，似乎还留些脸面，但要惹翻，那就是置之死地而后生，哪怕两败俱伤，也要"蒸馍蒸口气"，一决雌雄。

习近平总书记讲话，多方言俗语、典故金句，易引共鸣共振。记忆特深的语句多了去了，如"敢于啃硬骨头，敢于涉险滩""把权力关进制度的笼子里""苍蝇老虎一起打""鞋子合不合脚，自己穿了才知道""抓铁有痕、踏石留印""和平犹如空气和阳光，受益而不觉，失之则难存""撸起袖子加油干""打铁还需自身硬"，等等。这些如珠妙语，不仅国人熟知，海外也热议。这次，"惹翻了我们，是不好办的"，则是又一警句；"惹翻"一词，恐怕又要成为热词。

# 归园田居雅趣

　　距住处不远，农家小院"归园田居"开业，语曰："闹市有静闲，小院十来间，寻味园田居，归来学陶潜。"我心说有趣。小小县城，睁开眼来，人们即开始忙碌，大街之上，车水马龙；待到傍晚，人潮更涌。直到花灯初放，人们才抽出闲暇，知己相约，觅个清静，小酌一番，放松一下。然要寻好的去处，却是比找白头乌鹊还难。虽说是，西关有"清雅阁"，东关有"雅趣斋"，北关有"小泥巴"，南关有"客再来"，生意都好，然去了，空间密闭，全在屋内。想这归园田居，该是农家风情，可以品着酒肴，望着天空吧。

　　佩服老板的创意，竟有此灵光，偷来陶渊明的诗名作店名。早几年，这山城，有人标新立异，开饭店，取名"饭醉团伙"，名虽好记，不甚雅观；未几，关门谢客。"归园田居"，人品之，都道好听、有味儿。想那陶公，不为斗米折腰，辞官回家，守拙得真，归了园田，有风骨也。他戴月荷锄，开荒南野，东篱赏菊，把酒桑麻；日日里，但看狗吠深巷，鸡鸣树颠，村墟烟升，耐得寂寞，固守寒庐，悠哉游哉。他求的，是精神世界、世外桃源。难不成，老板也有这雅趣？

巧了，当晚，几位文友相聚，正愁躲哪儿撮一口。我一提议，众皆说妙。遂慕名前来。涉过繁华的向阳路，朝古色古香的老剃头街一拐，往南一眺，幽深隐秘处，斗大的隶书"归园田居"映入眼帘。确是一小院。南5间，北5间，房坡上，茅草缮檐，方方正正，可可夹一院落。而院里，木板铺地，木栏围起，绿草点缀，灯星辉映，清新古朴。既原始，又现代。方宅十间，名曰：醉仙居、风雅居、云梦居、天然居、陶园居、怡然居、永安居、游子居、天益居、天合居，皆蕴雅趣也。院落墙壁上，饰以诗配画，乃陶公之《归园田居》《饮酒》，又有《诗经》之《蒹葭》等。画上人物，或隐逸之态，或吟咏之状，都长髯飘飘。老板娘身材高挑，走路如风拂柳，我等当央落座，她热情有加，亲沏满壶蒲公英茶，人斟一杯。我等问询菜品特色，介绍尽皆乡野土味，时令鲜菜。有河虾、小鱼、柴鸡、毛豆、灰灰菜、芝麻灵儿、野韭野蒜……今之饭店，野物野菜并不多见，这里却尽是野生东西。又有慢火熬的玉米糁、野菜豆面条，免费管喝；那酒，有江小白、老白干，有小劲头、二锅头，有闷倒驴、扳倒井，多粮酿，少勾兑。包装简易，价位低廉，工薪消费。正是山野风味，分明有家的感觉。据闻，离归园田居数百步之遥，有陈家老六，性嗜酒，每饮辄醉，横陈大街，人唤醉鬼。这里一开业，每每，陈家老六不穿长衫，一副光头，要上半斤二锅头，也不就茴香豆，喉咙一张，咕咚下肚，喊声记账，三摇两摆，晃入家门，醉卧在床——不复再丢人到大街上去了。

莫道暑热至，馨香盈我衣。趁了文友胡喝海侃，我与老板拉呱。老板姓马，学历不高，少时浪荡，性豪爽，喜陶公之散淡真纯、高洁雅逸，陶公多首诗，他都会背。自云而立之年，方明白陶公"盛年不重来，一日难再晨；及时当勉励，岁月不待人"的人生况味，然为时已晚，功便下在了儿子身上。挣俩钱儿，不思谋盖楼房，只想着供儿子。两儿在校，皆优等学生，尤其小儿，奖状满墙。听此介绍，不免想起陶公对爱子的学习态度。陶公的几个儿子，都不爱读书，陶公也不强逼，一任幼小的生命，受自然熏陶。当年，陶公有个挚友做了郡守，前往拜望陶公，看陶公清贫，留下两万元，对他生活小补。陶公让儿把钱都存入酒家。儿子口中应诺，却只送了一半，陶公也并未责怪。想来，陶公厌恶做官，也不期望儿子中举。多少人喝酒，是觍脸去赊，陶公嗜酒，先付酒钱，这也是少有的。若非陶公酒德好，就是当年酒紧俏。听我这么胡言，马老板哈哈大笑，曰："我与陶公，差异就在，第一，我不嗜酒，第二，我不作诗。"我说："还有一异，令郎比陶公子的学习要好到天上去了。"

马老板健谈。他接着侃：今之农村人想进城，城里人想回乡；乡人不厌鱼肉，城里人吃素心切；城里人买菜，一问未施化肥，未打农药，喜不自禁，争相购之；今中央提倡乡村振兴，振的是人居环境，兴的是田园康养。看那城里人，住着高楼，手可摘星，不沾泥土，脚却悬空，感觉并不踏实，莫如回归自然的好。听得我一愣一愣。想这老板，虽然精瘦，却不乏精明，对城乡人的心理揣得透，对中央精神悟得深。

近年，我入饭店的机会少之又少了，度今之饭店，小的太小，三五人围坐，吃碗面尚凑合，若要点几个小菜，就显逼仄；而大的酒楼又太大，金碧辉煌，消费颇高，让人望而却步。莫如类于这"归园田居"的农家，热锅现炒，风味特别，雅趣良多。君不见，不收门票的自驾游、田园游、山水游，游累了，游饿了，随便拐入农家小院，竹围篱笆，瓜棚豆架，袒胸露腹，吃得无拘无束，喝得原形毕露，岂不快哉。

# 亮　宝

　　人，稍上些年岁就"犯贱"，遇了高兴事，总是睡不着觉。这不，今年10月1日，看过白天的大阅兵，晚上，我竟失眠了，那震撼人心的场景轮番在脑海里跳跃，一个画面是一个兴奋点，一首音乐是一针兴奋剂。那兵们，个头一般的高，男男女女，身着丛林迷彩、沙漠迷彩、城市迷彩……步伐铿锵豪迈，动作整齐划一，潇潇洒洒，漂漂亮亮；那武器，新颖别致，尖端超前，见所未见。思来想去，咱们国家这哪里是在阅兵，分明是在"亮宝"呢！

　　看看这诸多宝贝，长志气！长精神！生自豪！生骄傲！

　　家有宝贝，置于案上柜中，那是镇宅的；国有宝贝，散在北疆南海，那是守土的。家中宝贝，可以是瓷器，是字画，皆心爱之物，天长日久，蒙尘藏垢了，要拿出来擦一擦、晾一晾，仔细鉴赏，心里免不了会荡起一波欢喜。

要是着意示人，似有炫耀之嫌。炫耀一下又该如何，别人家没有，还不让自家显摆显摆？国之宝贝，虽然博物馆中的文物都算，但最宝的，窃认为，该是兵士和兵士手中的利器。千万个兵士组成军队，强大的军队配以先进的武器装备，那是宝中至宝。说来，国不可一日无军，军队是打仗用的，但高明的方略，是不战而屈人之兵，像墨子的"止楚攻宋"，不怕你九攻，鄙人自有九拒妙计，谁敢欺哉？！我们不怕打仗，想当年，三八线上，打得美国佬胆寒，但落后就要挨打，却又是颠扑不破的真理。只有锻一把能够止楚攻宋的"金刚钻"，手中握有重器，才能驱魔避邪，睡得安稳觉，掘出幸福泉。

有了这么一些宝物，不必要藏着掖着，隔些时日，是需要亮一亮的。亮是亮剑，是展示，是接受检阅。让国人瞧瞧，这一把剑是铁打的，还是泥捏的，刀刃锋不锋利，耍剑威不威风；让世人看看，中国的铜墙铁壁有多厚，跳梁小丑们还敢不敢找上门来。有人说我们是在秀肌肉，优秀的拳击手，哪个不喜欢把一疙瘩又一疙瘩肌肉露给人看？

什么时间亮宝呢？国庆最宜。自 1949 年 10 月 1 日开始，风景这边独好。毛泽东在天安门城楼上庄严宣告时，定然是请了气象专家们，翻看了天气记录的。天亦有情，这一日，晴好天气永远就凝在中国上空了。在我的记忆里，此一刻，全国各地，从来是无风无雨，无霜无雪，秋阳高照，气温和暖。五年一小庆，十年一大庆，正应了那句话：好风凭借力，送我上青云。

新中国华诞，水笑山欢，满世界鸿福，宜结良缘。不用看好日，年年里，国庆节这天，到处是迎亲的队伍。今年倒好，结婚的比往年少了一半，皆只为，年轻人都要第一时间看国家亮宝，不妨就把婚期推迟吧。做生意的，店铺里没有电视，手机画面太小，声音又听不清楚，干脆把门面关了，跑回家去，也好静心观看；往年大街上，每每车水马龙，人挤人人挨人的，今年却冷冷清清；行走的也多是低头族，一不小心，险些绊到路沿石上。都说春节的联欢晚会收视率最高，十亿人民九亿看；我估计，今年的国庆亮宝，看的人更多：全世界都在看，又岂止十亿八亿？

看宝鉴宝，人都爱扎堆，又喜充资深评论家，仿佛知识面比讲解员还丰富。东风 41 洲际弹道导弹一登场，就说："这种导弹是全球覆盖！"歼 -20 一出现，又作深沉状："这是我国最新研制的重型隐身战斗机，'心脏'是才换的国产'心脏'。"有人高瞻远瞩，曰："咱亮的是歼 -20，保不齐，啥宝贝都亮出来，那还了得？！"长剑 -100 巡航导弹一亮相，有人又开腔了："这是一款超音速巡航导弹。超音速是什么概念，那是比声音的速度都快呢。"

遥忆 1949 年的亮宝，武器没有国产，骡马和摩托是主流装备。今非昔比，如今是机械化、信息化、现代化；是天空卫士，防空反导，无人飞机；是高空高速，钢铁洪流。捍卫领土，誓言铮铮，何其伟大！

家有小孙，起名袁宝，将近 3 岁，刚刚学语，呀呀有声，看过来一支方队，嚷嚷说我要当解放军；又过来一支，说我要当警察；几架飞机拉一溜彩烟，掠过天安门上空，又说要当宇航员。当妈的纠正："那是飞行员。你长大要是能开飞机，就真成咱家宝贝了。"鲁山城门口一老太太，最爱看男兵出场，有人打趣，问她："您孙子是不是也在部队上？"老太太道出心中的秘密说：孙女婿是当兵的。老太太的丈夫当过兵，她这一辈子最爱当兵的。人家给她孙女儿介绍了一个对象，小伙子是个当兵的，孙女儿不乐意，是她说服孙女儿，最终促成了这门婚事。

我原以为，近百万人口的豫西鲁山很小，小到都只能是窝在家中，看电视上亮宝的场面，却不料，聪明的鲁山人建了一个留言群，一跟帖，竟然有 50 来个鲁山人参加阅兵盛典。这 50 来人又成了鲁山的宝贝。有一个被誉为"精神侠客"的，叫张朝岑，自己做了全国先进工作者，想不到女儿张家祎也出类拔萃，在厦门大学读研究生呢，正遇上部队校选，摇身一变，闺女又成了女兵，可巧，也参加了今年的阅兵。

更为幸运的是，央视直播中，在女兵方阵特写镜头里，张家祎又被框了进去，那英姿飒爽的照片，瞬间，刷爆了微信朋友圈。

# 以"艺"战疫

　　正月初八，一大早，打开微信，赶紧关注疫情。蓦然发现，乔台山老爷子拉我进他新建的"中原非遗研究院"群。随手点入，哦，这是一个由老爷子发起、刚刚创建的微信群，里面几十个人，都是省内有名的民间艺人、非物质文化遗产传承人。相较于他们，我则是无名之辈了。

　　这是一个"以'艺'战疫"为主旨的微信群。老爷子发帖谈他对庚子疫难的思考，说："文艺创作，包括民间艺术，在面对社会重大事件时，要回应关切。全民战疫有多种途径与方式。民艺作品是号角战鼓，是拳头旗帜，是刺刀檄文，可以鼓舞人心，可以催人奋进。表现家国情怀，悲壮牺牲是一种，人文关怀是一种……"

　　真佩服老爷子的远见。他一生倾情民艺，今逾古稀，还担着中原非遗研究院的院长及河南省民协的顾问。

老爷子每天更新内容，有图有评。他把每晚写的闭关日志，一大早也发出来。那日志，写得趣味横生，多建议，不悲观，充盈着满满的正能量。时不时，老爷子还会幽上一默，配一张自己的宅照。看他那宅照，满脸胡须，不剃不刮，一副仙风道骨的样子，让我生出无限的爱怜。

这个群紧紧地吸引了我。稍有闲暇，我就点开，看有没有新内容上线。老爷子所发非遗原创，来自河南各县，材质不同，诸如石雕蛋雕、竹刻木雕、剪纸撕纸、香包布艺、泥塑面塑、指画烙画……掰指头数数，好几十种。主题皆是战疫的，有致敬钟南山等医疗战士和白衣天使的，有面对疫情如何做好健康预防的，有祝福华夏祈祷平安的。不少作品变形夸张，风格与视角独具特色。有几件题目新颖，寓意也颇为深刻，如《鼠咬天开》《驱疫迎祥》《向疫开炮》《"疫"翻风顺》等。

化腐朽为神奇。真是八仙过海，各显神通。我禁不住感叹：高手在民间啊。

还有一类雷神火神合体、钟馗出山、降妖除魔的。看天界人物，横空出世，剑挥刀斩，各施妙法，惩戒病毒，想这恶疫猖狂不了几时。何以非遗人心思会想到一块儿？却原来，这也是乔老爷子大胆点题，手艺人才敢打破禁锢。2月16日，乔老爷子在"非遗战疫乱弹"中，开宗明义谈道：艺术能慰藉心灵，提振精神，民间信仰亦是；二者在民艺上结合，非迷信也。

经打问得知，老爷子每天工作到深夜，收稿、剪辑、编发。有时候一天能收几十人、上百件稿。别人宅家，简直闲得要死，乔老爷子说，他是忙得要命。

也可能受乔老爷子的启示，之后，我发现，各级民协、非保中心都开始行动。"全民战疫：民间文艺家、非遗传承人在行动"的群，如雨后春笋般，一个接一个。你发我转。像聚核裂变，原件实物还在作者自己手里，容颜却流布天下。裂变之外还有蝶变，借助网络，有的拍了抖音、短视频，有的上了快手、美篇。民艺、非遗"上云"，各领风骚，受教益者何止千万？

由这些微信云端，让我见识的，更有带音儿的战"疫"曲艺。各地疯传的评书大鼓小段儿比比皆是，连说《岳飞传》的刘兰芳，还录了一段《钟院士，百姓心中的一座山》。一方水土孕一方腔韵，我看的小视频，有晋江木偶、南京白局、临夏花儿、剑川白曲、凉州贤孝等十多种，这些地方曲种，我以前那是闻所未闻，更甭提欣赏过了。转轴拨弦，共抒心声，给我印象最深的，有山东皮影《亿心战"疫"》，演绎病毒四处碰壁，找不到宿主，最后乖乖投降；有湘剧《湘鄂情》，配以湘医援鄂的背景，词工唱好："洞庭一水分两岸，两岸都是楚人传……一笔难写楚和湘……楚湘有情谊深长。"陕北有个叫贰强的说书人，5分钟的视频《特殊时期多保重》，把防疫知识唱得韵味十足，我下载下来，听了不下百十遍。

电话中，我与县民协主席高小伟交流，我说，万众"艺"心，民艺人都在以"艺"战疫。"战"比"抗"好。

战疫，是主动出击；抗疫，是被动防御。艺术家们战疫，各有千秋，民艺非遗人宅家，手到擒来，直观传神。这个群体的宣传作用不容小觑，乔老爷子功不可没。

# 浅论豪横

　　今年这春节，宅在家中，哪儿也去不成，干脆也就不再想着去哪儿，索性奢侈一回，吃吃睡睡，瞄瞄微信，看看电视。热播的《新世界》，70集的电视连续剧，从头追到尾。感慨剧中那人物，虽秉性各异，但分明都在豪横地活着：金海的老谋担当，铁林的出人头地，徐天的仗义鲁莽，田丹的沉稳理智，小耳朵的江湖局气，沈世昌的阴险狡诈……虽然，他们人生追求不同，情感炽烈有别，道路选择迥异，但是一个个，却执着得个性鲜明，倔强得死而不悔。拿剧中几个人物，反反复复，挂在嘴上的一个词：豪横。联想自己，几十年四平八稳，波澜不惊，此时此刻，面对嚣张的疫情，身无一技的我们，使不上一点儿劲，觉得窝囊、憋屈，这么一回味，看什么都不顺，脾气见长。妻子气恼，也跟着电视学，斥责我："你豪横什么？"

仔细品磨，"豪横"一词颇值得玩味儿。有人说，电视剧演的是北京的事儿，这是北京方言么。但查一查，《后汉书》中就有"豪横盈极"的记载，《醒世恒言》中也有"不畏豪横"的话，连韩愈和欧阳修的诗里也都用这个词。韩愈《东都遇春》诗曰："饮啖惟所便，文章倚豪横。"欧阳修《再和圣俞见答》有句："腹虽枵虚气豪横，犹胜诌笑病夏畦。"可见，这个词古已有之，其根儿也并不在北京。北京人聪明，数千年间，语言嬗变，别的地方用得少了，几乎不见了踪影，北京人却还在用着，于是保留了下来。在这个关口，经了电视剧的热播，保不定，这个词会成为2020年的流行语呢！

既然这么个有味道、耐咀嚼的词，让北京人给传承了下来，是不是意味着他们都豪横？那也不见得。想来，倒是大块吃肉、大碗喝酒的人更为豪横，因为他们性格直爽，百无禁忌。再不然偏野僻乡、担山吃土、大腔大调的北方人，才具此等风采？！

仔细揣摩，"豪"字，呈的是无限的英雄气概，天生的气魄宏大、胆略非凡，行为作风爽快，无拘无束。看一看用"豪"字组起来的成语诸如"豪情壮志""豪放不羁"，也就明白了。而提起"横"字，总让我想起螃蟹的霸道。那螃蟹横着身子直闯，眼前道路，管它什么经纬。看过一幅照片，一个人，光葫芦头，裤挽老高，眼斜着，嘴里噙支烟，耳上架支烟，指间夹支烟，一副目中无人的样子，分明是"横"字的写照。

再怎么说，豪横，是别人给予的评价，自己总不能说自己多么豪横，那样的话，就是井底之蛙了。我们可以翘起大拇指，说"这个人豪啊"，极赞其豪爽；我们也可以嗤之以鼻，说"这个人横啊"，极誉其骄狂。然，这两个字，出其不意地一组合，却又产生了奇妙的语境：褒，一半的豪情豪气，可寓人的果敢刚强、铮铮傲骨，仿佛天塌了我可以顶着；贬，一半的蛮横穷横，可指人强取豪夺、目空一切、老子天下第一；他肚子里不一定都是坏水，但他身上长刺，仗势欺人，说了过头儿话，办了过天事。

要从历史的影子中，去追寻豪横的人，大诗人李白可算一号。缺钱的时候，李白吆出儿子，让把五花马、千金裘卖了，赶快换来美酒饮用。为喝酒，李白烹羊宰牛，为的暂且一乐，乐便乐吧，他不饮上三百杯，不算过瘾。更甚者，"天子呼来不上船"，喝得兴尽时，皇帝老儿喊李白也不行。那豪横十分了得。

衡量一个人豪横与否，不宜道听途说，不要冷眼旁观。卧薪尝胆，青梅煮酒，力拔山兮，九死不悔，我们要置身其中，不做看客，不以成败定论。总的说来，这个词褒贬各半。在那道德失衡、兵匪横行的旧年代，那些不按套路出牌，不按规矩办事，却又古道热肠，一言九鼎，能扛事的人，人们用这个词赞颂得多。他们牙打掉了，伸伸脖子，使劲往自己肚子里咽，再大的困难，也绝不乞求别人的施舍，也绝不人前低头认尿。

这样的豪横是真豪横。

　　疫情猖狂的紧要关头，有两个逆行人，窃以为就是真正的豪横。一个是钟南山，84 岁高龄了，劝着别人千万不要去武汉，扭扭身，义无反顾，自己个儿却去了；另一个，是歌唱家韩红，以一己之力，率先捐款捐物，管他谁人举报不举报的，挥一挥手，其团队带着捐赠的 60 台救护车，雷霆般驰往武汉。没有谁像他们两个人这样慷慨无私的。

　　倒是有一类人，浪得一点儿虚名，抑或依附一些权势，就自我膨胀，狂妄自大，豪横不已。正应了那句话，要想灭亡，就先疯狂。疫情管控正严呢，不少地方，竟出现一些人，拒不配合检查，且出言不逊，态度恶劣，蛮横无理。说这些人豪横，豪横得没有一点儿道理，简直是不知天有多高，地有多厚，纯粹是搬起石头，砸自己的脚。

　　做人，还是低调些好。

# 仙凡情缘话七夕

　　天上人间，欢悲离恨；云阶月地，衷肠互诉；仙界凡尘，情缘巧结。年年一度，萤烛秋光，七夕又到。心灵手巧的织女，从银河彼岸，满脸羞赧，踏过鹊桥，向我们走来。喁喁私语，满腹情话，引发我们浮想联翩。

　　在这个多情的初秋之夜，遥望星空，忍窥河汉，情思悠邈，飘至瑶台。为牛郎的离奇情缘，为织女的坚贞不渝。民间四大爱情传说，虽皆凄婉悲怆、缠绵悱恻，伤感到了人的骨髓，但位居首位的《牛郎织女》，内涵却格外丰富，形象却格外饱满。它情节曲折，几经往还，给人以太大的震撼，太广阔的想象空间。仔细回味，几千年间，在饥寒交迫的民众生活里，贫苦男儿，目不识丁，最大的愿望，就是娶回一位貌比天仙的妻子，男耕女织，甜蜜生活。这种演绎，是普通老百姓的心理映现。

尤其牛郎织女传说结尾，精美一笔：鸟鹊们飞向天空，为他们相会搭桥。这一现象，神奇诡谲，看似荒诞，却是人类心理感情的最大满足。"争将世上无期别，换得年年一度来""两情若是久长时，又岂在朝朝暮暮""地上鲁山坡，天上联银河；七夕来相会，人间幸福多"。这幸福，是牛郎织女抗争来的。那王母娘娘，法力无边，何以连喜鹊也管不了？实是她也后悔，生生拆散了女儿的婚姻，毁了女儿的幸福。为了弥补自己的过失，为了不致自己脸面丢掉、威严扫地，她这才由着喜鹊搭桥，默允牛郎与织女，一年一度，在七夕这天，见上一面。

鲁山是"中国牛郎织女文化之乡"。这个传说，在鲁邑家喻户晓，妇孺皆知。翻开最早的明清县志，都有关于"牛郎洞、织女潭"等地名记载；一方民众的文化传承，保留了这个民俗传说的面貌：牛郎后裔的祭祖，牛郎洞的跪拜，九女庙的乞子，七夕的乞巧，对牛的尊崇，辛集街的古会，葡萄架下的夜听，山区的养蚕织丝，无不彰显出牛郎织女文化的深厚根基。

鲁山是柞蚕丝绸文化之乡。自夏代始，这里即植柞养蚕。鲁山绸被誉为"织女织""仙女织"，那是品牌。鲁山的绸缎，杨贵妃穿过，唐玄宗赏过，1915 年，漂洋过海，在万国博览会上，还一举夺得金奖。当年的万博会，即今之世博会。瑞士"好士门"公司，几代人经营鲁山绸。为什么鲁山绸名满天下，皆只为，这蚕虫，是织女从天上带到人间来的。织女下嫁鲁山，没带别的嫁妆，只带来了

"天虫"和"九姑娘花"。"天虫"即柞蚕种。鲁山人少吃蚕蛹，因其来自天上。这虫儿，到人间，千辛万苦，结茧吐丝，为人们保暖御寒，可谓功高盖世，人们心里生着敬畏。"九姑娘花"即油菜花，也是织女从天上带来，让鲁山的百姓度春荒用的。时至今日，春风吹来时，鲁峰山周围，漫山遍野，金黄灿烂，香味弥漫，升达天宫，那是在传递一种信息：织女在人间，过得幸福美满。

鲁峰山周，是万亩的葡萄园。葡萄藤葳蕤多姿，葡萄粒颗颗晶莹。玛瑙一样的葡萄，粒粒饱满，酸甜适口，被国家认定是纯绿色、无公害产品。葡萄装箱，远销数省，那上面标注的是"牛郎故里、仙缘葡萄"。吃几粒，仙韵悠长。说起来，还得感谢织女。这一带，家家户户，庭院中，原有葡萄种植，种葡萄，不只为吃，而是为的七夕之夜，藏在架下，听牛郎织女的情话绵绵。却不料，无意插柳，引入大田，一种，花开遍地，效益可观。

吃着甜美的葡萄，回味着一个数千年的爱情故事。

鲁峰山的西南隅，有一个村子，叫孙义村。村子里，一多半的原始村民都姓孙，尊牛郎为老祖宗。认祖归宗，是一件十分严肃的事情，但孙义村的孙氏后裔，言之凿凿，异口同声，认牛郎为其祖先。正因此，外边的村子再怎么演《天河记》，他们并不妄加干涉，甚至也去观看。而作为发祥之地的孙义村，却是从不让在本村演的。这是数千年来传下的规矩，也是该村约定俗成的独特民俗。他们认为，牛郎是自己的老祖，叫戏子们扮作自己的老祖在台上扭来摆去，偷看天女洗澡，偷走织女仙衣，又在鹊桥上缠绵，有辱斯文，不堪视听。

村中央有个牛郎祠，祠中供奉的，当然是他们的老祖爷牛郎、老祖奶织女。有时候，他们又叫老祖奶为老姑奶、九姑奶。

这织女，在鲁山流布的传说中，她是玉皇大帝最小的女儿九姑娘。九姑娘织女配的是牛郎，他们演绎的是《天河配》《双星缘》。而七仙女配的是董永，演绎的是《天仙配》。牛郎是老牛做的媒，董永是大槐树做的媒。

孙义村人娶了老天爷的女儿，与老天爷攀上姻亲，理所当然，玉皇大帝就成了孙氏的外爷。我们称老天爷，冷冰冰的一个神仙形象，孙义人却称之"老天外爷"。他们认为，风霜雨雪，那是老天外爷喜怒哀乐的表现。

一个"外"字，几多情感融入。

鲁山还有很多牛郎织女的民歌民谣。这里山多水多，山高野旷，人们在田间劳作、山野牧放中，对牛郎织女，抒发出万端情感，对答传歌，遥递情意，即兴编唱。声调高亢嘹亮，节奏明快欢畅。这是牛郎织女传说之外，衍生出的一朵奇葩。

我在鲁峰山周牛郎故里做调查时，即曾采集到一些民歌，现摘录几段：

鲁山坡顶有条路，
一通通到南天门。

九天姑娘下凡来，
得配牛郎情意深。

鲁山坡上放风筝，
牛郎织女最有情。
男耕女织最恩爱，
生儿育女乐融融。

一个在家穿银梭，
一个去外种良田。
男耕女织多幸福，
恩恩爱爱数千年。

巧女喜绣牛女星，
绣条天河亮晶晶。
绣对喜鹊把桥架，
牛女丝语到天明。

老牛生角能腾飞，
老牛皮子能做衣。
老牛开口会说话，
老牛做媒引织女。

山歌好唱口难开，

养蚕还靠蚕女来。
春蚕吐丝巧织绸，
九天姑娘送巧来。

月亮上头有桂树，
祖奶本住月里头。
寂寞银梭织云锦，
哪比下凡春一度。

脚下有双腾云鞋，
虽无云梯能上来。
肩挑儿女忙赶路，
银河滔滔隔不开。

鲁山坡上喜鹊多，
喜鹊聚在鲁山坡。
单等七夕那一天，
要让牛女渡银河。

我祖本是牛郎仙，
我奶本是九天仙。
牛郎洞里把身安，
孙义庄上根脉连。

天上星星亮晶晶，
卧看牵牛织女星。
牛郎生在俺那里，
天爷是俺老外公。

神仙不是凡人变，
凡人却也能成仙。
织女一人下仙界，
牛郎成了牛郎仙。

天上下雨地下流，
牛郎织女情意投。
织女下凡为哪般，
鲁峰山前寻根由。

织女洗澡九女潭，
脱下仙衣放一边。
牛郎来把仙衣藏，
成就一段好姻缘。

老天外爷心肠软，
王母娘娘管得宽。
牛郎织女有情意，
你又何必死阻拦。

老天外爷怕老婆，
对于妻子没奈何。
有心休了再重娶，
九个女儿泪成河。

九天仙女都漂亮，
最美还是九姑娘。
心灵手巧多贤惠，
一心一意跟牛郎。

独守空房细思量，
天上人间难成双。
有情单等七夕会，
不怕棒打好鸳鸯。

牛郎织女故事传，
听了一遍又一遍。
都说牛郎娶天仙，
何时才能轮着咱。

这些民歌民谣，它所蕴含和表达的，无不是对婚姻爱情、美满幸福的憧憬与期盼，无不是对男耕女织、田园牧歌的讴歌与赞颂。

近年来，国家对传统节日予以保护，对节日所承载的文化内涵予以弘扬，把清明、端午、中秋列为法定假日。遗憾的是，七夕却被排除在外。从传承的民众基础上说，七夕是中国的爱情节，最是深入人心，最不该游离出去。

牛郎织女文化，是平顶山悠久历史文化中的一块璀璨瑰宝。由它所衍生出的七夕民俗节日，是中华民族传统爱情的载体。

让我们共同祈祷，天下有情人永远恩爱和谐。让我们共同守护牛郎织女文化以及这美好的精神家园。

# 牛郎织女前世有缘

　　牛郎原本是天上的牛郎星，他在天上也是放牛来着；织女原本是天上的织女星，她天天被王母娘娘管着，在屋子里织锦布。天上和人间一样，等级严得很。这俩人虽然都是天上的人物，但差距大着呢，他们谁也不认识谁。你想，一个放牛娃，虽说也是天庭里的一员，可他也进不到玉皇大帝一家子住的玉清宫去，咋能见着王母娘娘的闺女呢？

　　织女是王母娘娘最小的女儿，排行老九，太白金星啊、托塔李天王啊都喊她九姑娘。这九姑娘心眼好，手也巧，又勤勤。不勤勤也不中，她被她娘管得严着呢。九姑娘天天在织房里织啊织的，她不光要织布，还得把织好的锦布拿到银河边洗。清洗过的锦布去了糙劲，缩了水，才轻松柔软，做衣服什么的才适宜。织一匹布得好几天。一匹布织好了，才允许她卸下来，抱到银河边揉洗，她也正好出来透透气，散散心。九姑娘虽说在天庭里长大，那也不是想怎么转就怎么转的，她可以到太上老君伯伯的兜率宫转，她可以到父亲的凌霄宝殿转，但她想到瑶池，想到蟠桃园转，王母娘娘就不让；想到天庭外，紧挨着南天门的银河边看一看，更是不方便。有看门的值日官管着呢。私下里，九姑娘没少埋怨母亲心肠硬，管她管得太严。

　　事也巧了，这一天，九姑娘抱着刚刚织好的一匹布，又来到银河边清洗。好几天没出织房，九姑娘心情好着呢，三下五除二，揉洗过，她站起身，搭眼看银河。平日里，这银河宽又宽，长又长，水不大也不急。她又低头看下界，这下界山是山，地是地，起起伏伏，也挺诱人的。正看得出神，一不小心，身子一侧歪，脚底下一滑，九姑娘竟跌到银河里了。九姑娘脸吓得也白了，喊也喊不出声，手脚乱扑腾，越扑腾越往深处去，咕咚咕咚灌进肚里好几口水，眼看要沉下去。牛郎在银河岸边正放牛呢，眼一瞭，看见不远处银河里水打着漩儿，像是有人落水啦，他就撂靴子往这边跑，扑通一声跳到银河里，一个猛子扎进去，捞着人就往外拽。一个放牛娃，从小在银河边放牛，少不了与水打交道，牛郎会凫水，要不然他也捞不上来九姑娘。捞上来了，一看，九姑娘肚子圆鼓鼓的，已经不会吭声了。他赶紧把九姑娘放到地上，也顾不上男女有别羞不羞的，就不停地摁九姑娘的肚子让出水，摁出来不少水，九姑娘就是还没有一点反应。牛郎又想起老人们说过的救落水人的方法，他就赶紧把九姑娘脸朝下，搁到牛脊梁上控水，然后拉着牛转圈跑，九姑娘身子趴到牛背上，哗啦啦的出水，不消一刻钟，慢慢地有了声息。九姑娘醒过来后，一看是牛郎救了她，万分感激，对牛郎深施一礼，打眼一瞟牛郎，穿得虽不太好，人长得还周正。牛郎偷眼也看了九姑娘一下，不禁也愣了神，那九姑娘长得也是要多好看有多好看。两个人互有好感。

话说九姑娘回到玉清宫，念念不忘牛郎的救命之恩。自己不慎失足落水这事也不是什么好事，她对任何人也没有说，对八个姐姐，她想说也没有说。不料想，这一幕，叫天上的值日官看见了，值日官为了讨好王母娘娘，慌得屁颠屁颠地把这事报给了王母娘娘，报就报了，却添油加醋，把牛郎救人的前前后后，说成了牛郎是借救人在调戏九姑娘。这还了得，王母娘娘一听，气得火冒三丈，当即找着玉帝，叫严惩牛郎。玉帝想想，老婆子说得也不一定是这个理儿，但玉帝是个怕老婆的主儿，啥事儿他都拗不过王母娘娘。玉帝手一摆：罢了罢了，这事由着你办罢。

王母娘娘一声令下：把牛郎贬到下界，永远受苦受难去吧。

天兵天将架着牛郎到南天门，胳膊一松，手一推，就把牛郎推下凡界来了。

牛郎到人间后，托生到鲁山坡前一个姓孙的人家家里，起名叫孙守义，小名叫小义，成了俺的老祖宗。牛郎天天还是以放牛为生，庄上大人小孩还都喊他牛郎，跟在天上的名儿一个样儿。也是前世修来的情分，后来，下凡到人间的金牛星变成一头老牛，又让牛郎放着。老牛开口说话，让牛郎到鲁山坡西北角的莲花潭边，偷了九姑娘的衣裳，九姑娘一看，这不就是在天上，把自己从水里捞上来的牛郎吗？她当然是愿意嫁给她了，要不然，牛郎一偷衣裳，一说鲁山坡咋好咋好，她就不再飞上天了？她就嫁给他了？哪有那么容易的事儿。

九姑娘是安心跟牛郎过日子来着，她不但贤惠，心眼也好。她和牛郎在牛郎洞成亲以后，鲁山坡周围的乡亲们听说了，都跑来看她。她看到乡亲们日子过得苦着呢，穿的都是粗布烂衣。她想起下凡洗澡时，衣裳兜儿里装有一把虫子，这虫子在天上时吃树叶子吐丝，她就是用这虫子吐出的丝织成的锦布，用这锦布再做成衣裳，耐穿得很。这虫子吃不吃人间的树叶呢？恰好鲁山坡上到处长着柞树，九姑娘把这一把虫子往柞树叶上一撒，这虫子吃柞树叶子吃得可欢呢。不多时，这虫子就吐出丝来，把自己裹进去，和天上的一样。九姑娘心里别提多高兴了，她手把手教妇女们抽丝织丝，妇女们学得也快，不多时就都学会了。这一片的老百姓对九姑娘感激不尽，就把九姑娘从天上带下来的虫子叫"天虫"。

九姑娘和牛郎他们俩，女织男耕，恩恩爱爱，好不幸福。几年过去，九姑娘生下一男一女，俩孩子满地乱跑了，却叫王母娘娘访着。王母娘娘那个气呀：好几天不见小闺女的影儿，想着是丢了，可没想着是丢到凡间了。这闺女，我管你管得严，是娇你呢，你是存心到凡间，跟着牛郎不回去，不要爹娘了，这还了得。王母娘娘即刻派天兵天将把闺女捉回了天上。女婿倒还有些能耐，竟担着外孙外孙女赶上来了。有心不让他们见面，外孙们怪可怜的，闺女也整天哭哭啼啼的，弄得王母娘娘心里怪不是滋味，干脆每年七月七叫他们见一面吧。王母娘娘发下话来，这俩人眼巴巴的，才能等着一年见一次面。

九姑娘回到天上以后，忘不了牛郎，忘不了一双儿女，也忘不了鲁山坡周围的乡亲们。乡亲对她是太好了，比天上的人见面亲切热络多了。她记着，在人间时，每到春天，青黄不接，乡亲们就没啥吃了，饿得前心贴后心的。九姑娘于是就在又一年七月初七夜晚俩人会面时，带给牛郎一兜儿油菜籽，吩咐牛郎，叫乡亲们把这籽撒到地上，可救乡亲们的春荒。牛郎依言。果不其然，到了秋罢，乡亲们在好地上种上麦子，在坡坡岭岭的赖地上撒上油菜籽，籽一露头出苗，乡亲们一尝，叶子好吃；来年，一开春，油菜疯长，不多时，天上刮来一股一股的微风，油菜开出金黄金黄的花朵，黄灿灿一片，照花了人眼，黄花散出的香味更是好闻。老百姓闻着花想着九姑娘，想这九姑娘也像这花儿一样香呢，这花就叫九姑娘花吧。

半个来月，黄花褪去，油菜结荚生籽，籽挤出油，也好吃得很呢。

（许四妮口述）

# 心香一瓣到瑶台

　　爱情是亘古不变的主题。每个人都企求完美的爱情，但很多人的爱情却并不完美，于是就演绎出无数的悲情爱情传说故事。其中又以牛郎织女的爱情故事最为典型。又一个七夕节将临，天人合一，暑消秋长，不免让人思绪万千，心香一瓣缥缈到瑶台之上。

　　天帝最小的女儿织女，那是玉皇大帝和王母娘娘的掌上明珠，更让人怜爱的是她心灵手巧，擅织锦缎。早上，她把自织的彩锦撒向东海边悬为朝霞，傍晚围至西山扯作晚霞，白天则漫空铺展，凝成白云。这么一位美丽多情的天仙，原应嫁入豪门，嫁给风流倜傥的帅哥，谁料她却嫁给了家境贫寒、遭兄嫂嫌弃的放牛娃儿？姑且不论牛郎是怎么听从老牛的话，偷走了织女的仙衣，导致织女无法返回天庭，结果是织女义无反顾地爱上了一贫如洗的牛郎，在人间过起了男耕女织的幸福生活。故事若到此收尾，也便缺乏回味，高潮是王母娘娘获悉女儿下嫁人间，恼羞成怒，派天兵天将把织女抓回天宫；不自量力的牛郎竟冲破艰险，肩挑一双儿女追上天庭，欲讨回爱妻；狠心的王母娘娘拔下金簪，划一道天河，阻隔两位有情人天各一方。但最后王母娘娘也不忍女儿终日以泪洗面，默允一年一度七夕日，由喜鹊搭一座七彩虹桥，让他们在桥上会面。

七夕相会是牛郎织女传说故事中最为精美的一笔。鸟鹊们纷纷飞向天空为他们相会搭桥。这一神奇诡谲的景象，看似荒诞，实是人类心理感情的最大满足，也寄予了人类无限美好的憧憬。由此，竟衍生出七夕这么一个传统节日，让普天下的有情人为之疯狂纪念。

相比西方的情人节，我们的七夕节内涵是多么饱满与丰富。这个故事可谓几经往还，峰回路转，给人以太大的震撼，太广阔的想象空间。在封建礼教桎梏人们婚姻爱情的历史长河中，在饥寒交迫的民众生活里，目不识丁的贫苦儿男最大的愿望就是娶回一位貌比天仙的妻子，男耕女织，夫妻恩爱，甜蜜生活。这种演绎是普通老百姓心理的真实映现，是真正的口头文学。中华民众对于纯真爱情生活的渴望，附加在牛郎织女身上，由传说而落地生根，依托璀璨的银河和闪亮的牵牛织女星作参照，长出一棵七夕参天大树，开出一朵七夕之花，千年不败。牛郎织女故事成为我国传统爱情的载体，成为国人的一种文化心理和生活习惯，成为中华和谐文化的灵魂，虽是个奇迹，也不难理解。

这个传说的流布形式和方法十分独特。夏秋之夜，繁星点点，院中纳凉，仰望星空，"天阶夜色凉如水，卧看牵牛织女星"。儿女们不免偎依在父母身边缠着听故事。父母亲首先就指着天上的牛郎织女星，讲起了牛郎织女的故事。故事包容了太多的情节和悬念，饱含了太多的幻想与渴望，怎么连缀和熔铸都不为过；稚儿们就在这一波三折、跌宕起伏的恩爱情仇中进入梦境，家长们却总是一次次沉浸在这个故事所带来的伤感与哀怨、浪漫与美丽、幸福与甜蜜中难以入眠。而情窦初开的少女被夜纱遮住羞红的脸庞，故事尾声处作假寐状，内心则波翻浪涌，浮想联翩，既羡织女心灵手巧，又叹织女坚贞不渝。于是，七月七日，牛郎织女会面的这个日子就成了人间心海排遣不开的七夕节。女子们羞于人语的无限心事，就借着七夕之夜，避开人们的视线，去到葡萄架下偷听牛郎织女夜半无人的喁喁私语，抑或在当院中摆上供品，乞求织女心意传道，赐授技艺。故而，七夕节亦称女儿节或乞巧节，这一天，聪明、富贵、美貌等都可乞得。当然，首要的还是乞良缘。今年，鲁山还要隆重举办"我们的节日——七夕节"系列民俗文化活动，我通过民间走访，搜集整理了一首流传在鲁山地区的《乞巧歌》，歌词是这样的：

　　七月初七天门开，
　　一朵彩云落下来，
　　彩云里降下九天仙，

九仙女给俺送巧来。

天上星星数不清，
葡萄架下月不明，
牛郎织女鹊桥会，
搅得俺心里乱怦怦。

夜深人静秋似水，
虫儿唧唧人不寐。
当院里摆上小方桌，
小方桌摆上鲜瓜果。

七月星儿的大枣甜生生，
七月星儿的花生白丁丁，
七月星儿的葡萄甜丝丝，
七月星儿的苹果脆铮铮。

双手合十心虔诚，
闭上双眼脸发红。
情思一瓣到瑶台，
乞求九仙女显神灵。

乞我十指巧又巧，
穿针引线擅女工。

不描龙来不画凤，
单绣禽鸟小生灵。

绣对鹁鸪嘴对嘴，
绣对兔儿卧草丛，
绣对喜鹊喳喳叫，
绣对鸳鸯戏水中。

乞俺有张好容颜，
乞俺伶俐又聪明，
乞俺事事都遂心，
嫁个如意好郎君。

　　说起七夕的乞巧，汉代就有了。《西京杂记》中载："汉彩女常以七月七日穿七孔针于开襟楼，人俱习之。"唐宋诗词更是屡屡提及。唐王建诗曰："阑珊星斗缀珠光，七夕宫嫔乞巧忙。"红颜薄命，皇宫犹如天宫，宫女们日日幽居其中，最是盼望像织女一样能嫁得如意郎君。此风向民间蔓延、遍地花开恐也是一夜之间的事情。又有《七夕》诗曰："七夕今宵看碧霄，牵牛织女渡河桥。家家乞巧望秋月，穿尽红丝几万条。""可惜穿针方有兴，纤纤初月苦难留。"从这些唐诗中可以看出，唐时仰望秋月，家家乞巧。到了宋元，七夕乞巧之鼎盛到了无以复加的程度，京城中设有专卖乞巧物品的市场，称乞巧市，从七月初一开始，乞巧市上即车水马龙，人流如潮，七夕前，更是车马难行，人山人海，其热闹景象，不亚于春节的狂欢。

作为农耕文明的起源地之一，作为介乎唐宋京城之间、距离宛洛卞都比较近的鲁山，因其牛郎织女发祥于此，可以想象，七夕乞巧之盛当然是在情理之中。

七夕古诗不胜枚举，全唐诗即载入 68 首。综观这些诗词，除了记述七夕民风民俗及人们对这个故事的喜爱、对真挚爱情的向往与追求、对封建礼教的诅咒外，更多的是慨叹牛郎织女一年一度七夕会面的欢情与离恨，如白居易《七夕》诗言："烟霄微月澹长空，银汉秋期万古同。几许欢情与离恨，年年并在此宵中。"在这个故事形成初期，歌者的着眼点局限在牛女的离愁别绪上。脍炙人口的古诗十九首中《迢迢牵牛星》是最好的注解："迢迢牵牛星，皎皎河汉女。纤纤擢素手，札札弄机杼。终日不成章，泣涕零如雨。河汉清且浅，相去复几许。盈盈一水间，脉脉不得语。"相爱的人分隔在一水两岸无法逾越，咫尺天涯却只能脉脉凝望，这是何等的痛苦。"云阶月地一相过，未抵经年别恨多"；"铜壶漏报天将晓，惆怅佳期又一年"。短暂的相会根本弥补不了经年的别离。而李商隐亦不愧为大家，关于七夕，他就写了四首诗，其中一首别开生面，翻新主题："鸾扇斜分凤幄开，星桥横过鹊飞回，争将世上无期别，换得年年一度来。"宋代大诗人秦观的《鹊桥仙》更是新弹琵琶，把这一音响进一步升华，引入高亢嘹亮的境界："金风玉露一相逢，便胜却人间无数……两情若是久长时，又岂在朝朝暮暮"，可谓金石裂帛，掷地有声。这和白居易《长恨歌》"七月七日长生殿，夜半无人私语时，在天愿作比翼鸟，在地愿为连理枝"中唐明皇与杨贵妃为爱情而殉道的悲壮，不可同日而语。秦观赋予了这个神话故事以新的含义，把他们的爱情演绎出一种高尚的情操，让这一千古绝唱真正地唱响人间。

由牛郎织女这个传说故事演绎出的七夕节所饱含的文化意蕴说不尽，道不完。智者见智，仁者见仁，男女老少，都可从这个千古绝唱中弹拨出心灵的共鸣点。斗转星移，沧海桑田，山河巨变，情丝不改。鲁山，作为牛郎织女民俗文化的发祥地，具有牛郎织女传说故事的原生性、遗址遗存的完好性、群众基础的广泛性、民风民俗的延续性，2009 年被中国民间文艺家协会命名为"中国牛郎织女文化之乡"，这是鲁山人民的骄傲。每年七夕节，中国民协都要在鲁山举办"我们的节日——七夕节"系列民俗文化活动，这是对中华民族优秀传统文化很好的传承方式。

仰望星空，为寻找那条赋予了人类太多情感的银河，我常常站在鲁峰山上浮想联翩，心香一瓣缥缈到瑶台之上。

# 穿越时空的爱

  1980 年，我 16 岁，上高中二年级。教语文的老师是蹲了多年牛棚的"右派"，他刚复归讲台，教课十分用心。课外，他时不时地找来报纸上好的文章读给我们听，都是短文。有一次，意外地，他把《中国青年报》上，整版的一篇科幻小说，声情并茂地读给我们听。

  满满一堂课，同学们痴了脖颈，凝了眼神，唏嘘不已。

  小说大意是，一位年轻人，爱好登山。新婚第二天，在村口，他恋恋不舍，吻别妻子，随同另外两名登山队员，向喜马拉雅山进发。他们曾许下宏愿，要征服珠穆朗玛峰。不料，时隔数月，消息传回，丈夫在登顶时，遇到雪崩，不幸遇难。妻子不相信新婚的丈夫踪影全无，日复一日，她守在村口，就在与丈夫吻别的地方等啊等，盼望着夫君会突然出现在她面前。就这样，一等半个世纪，妻子两鬓飞霜了，依然在苦苦守望。终于，有那么一天，日落时分，从远处的征途中，走过来一位小伙子，向老太太打问她的乳名。妻子心中一揪，眯眼端详，眼前的小伙，像极了50年前的丈夫。一盘问，果然就是。

原来，一个月前，珠峰再一次发生雪崩，雪暴把丈夫腾空劈出。丈夫迅速解冻苏醒，恢复记忆，寻迹找回家来。

两个人相拥相吻，抱头痛哭。

岁月把妻子雕刻得已是满面皱纹，而丈夫却还是年轻时的容颜。

这样的爱情，对于情窦初开的我们，何异于石破天惊。

这世间，很多爱情可以穿越时空，使人难忘，令人惊叹，教人感佩，其原因就在于故事情节的悖离，就在于主人翁的至真至纯与傻里傻气。40年前，爱情不像现在可以速配，但我们还是不可置信，新婚的妻子会等啊等的，等上几十年？！新婚的丈夫，也舍得新婚第二天，就离开妻子？巧巧的，第二次雪崩又会让丈夫复活？

在艺术作品里，很多爱情，都不符合常理；很多细节情节，都经不起推敲。一言以蔽之，在现实生活中，似乎是不可能发生的。但是恰恰在文艺作品中，产生了震撼人心的力量。它穿越时空，让我们刻骨铭心，永生不忘。例如《牛郎织女》的传说。天帝最小的女儿织女，岂非玉皇大帝与王母娘娘的掌上明珠？这么一个心灵手巧的大家闺秀，原应嫁入豪门，怎么会义无反顾地爱上一贫如洗的放牛娃？老牛怎么会开口说话？姊妹们一起洗澡，诸位姐姐又怎么会撇下织女一个留在凡间？王母娘娘头上的金簪拔下来，何以就能划一条汹涌的银河？每年七夕这一天，各地的喜鹊怎么会飞到一个地方搭一座鹊桥，让他们相会？

再如《梁山伯与祝英台》，那么聪明的一个书生，与那么美丽的一个女子形影不离，同窗三载，却未认出她是个女的，怎么可能？而在十八里相送中，英台的诸多比喻，梁山伯又都听不明白，也难怪英台要骂山伯是呆头鹅。《聊斋》中诸多贫寒书生与鬼狐仙女的婚姻，其他人鬼结构的爱情作品，均属此类。

其实，这些故事最打动人心的地方，正在于其情节的极不合理处。这些神奇诡谲的现象，看似荒诞，实是人类心理的最大满足，它寄予了我们无限美好的憧憬。我们懒得去理会其中很多的悖逆现象。我们喜欢的就是主人翁看上去痴呆憨傻，实则冰清玉洁、纯真无瑕。我们津津乐道的，就是他们能够冲破世俗的观念和勇气。这种艺术形象的塑造，可以产生很强的审美效果，激起我们心中强烈的共鸣，让我们超越灵魂。

# 第二辑　往日情怀

　　看起来，美与丑只在一闪念。时间推移，久了，很多事情形成定论，已很难改变。抑或对于事物解释不同，效果不同。

# 月黑大雁怎飞高

17岁时，第一次读卢纶的《塞下曲》，六首里，最佩服之二："林暗草惊风，将军夜引弓。平明寻白羽，没在石棱中。"将军弯弓搭箭、入石三分的英豪气概，叫人拍案。而读之三："月黑雁飞高，单于夜遁逃。欲将轻骑逐，大雪满弓刀。"却觉着，诗虽也气度不凡，但其中多处费解，似不合事实与情理。

斯时，山西《名作欣赏》刚刚创办。我斗胆对卢纶《塞下曲》之三，写了一篇短文质疑，并寄往该杂志编辑部，却石沉大海。过后想想，是不是自己年少，理解浮浅，文字稚嫩，太过轻狂：这诗已传了一千多年，蘅塘退士都编选在《唐诗三百首》里了，你敢不知天高地厚，提出疑义？

弹指一挥，时间过去40年，我也成了小老头儿。其间，每每关注对这首诗的鉴评与赏析，都说它是边塞诗的翘楚；整个唐代数千首边塞诗，它是可以列入前十首中去的。

但我对这首诗的疑问，一直不能释怀。

该诗所写季节，从"大雪满弓刀"上看，分明是冬天，依正常情况，大雁早已南归。大雁属候鸟，每年春分前后，飞往北方繁殖，寒露前后，又飞归南方越冬。这样的夜晚，怎会有大雁？当然，北方气候，"胡天八月即飞雪"。即便如此，天气一旦寒冷，大雁不再适应北方气候，等不得季节到寒露，恐怕它就南飞了；即使北方大雪突降，雁儿来不及南归，在这月黑之夜，那也是看不见大雁的。难道作者是在凭一种感觉？听到了高飞大雁凄厉的叫声？这只大雁是离群受伤的孤雁？在这样一个漆黑阒寂的夜晚，又是怎么知道单于准备遁逃？单于选择在雪夜奔逃，雪再大，印迹覆盖也不会很完全，难免要留下蛛丝马迹的。"欲将轻骑逐，大雪满弓刀"，将逐而未逐，弓刀之上就落满了大雪；这弓刀，将士们若是拿在手中，大雪恐难以落到刀上去，若是静止地悬放着，雪满弓刀又失了诗的味道。再者，这一支轻骑，最后到底追击了单于没有？从语境上看，似乎雪太大，没有追逐，若是没有追，岂不又留下一层遗憾？

有资料介绍，大雁属夜盲鸟类，在黑暗中视力尽失。如此，那就更不可能"月黑雁飞高"了。

太多的疑问，缠绕了我 40 年。

日前，在网上看到，数学家华罗庚早就对卢纶这首诗提出了质疑。华老用五言四句诗，拷问道："北方大雪时，群雁早南归。月黑天高处，怎得见雁飞？"有人为此还作诗赞华老曰："诗论数论各一经，求真务实却相同。千年留得每事问，至今仍赞华先生。"

看来，我与华老是相通的。

但网上不少人，在敬佩华老敢于质疑的同时，认为卢纶应该是对的，有人也用诗的形式释疑曰"北方初雪时，仍有雁南归。月黑天高处，闻鸣知雁飞"。

对这首诗的鉴评，多这样赏析道：卢纶所写，非眼前之景，乃意中之景。雪夜月黑，正常时刻，雁是不飞的；但宿雁惊飞，恰烘托出战前气氛。短短 20 字，未直写激烈的战斗场面，却语浅意深，意在言外，若隐若现，留下空白，才显得意蕴悠长。还有的说，诗么，讲究联想夸张，卢纶捕的是形象，抓的是时机，呈的是冷峻、悲凉的边塞画面。

如此，怪我孤陋寡闻了。

这应了那句话：奇文共欣赏，疑义相与析。

看起来，美与丑只在一闪念。时间推移，久了，很多事情形成定论，已很难改变。抑或对于事物解释不同，效果不同。

# 七夕之美

　　七夕之美，美在文化。传统节日，古风濡染，我常想，民间四大爱情传说，牛郎织女何以居首？概孟姜女太惨，梁祝太悲，白蛇传太妖吧？！而牛女之爱，场面宏阔，景色瑰丽，内涵饱满，意蕴悠长。虽有伤感之韵，不乏缺憾之美。一年365天，有364天，眺望相思，唯到七夕，乃得一会，岂不令人扼腕？然今人视角，信息畅游，海角天涯，虽不厮磨，等同相守。所以民谚：天上银河宽，难隔心相连；七夕来相会，幸福满人间。胜却人间无数，悲的成分少了。人们恋的，是驾理想之舟，乘浪漫之羽，荡心理涟漪，驰出的无穷想象；叹的，是织女飞梭传恨，空寂难耐，一朝下凡，爱上牛郎，任凭母亲阻挠，甘与天庭决裂，争得一年一会。这样的爱情，天崩地裂，给人的冲击力太大了。

　　织女抛弃门第观念，追求真爱，历经苦难，最后禽鸟相助，争得一年一度，金风玉露。凄惋悲剧之源，母命也。由是，王母遭伐。

七夕之美，历经演变。其最初萌芽，可溯远古。《诗经》里，诸多篇什，爱情奔放热烈、大胆直白，唯《小雅·大东》中，牵牛织女，位居高天，崇为星神，现一种朦胧之美。彼时，爱的胚胎已经孕育。爱的种子，一旦生根，萦绕心间，蔓延葳蕤，势不可当。这就有了古乐府诗《迢迢牵牛星》："盈盈一水间，脉脉不得语。"牵牛织女的离分，原是被银河阻隔。然织女，终日弄机，泣涕如雨，备受压抑，何来"天女"之尊？"牵牛织女遥相望，尔独何辜限河梁。"这种遭际，令人心酸。即便其为豪门之女，让她爱情美满，这是首要的。嫁给谁？冲破封建桎梏，嫁与穷汉，最合大众心理。这才有了秦汉雏形，唐宋完备，花开一朵，千年不败。

由是，七夕之美愈加凸显。

我看过不同地域的传说，那语言，露珠似的清亮。例如鲁山的，说老牛做媒，"老牛说：'牛郎啊，你老大不小啦，也该成个家啦！好媳妇送上门来了。今儿夜里，天上九个仙女，要到西山莲花池洗澡。有个穿红衣的，最聪明，最勤快，最漂亮。你按我说的办，保准，她能成你媳妇。'老牛知道，天仙们要下凡了，赶快拉着牛郎，跨青龙涧，穿水帘洞，登凤凰岭，停到莲池旁。牛郎藏身树林，向潭池望，一望，他呆住了：只见九位仙女，若天鹅云雁，飘然而下，环池回旋，轻歌曼舞，脱衣入水"。

再如南阳的，花开般的鲜活："老黄牛从嘴里吐出个茶豆，朝牛郎点点头。牛郎把茶豆种在门前，第二天出土了，第三天拖秧了，牛郎搭个梯子，没几天，把架拖满了。老黄牛说：'意儿（牛郎）啊，你藏到豆架下，能看到天上的姑娘们，天上的姑娘也能看见你。谁要是偷看你七晚，她就是想做你的妻子。'……第一天，一个仙女临走，偷偷看了他一眼。第二天，大着胆子看牛郎。第三天，望着牛郎微微笑。第四天，向着牛郎点点头。第五天，端着一盆蚕。第六天，偷出一架织布机。第七天，拿着织布梭子，向牛郎招招手。一个在天上，一个在地下，眉来眼去七晚上，一个盼着下凡来，一个盼着快来娶。七月七那天，从天上飞来只喜鹊，落在老黄牛的头上，喳喳叫着：'织女差我来，叫你快去娶，快去娶，快去娶。'"

二者情节有异，口承不同，却草蛇灰线，不外盗衣结缘、男耕女织、担子追妻、鹊桥相会。事实上，这个传说，全国各地都有。河北邢台有凌波湖、牛郎庄、九天银河，山西和顺有金牛洞、喜鹊山、天河池，山东沂源有牛郎庙、织女洞、牛郎庄，湖北郧西有天河口、娘娘山、天池庵，河南南阳有牛郎庄、织女村、汉画像石……鲁山遗存更多。各地信誓旦旦，言之凿凿，都说是发祥地、原生地。众口不一，移栽嫁接，产生流变，美美与共。

七夕之美，美在人仙结合，牲禽为媒。织女巧笑顾盼，她携带天虫，来到人间，授人蚕丝技艺，为的是人间御寒。她身为天女，高贵典雅，不惜下嫁，始终不渝。传说故事中，有龙女妖女，灯女鱼女，幻化人形，与书生成亲的，哪及天仙织女？而牛郎，一贫如洗，唯诚实良善。他是普天之下，穷苦人的化身。最应称道的，是牛与喜鹊。老牛说话，开口三次；老牛做媒，盗衣结缘；老牛老死，牛皮披身，牛郎追妻。农耕文明，牛是主角。牛、牛郎、牵牛星，一道轨迹：牛崇拜也。而喜鹊，联袂高飞，其声"喳喳"，婉转动听，颇具灵性。灵能报喜，民间谓喜鸟也。七夕前后，喜鹊换羽，尾巴蜕秃，减少飞翔，田间少见踪影，人都以为，它是飞到天上，为牛女搭桥去了。

两种宠物，一耕畜，一喜禽，媒伐功用，不可替代。天地间万物，都在撮合二人成亲，可见，他们的爱情与婚姻乃人心所向。

七夕之美，美在讲述环境。夏秋之交，虫鸣唧唧。仰望星空，思绪满怀。院中纳凉，稚儿绕膝。手摇蒲扇，母祖开口，一指牛郎织女星，说的，就是城东的鲁峰山，讲的，就是牛郎织女故事。故事一波三折，其中幻想太多，悬念太多，熔铸了母祖的渴望。个中哀怨，人间别离，儿孙太小，并不理解，儿孙只羡织女之巧，只慕牛郎有福，只恨王母心狠，只奇老牛说话，只叹鹊飞桥渡。待到经年别恨，爱不轻诺，体悟到韵味，这才心香一瓣，缥缈瑶台。

承传有空间，有时间场景，方代代不息也。

七夕之美，更在乞巧。过节，需要仪式感。葡萄架下的望空偷听，虚妄不实；七夕乞巧，浸润匠心，至美也。传统礼教，尚勤黜懒，尚巧黜笨，手不巧，则心不灵。由是，乞巧风俗，应运而生。谁最巧？飞梭织女也。南北朝时有卜巧，是穿七孔针。七个针孔，谁穿得快，谁就得巧。唐宋诸朝，民间用丢巧针验巧。盛一碗水，暴晒日下，取绣花针，投入碗中，针浮水面，看水底针影，若物似兽，谓巧也。我国南方，延为一针一线，同时穿引，穿得快者，就算是乞到了灵巧。今之女子，读书识字，鲜做女红，灵不仅在手，于是，又作简化：七夕之夜，庭院里，摆上瓜果，仰望星空，焚香礼拜，双手合十，默念心事，脸红心跳，乞求织女，赐赏聪慧，惠予美貌，传授至巧。

定位七夕，说是爱情节、爱侣节、情人节、乞巧节、女儿节，似都不妥。然而，不能否定，它的确是关乎爱情的一个重大节日。近年，中原鲁山，围绕"七夕，不止有爱"，先后演化，举办婚庆博览、万人相亲、集体婚礼、葡萄采摘、山歌对唱、舞蹈比赛、七夕讲堂，推波助澜，挖掘内涵，升华主题，使这一千古绝唱，丝缕不绝，善莫大焉。

# 香囊之香

节日盈香，端午为最。斯时，田麦溢香，油馍飘香，身上散香，空气弥香。妇女们撇开麦忙，引线穿针，赶绣香囊，赐于稚儿。南国北疆，端午，献祭于一人；香囊，赋端午以灵魂。

香囊，内充香料之囊，俗名香包、香袋，雅称香缨、佩帏。古语"以缨佩之者，谓缨上有香物也"。没底之囊为橐，囊空以纳器物者谓荷包。然追溯香囊最早之名，却是叫容臭。汉《礼记》载："男女未冠笄者……衿缨，皆佩容臭。"臭，气味也，引为香物；容臭，容香之物。彼时，这形容之饰，未成年人、士大夫，皆已佩戴。后世香囊，即其遗制。拿到现在，香臭对立，似是解释不通的。

中国香之为用，源远流长。一用祭祀：《诗经》"其香始升"，《九歌》"浴兰汤兮沐芳"，悦神祈福也；二用为药：

《荆楚岁时记》"采艾以为人，悬门户上以攘毒气"。驱秽避毒也；三用礼仪：汉代宫廷，大臣上朝，需佩香囊。逢年过节，皇帝赐赏，亦多香物。唐宋诗词中，每有"宝马香车、珠帘翠幕"之描绘；四用爱情：《诗经》中，男女相会，赠以芍药；秦观《满庭芳》"香囊暗解，罗带轻分"，是以香传情。古代没有香水，要使身体散香，斗室生香，其形制，或以香涂身，或佩以携带，或焚以熏之。春秋战国时，以羊皮缝缀的佩囊，用途更广；马王堆汉墓中，以桑蚕丝所制的熏囊，千年不腐；陕西出土的唐代香囊，鎏金镂空，蔚为奇观。

如此美好之物，当然是要入诗文的。《孔雀东南飞》曰："红罗复斗帐，四角垂香囊。"魏晋《定情诗》说："何以致叩叩？香囊系肘后。"明代戏剧《香囊记》，围绕一枚香囊展开。《金瓶梅》里，金莲与小厮私通，赠锦囊于小厮，被西门庆发现，西门庆发怒，打小厮，鞭金莲，两人死也未认。《红楼梦》中，傻大姐于园内石上，偶捡一枚绣春囊，上面图案，男女裸抱。这颗"炸弹"，引得大观园里，惑谗抄检，风暴骤起：司棋被赶，晴雯被撵，芳官被逐。树摇根动，荣府开始由乐生悲，由盛而衰。更奇者，唐代鲁山县令皇甫枚，作传奇小说集《三水小牍》，受鲁迅赞赏。鲁迅率先对皇甫枚和《三水小牍》的成书年代、著录情况进行考证，开启了近代研究皇甫枚的先河。《三水小牍》中有一篇《却要》，被称为是启迪曹雪芹《红楼梦》第十二回"王熙凤毒设相思局"的创作模版；另一篇《飞烟传》写一对男女，两情相悦，女赠男以"连蝉锦香囊"。男子接到"连蝉锦香囊"后，芬馥盈怀，翘恋弥切，忧抑至极，憔悴那堪。这很类于玄宗仓皇西狩，马嵬坡六军不发，无奈之下，贵妃被缢。其后，西京收复，玄宗将其遗体移葬，但看白骨一架，唯胸前所佩香囊完好。睹物思人，骊歌宛在，蛾眉婉转，此恨绵绵。盖所戴之香囊，为冰蚕丝织成，内装防腐避瘟之香料也。

　　香囊并非屈原发明，却与屈子密不可分。在我们心中，他的形象，长歌啸吟，忧思满怀，形容枯槁。其实错了。这位峨冠美男，自喻"香草美人"，日日打扮精致；他剪荷做衣，拼莲成裳；他身披香芷，佩饰缤纷。连女人，也嫉其容颜，何来萎靡？据考，《楚辞》中，涉及植物107种，其中，香草香木34种，关乎香语，不胜枚举。他变着花样，衣也芳香，食也芳香，住也芳香；他佩香戴草，到哪里，都流光溢彩，芳香阵阵，堪为"香仙""香神"。汨罗江畔，屈子一跃，跃得国人心酸，纷纷为之致祭。而最好的祭念，莫如佩香戴囊，以其生前爱物招魂，赓续馨香。由此，作为端午之重要载体，香囊，便成为国人的香结，其衍生的神圣仪式感，所蕴含的优雅之美，无可比拟。屈子之前，香囊高贵，唯诗书簪缨族配享；屈子之后，方下嫁布衣平民。民谚："戴个香草袋，不怕五毒害。""端午香，无灾殃。""五月五，是端阳，插艾叶，佩香囊，保俺中个状元郎。"这一时令，天气渐热，蛇蝎蚊蝇，出来害人，佩戴香囊，可清香驱虫，避瘟防病。而囊中容物，几经变化，从禳解灾异，祈求平安，再到营造氛围，传递信使，芳香之药草可遴选者，岂三二十种哉？

香囊之巧，巧在丝线，巧在色泽，巧在绣制，巧在纹饰。举凡动物植物，飞禽走兽，嵌镶翠点，各类图案，各种寓意，何止万千。连年鱼、双戏蝶、并蒂莲，爱之象征；蜘蛛、龙凤、麒麟，喜之隐喻；石榴、葫芦、蝙蝠，福之通合。小儿喜生肖，情人爱花鸟。蛇盘兔、鱼戏莲、猴吃桃；金鸡卧牡丹、狮子滚绣球、螃蟹闹睡莲，两两相配，或示男女结合，或含定情繁衍，你馈我赠，无不洋溢出生命的激情。农耕时代，女子们多足不出户，情感长期压抑，无奈，借玲珑之囊，暗吐心曲，把对美的追求、爱的期盼，悉入针下。所谓的女红，心灵手巧，由此体现。

寄香于囊，情丝袅袅。如今，虽是审美多元，但人们对香囊的喜爱依然不减。君不见，端午未至，山城街上，有两个风景格外招眼：一是卖槲叶的，二是卖香囊的。槲叶可包槲坠，类于苇叶包粽。槲坠与香囊，皆端午必备之食品。卖香囊的，多妪女，手推三轮，游走叫卖。那香囊，悬挂在竹竿上，琳琅满目，迎风摇摆，须臾，被姑娘媳妇围住，节日的色彩和气氛，就鲜艳热烈起来。可惜，这些香囊多是机制，少了手绣的拙美，淡了民俗的技艺。女子解放，不再守家，或学或工，风情万种，懒拿针线了。精于手绣，如吾妻者，倒成了非物质文化遗产传承人，每年端午前，不计工本，讨来各色花布，买来各种香料，挑灯夜绣，赠予友人，以祝节日之美好。

# 话说牛崇拜

辛丑牛年，谈牛论牛，话题不少，遗憾，对牛的前世，鲜有人忆及，更甭提牛崇拜了。如今除了山区，"喝"油的机械，早替代了吃草的耕牛，牛的功用转移。人们津津有味，喝牛奶、烹牛肉、煎牛排，再不需牛把式，需的是庖丁解牛。从精神层面上，口口声声，要学孺子牛，要做拓荒牛，其实，对牛的认知，十分浅薄，所谓："肉食者鄙。"城市化，让人类远离泥土，悬于空中楼阁，虽享受牛之美味，谁还有闲心，去思量牛曾经的辛劳？大言不惭地问一句：城里娃子，有几个见过真牛的样子呢？！

牛，大有淡出视野的味道。

其实，几千年来，动物里，人类最喜爱的，是牛；最亲近的，是牛；最熟悉的，还是牛。农耕民族，土里刨食，靠牛耕种。比贡献，论勤恳，四条腿的，唯牛为最，更遑论两条腿、无腿的了。老黄牛，是任劳任怨、忍辱负重的代名词。我始终不明白，六畜中，怎么马占了先；十二生肖中，怎么老鼠排第一。论理，该是牛的。聊以自慰的是，电视里，好几次，看牛的形象出现，哪怕是牛魔王，也称"牛爷爷""牛大哥"，没忘了对牛的尊重。

牛体力强壮，按身量个头，逊于骆驼大象。但骆驼的力，浮在驼背上，离了沙漠，别想称雄。而大象，除了观赏，就是死后，拔几颗象牙制筷。沧海桑田，唯牛，把浑身之力倾尽土地。宋人李纲咏《病牛》诗曰："耕犁千亩实千箱，力尽筋疲谁复伤？但得众生皆得饱，不辞羸病卧残阳。"寥寥四句，把牛的一生，抒写得淋漓尽致，细细品之，几让人落泪。难怪，农人尊牛崇牛，礼牛敬牛，感牛拜牛，对牛，会生出深厚感情。

追古溯源，牛崇拜文化，可追溯到上古神话。传说炎帝、蚩尤皆"人身牛首""牛首虎鼻""半人半牛""弘身牛颠""龙气牛相"。蚩尤虽败尤荣，苗族视为祖先。古人歃血为盟，歃的原是牛血。《左传·哀公十七年》："诸侯盟，谁执牛耳？"执者抢占鳌头，独领风骚。历史学家孙作云考证，牛头人身的蚩尤，原在豫西潕水流域渔猎农牧。"河南鲁县，潕水之地，实为蚩尤之故墟，可断言也。"其后，蚩尤与轩辕帝，才战于涿鹿之野，共筑华夏文明。潕水因蚩尤而名。郦道元《水经注》记潕水："发源岩穴……潺沆洋溢……箭驰飞疾者也。"潕水南岸，有古犨地，《左传》："楚公子围使……伯州犁城犨。"犨邑，乃楚国三大粮仓之一。

"犨"的另一层意思，是指牛的喘息之声。翻看词典，带"牛"的偏旁字首有40来个，无不与牛密切关联。足见，造字先祖对牛的敬重。

早在7000年前，人类把牛，就驯成了家畜。驯化虽早，人类于牛，又似充满着矛盾心理：既膜拜牛的强悍、野性、健硕，又视其为邪恶之物，进行奴役、杀戮，用以祭祀、殉葬。牛，可谓既高贵，又卑贱。《礼记》："诸侯之祭，牲牛，曰太牢。"祭祀所用全牛曰"牲"。"牢"，原是家中饲牛，后引申为关人的监狱。至迟到秦，保护耕牛，已列入律典，其后各代，除非自然死亡，禁宰禁杀。即便在宫廷，吃一顿牛肉，那也是奢侈。宁夏古岩画《巨牛图》，昭示先民对牛的敬畏；巴蜀青铜器《牛纹罍》，又预示牛会给人带来吉祥。这一切，都源于古人对牛的崇拜。

对牛崇到极致，将其作为图腾。佤、苗、壮、侗、布依、土家等族，尊牛为圣物，他们认为牛，是上天所赐，不能亵渎，不容玷污。蒙昧时代，血缘不同，族群不一，每个族群，独有各自的精神符号、灵魂密码，都以为本氏族部落，顺应天象，是某种动植物的恩赐，才得以繁衍生息，由弱变强。牛神圣不可侵犯，力大无穷，与自己族群，血缘最亲近。他们图腾的，是牛的雄健威猛，可以佑护一方。至今，在其服饰上，还常绣牛的图案；把建筑的飞檐，雕成牛角；每至农历四月初八，还举办盛大的"牛魂节"，为牛披红戴花。"牛魂节"又叫"牛王节""脱轭节""开秧节"，是日，家家整修牛栏，蒸五色糯饭，用枇杷叶包裹喂牛；庭堂或院内，摆酒肉瓜果，主人牵牛，绕果馔而行，边走边歌，歌赞牛的功德……

中原人对牛的崇拜，我想，与牛郎织女传说有关。也许这个故事起源于豫西鲁山，然后流布向全国。它从《诗经》萌芽，至秦汉完备，到唐宋形成节日，主人翁是老牛、牛郎、织女。老牛说话，开了三次尊口；老牛做媒，牛郎盗衣结缘；老牛老死，牛郎身披牛皮，羽化登仙。最后，牛郎变作牵牛星，织女幻为织女星，在银河岸边，相伴厮守。牛、牛郎、牵牛星，恰是民间，一道崇牛的轨迹。豫西很多村寨建有牛王庙，庙中敬牛或牛郎；亦有建玉皇庙的，玉皇大帝旁，塑牛郎牵牛像。何哉？牛郎乃玉皇之门婿也。农历二月二，是"龙抬头"的日子，这一天，是"鞭春节"，家家把牛拉往田野，鞭打试犁。牛鞭高举，鞭梢却总是轻轻地落到牛的身上。舍不得打啊。俗谚："人不欺牛，牛不欺田。"这一带山岭沟壑，带"牛"字的地名比比，牛岭石、牛头山、牛心垛、牛槽沟、饮牛泉；而娃子落地，起个名，做父亲的会说：就叫牛娃、牛蛋、牛耕、拴牛、铁牛吧。听似粗卑，却蕴含着金贵。

对牛的崇拜，我之认知，原没如此深刻。成年后，从父亲身上，我才体会，才理解。"崇"同"宠"，归根结底，是敬，是爱。父亲爱牛，胜过爱我们。母亲责父亲，口头禅曰："你去跟牛过吧。"这话并不为过。在我印象里，父亲与牛在一起，时间远超在家。顶呱呱的，父亲是生产队里最好的牛把式，把牛役使得得心应手，将养得无微不至。

他一生侍牛、爱牛，爱得无以复加。牛屋离家不远，端一碗饭，扭扭脸，父亲就拐到牛屋，仿佛和着牛的嚼草声，与牛同频进食，他才吃着香甜；冬天，他睡在牛屋，似乎听着牛的反刍声，他方能入睡；闲来无事，他为牛梳毛、驱蝇、逮牛鳖虱。牛鳖虱是寄生虫，常叮在牛的裆下，狠劲吸血，吸得肚子滚圆，吸得牛烦躁不安。牛尾巴扫不到，只有人逮。牛病了，牛不吃不喝，父亲也似掉了魂，跟着不吃不喝。父亲把分管的一犋牛，养得毛色发亮，犁起地来满劲。父亲穿鞋，却不穿袜子，不垫鞋垫，大冬天，垫一鞋窝麦秸，一脱鞋，冒热烟。他走到哪儿，都携一股牛粪味，呛鼻。就是这种形象，父亲却颇受队人敬重。及至分田到户，家里买了一头牛，他干脆一年四季住在牛屋。父亲一辈子疼牛爱牛供牛，不让牛受一丁点委曲，至死，没吃过一次牛肉。

农耕时代，贫苦年月，一头牛抵得半个家业，哪家养牛，不是把牛看作家庭一员？！作为征服自然的重要工具，牛给人带来好处，当然备受尊崇了。

# 古路沟

　　我老家属豫西鲁山，村名叫张飞沟。村西也确有一条沟呢。那沟一丈来宽，一人多深，半里来长。沟畔杂花盛开，沟底蒿草及膝，沟沿上长好多棵歪脖树。父老们叫它轱辘沟。我小时，不明底里，只管"轱辘"来"轱辘"去地叫，及至认些字，就反叛怀疑，这俩字该写作"骨碌"？——玩伴们在沟上面扳树枝玩，一不小心，要骨碌到沟里，骨碌得浑身生疼；再不然，夏天，那沟底，无数的虫儿"咕噜""咕噜"地叫？这沟名儿该是带响，叫"咕噜沟"？

　　对这条沟，我充满着疑惑：一马平川的地，怎么就凭空横切一刀呢？乡亲们沿沟埂上的土路进城，对沟似乎熟视无睹，但这土路与沟分明相伴老远，直到那沟被一条水渠切断，土路才恋恋不舍，搭上一座桥，弃沟独去。村子离县城 8 里，村东头挖出过许多古墓，还出土过唐代墓志，志上只说这里是鲁山东北塬，却不曾解释，何以这村名如此灵动古怪；是张飞来过，在此挖沟设伏？却又找不到传说和遗存佐证，史书也未见记载呀。

工作后，一次回老家，骑了自行车，疾驰到村西头，见村上的"美髯公"孟叔在沟边驻足，心里的疑惑又不期然冒出。

孟叔个子高高的，胡须飘飘，年龄最长，站那儿像一株高粱，却不随风摇摆。在村上，数他经见事多，有主见。

我停下车，掏根烟给孟叔，一指脚旁，问："叔，这'咕噜'沟是咋回事儿？"

老人若有所思，说："这是古时的官道。车压人走，年深月久，才形成了深沟。你叫它古路沟最好，你叫它轱辘沟也行，可不是咕噜咕噜会叫的沟呀！"

老人给出答案，我心下惊骇，羞赧不已。长这么大，家门口的路，竟不晓得是怎么回事，枉称了一个识字人。

这之后，我对古路关注起来，查看县志和文史资料，时不时地打问四乡八野的老者，骑了自行车游走追踪，查看那一截又一截明明灭灭的古路沟。终于弄明白，孟叔所言不谬也。

老家那沟，确是古路形成。那路老了去了，老到盛唐；远了去了，远接千里。它一路迤逦，往西南 8 里，连到鲁山城，往东北 20 里，连到段店花瓷遗址。唐宋时的段店，那是窑炉林立，瓷声一片；烧出的瓷器都进了宫廷，成了贡瓷，连唐玄宗也爱不释手，赞不绝口的。如今这遗址，还是国家文物保护单位呢。人们从四面八方汇拢而来，肩挑车推，马拉驴驮，满载了瓷器，走一走歇一歇。歇脚的地方，自有人递上茶水，盛上饭菜。天长日久，递茶盛饭的人就地安营扎寨，路南路北，生儿育女，聚居成村落。这一条长长的道路，隔一段，绳子一样，打一个生动的结节，开一蓬艳丽的花朵，豆子一样，撒下一连串的村落：郭家店、四间房、段店、郎店……

村北十余里，有一座连山石岭。在岭脊，我还发现了一段车辙印，那印痕，化石一般，几乎平行着，深深的，嵌入石中。那是经年累月，铁轮车所磨。顺着辙印往山下望，荒草野岭中，分明还有一截古路沟在叹息。

长长的古路啊，一旦遭遗弃，便被堵塞，被切断，毁坏严重，面目全非。

路与人如影随形，人与路血肉情深。古时，脚步杂沓，脚板交错，车轮飞响，木轮转过，铁轮碾过，胶轮滚过。这路，没人铺水泥，没人铺柏油，任凭岁月碾压。天干路响，尘土没足，一场暴雨，冲走了土尘，冲不走征尘；不待天晴，人就又行在泥泞中了。那路，经了老日头一晒，由软变硬，坑坑洼洼，坎坎坷坷，成了"干压辙"。

日升月落，春秋更迭，四季轮回。一路上，离人们负重致远，汗水和着泪水被雨水冲刷。那路就越冲越深，越走越低，渐深成沟。

古路深深。农谚，冬走古路夏走岗。冬天走古路，避风暖和；夏天，古路沟中闷热，人就又跳上沟边的高岗上走，透风凉爽。

古路深深。农谚，千年古路变成河。那路每雨径流，甚而不雨亦流，久而久之，古道改作了河道。

古路沟是社会变迁的见证，是历史沧桑的写真。难怪，历史演绎，爱情战争，多发生在古道上、路途中。

鲁山南入楚蜀，北通秦晋，是古丝绸之路的起点。这里盛产的丝绸、花瓷，源源不断地被运往洛阳、长安，一路驼铃声声。清末，鲁山城西关还有两个骆驼场存在，一个骆驼场可容纳近百头骆驼。古老的鲁山城有四座城门，进进出出，最起码有四条官道。

寻迹问踪，如今，四条官道还都绵延着古路深沟的痕印。

到处走走，你会发现，大平原上，无缘无故，被一条条深沟割裂的遗迹，这沟多半都是古路。位置特别，有着故事传说的老村，分明都有古路沟的影子。

是什么时候，挥一挥手，我们与古路作了告别？蚰蜒小路不再细如蚰蜒，所有的路都笔直宽敞，原是越走越低的路，现在却是越修越高。居住虽偏，却已无僻，村村通修到了家门口。荒无人烟处，路说修修了；悬崖绝壁间，桥说架架了。恍惚是在梦中呢，说不定，高速、高铁就一穿而过了。朝发夕至，思念不再，路途的风景一闪而过，天涯海角都在一瞬之间了。

我们挥一挥手，告别了肩挑手推，告别了长途跋涉，告别了摩顶放踵，告别了风餐露宿，告别了负重致远。

鲁迅先生说：世上本没有路，走的人多了，也便成了路。拿现在考量，先生的话，不再是经典。

作为历史的见证，老家村西的古路沟，也该作文物遗址，保护起来的。

# 说照相

　　人生匆匆，作为过客，谁不想留下点儿印痕？最好留的是照片。解放前，出入照相馆的，多是身着长袍马褂、绫罗绸缎的富家子女，布衣之人难得享用。早50年，说我们那茬人，与天斗，其乐无穷，与地斗，其乐无穷，斗来斗去还是穷，但勒勒裤腰带，从饭票里省它块儿八角，也要走一两遭照相馆，与亲密的同学或朋友来一张作纪念。毕业了，班主任再安排个大合影。谁家结婚，婚礼置办得排不排场，小两口的结婚照必须照，为展时代风采，千篇一律，姑娘把头紧紧靠在小伙子肩上，作甜蜜微笑状，管他以后吵不吵架，离不离婚。

　　我大半生都不算奢侈，却是各年龄段的毕业照都有，几十年后翻出来看，几乎认不出当年的模样儿，往事却历历在目，每张照片背后都能浮出一节清晰而又温馨的记忆：

最遗憾初高中时的女同学，心仪她是何等的清纯活泼，当年竟没有一点儿胆量追求，如今她过得怎样？个子最低的同桌，那是班里最聪明的一个，考上兰州大学，可惜在游华山时失足，渺不知其所终，令人扼腕连连。

我之少年正值"文革"，家家柴瓦房、土打墙，屋里满墙贴的是《红灯记》《杜鹃山》样板戏剧照，英姿飒爽，颇耐端详。有的家里烟熏火燎好多年，纸泛黄了也舍不得揭掉重换一张。条件稍好些，家中有亲戚在外面混，墙上显眼处，会半斜着悬挂一两个玻璃镜框，框里，周周正正嵌满满一框照片，小者半寸，大的也不过4寸，多的是生日照、毕业照、结婚照，少的是风景照。有了这么一个镜框，客人来，主人对着框里的照片，介绍来介绍去，仿佛咱家里是有人的，也衬得咱这家庭有人脉，有品味。也果然有好处，媒人来家说媒，把这家人家说得天花乱坠，姑娘到家一看，就羞羞答答，怦然心动了。

那个时代，照相得到照相馆去。偌大个县城，只一家照相馆，挂的是国营的牌子。技术活，一般人不会，会，公家也不让开。照相馆是个大宅院，明清建筑。门面不大，前面柜台只一间，往里是长长的廊房，中间东西厢房供洗照片、修照片、着色用，最后才是照相的地方。各屋门窗用帘子遮着。照相是暗中操作的活，见不得阳光。进入拍照屋，肃穆之感油然而生。看西墙一面背景布，画的是北京的景——不是颐和园，就是北海，再不然是天安门，照出来，不知底里，人还以为咱是在北京照的，问你去过北京吗？

　　该照相了，师傅一喊号，人往景前长木几上一坐，两边大落地灯一开，几乎照得睁不开眼。师傅站在几米远的三角架前，三角架上支着一镜头盒子。那盒子平板电脑一般大，始终用一块布罩着，师傅手里捉一个气囊蒙头取景，随着黑布里传来"挺直腰""收下巴""眼往前看""笑一笑"，师傅猛地按动气囊，"嘭"的一声响，还没待反应过来，一张相片照完了。

　　用布罩着的相机盒子充满着神秘。小时，多少次我在想，那里面蒙的到底是什么东西，怎么"嘭"的一声响，就像变魔术一样，人影儿就出来了呢？！

　　改革开放，各种禁锢一打破，生意人不再光是守着摊位，而是迈开了腿，主动出击，隔三差五的，像货郎一样，开始游街串巷。照相的也不甘寂寞，骑个"老公鸡"摩托，脖子上吊个海鸥牌相机，晃晃悠悠，到了山野乡村。每到一村子，他们就找个人多的地方，从兜里掏出背景布一扯，无需吆喝，自有婆娘们或拉或抱的给娃子照。根据年龄段，照相师傅在孩子们嘴上涂点儿口红，脸上抹点儿胭脂，额头上点个红点儿，抑或眉毛画成弯弯的，照出来真是有点儿辣眼睛，惹得父母畅笑。钱窄，父母们常是舍不得照的，多说照个全家福，要全家都单来一张，也是不菲的开支。师傅骑着"老公鸡"走了，大人们掰指头算日期何时送照片来。照相师傅讲信誉，不错日子，那天果然把照片送来了。

　　时代的发展超出人们的想象。20 世纪 90 年代中后期，数码相机推向市场，仿佛是一夜东风，花开万树。

　　最初，数码相机的出现，真是让我懵懂，心怀排斥：不用胶卷，随便咔嚓，照完存放在电脑里，什么时候看就看，什么时候用就用，可能吗？后来明白这是事实，无可争辩的，惭愧自己真是井底之蛙。如今，到街上看每个人手里都拿个手机，手机的像素一两千万，拍出来图像清晰得很。每一个人都成了照相师傅。

　　我原以为照相和摄影是一回事，其实不然。"照相"属于大众，"摄影"则比较专业。拍照的话可以摆布好再拍，人像居中就行，洗出来的照片，是原样儿，目的是作个念想；而摄影，多的是创作成分，人退居到了次要位置。

　　"摄影"后面带个"家"，味儿更不一样了。还别小瞧了长枪短炮，推拉摇移，为抓拍美好，大夏天的，别人穿个短袖还嫌热，他们则外套一件褂子，褂子上尽是口袋，鼓鼓囊囊，装的都是摄影用的东西，山山水水入镜，无时无刻不有摄影家的影子。摄影家注重的是精神的愉悦。

　　如今，胶片时代过去。照片拍出来不少，却不再洗了，存到电脑里，即便洗出来，也是放在影集里，而不再挂到墙上；偶尔挂，则是大大的，一张一个镜框，明星一样，标榜这张照片的特别意义。而照相的功用不断拓展和外延，千里之外，想念谁了，"啪"的一拍，传一张过来。保险理赔、现场取证，这"哑巴"照片不会说话，却胜过千言万语。

　　只是，说起"摄影"，我总还是觉着太拗口，太虚幻，显得文绉绉的，不如叫"照相"通俗、顺溜。

# 烟熏火燎忆拾柴

　　童年里很多事我都忘了，偏对拾柴火忘不了，这记忆是温馨呢还是苦涩呢，还真是说不太清楚。

　　我是20世纪60年代初期生人，那年月是啥年月，没经历过的根本想象不出来。家家少穿缺吃，烧柴也成了问题。放学到家，未丢下书包，娘就塞一块红薯给我，然后撵羊一样说：拾柴火去。我很无奈地掂一把镰，扙一只箩头，再拿一根绳子，正南下到河滩，正北去到坡上，拾柴去了。

　　我对母亲有"意见"，哭鼻子说：拾柴这活天生是我的？及至年稍长，方明白：吃穿住行，吃第一，柴米油盐，柴为首，没柴烧，那是一件很愁人的事。自从先人们发明了火，人类不再吃生食，柴就显得分外重要，缺一把火候，烧不熟饭，那就吃不成。小小年纪，锄地我没有锄把高，担水我拎不起水桶，那些重活，是大哥二哥的，拾柴割草，非我莫属。

豫西这地方山多，见怪不怪，多数的山，尤其丘陵地就喊作坡吧。冬天，山瘦了，坡也瘦了，瘦得毛发干枯，筋骨裸露，我和伙伴们上坡拾硬柴。老家有两架坡呢，东坡是石庙坡，石头多，石缝里灌木荆棘挤着长，张牙舞爪的，又总是扎手，还不易往家弄；北坡乃土坡，土贫，却什么杂树都长，不成材的歪脖子树尤多，正是我们"猎取"的对象。穿着"刷筒儿"棉袄棉裤，一路奔北坡去，风镰刀似的，先割脸，再蛇一样从脖口下拱，立马又从脚踝处窜出，鼻涕窜大长。待到坡上，猴子似的嗖嗖爬上树，一阵咔咔嚓嚓，干树枝扳下一地，就浑身燥热起来，燥热得敞开怀，袄成了"火龙"袄，直想脱掉。看看柴不少了，约摸时候尚早，就邀一块儿来的同伴，玩起"当枴"的游戏：划一条界河，找几根拐尺一样的树枝，小胳膊粗细，照准对方的"枴"狠命凿去，凿过界算赢了，对方的"枴"就属于你了。"点儿"幸时，能赢十好几根木柴，兴高采烈，一路哼着曲儿回家。若输，当然是沮丧极了，低着头到家不敢看大人。

硬柴坚瓷耐燃又经放，平时母亲舍不得烧火用，留到三九天，拿屋隆火取暖。老家虽离煤矿不太远，但煤价高，用煤取暖，实在过于奢望，平时做饭，用的都是柴草。大冬天，谁家要是去矿上拉回一车煤过冬，能让别家羡慕死了。

春天，草冒芽，我们去拾干牛粪。烙饼一样的牛粪经了一冬的风干，轻飘飘的，填入灶膛，风箱呼呼一拉，火苗由红变蓝，格外催锅。风干的牛粪少有气味，煮出的玉米糁粥格外香甜，即便有些味道，闻习惯了也并不觉得难闻。父亲是牛把式，家里人口又多，一到冬天我就跟了父亲住牛屋。及至分田到户，种地少不了牛，父亲怕牛被偷，也是天一黑就把牛牵进屋里。天天与牛打交道，爱屋及乌，大人小孩对牛粪都不厌恶，相反，对干牛粪，还感觉格外亲切。饭落滚，母亲偏又在牛粪燃烧的灶膛里再埋两根红薯，须臾，热腾腾扒出，掰开来，扑鼻的香呢。

夏初，树木浸着汁液，万物茂盛，无柴可拾，唯薅麦茬。黄土地上，白灿灿的麦茬很难薅，就去河滩上。河滩上有一块沙土地，几十亩麦子，旱了旱死，涝了涝死，虽是望天收儿的地，却也仔细经管，好年景，麦子长得也不错。大人们割麦时，常把这块地的麦茬留高许多，为的就是让薅了当柴烧。稍一用力，麦茬连根拔出。趁着大晌午，顶着老日头，哪怕耽误一会儿做饭，母亲也要带了我们去薅。我不想去，在麦茬地里我发现过蛇，差点儿叨了我的手，但母亲领着，我就有了胆。

一个麦天下来，家家门前小山一样，麦茬堆一垛，比分到家的麦堆大了去了。

麦茬做饭不顶火，烙饼馍却好。

年年复年年，这块沙土地被薅得像犁翻过，净光。我常想，可怜它"贫血"却还这么无私。

眨眨眼，秋天来了，这可是个好季节，可拾的柴火多了去了。田地里，蟋蟀和蚂蚱乱蹦，庄稼秆和蒿草一块疯长又一块老死，任谁，只要不讨懒，在地里走一遭总有收获。地犁过后要耙，父亲是牛把式，他威风凛凛地站在耙上，在犁过的田地里保持着平衡随意游走。父亲把鞭子高高举起，却并不落在牛的身上，而吆牛的声音响彻云霄。父亲一辈子待牛比待他的几个亲生儿子还亲。父亲娴熟地驾驭着两头牛，每到地头儿，把两米来长的耙抬起来，用木榔头使劲敲打几下，把耙钉下挂的无数杂草敲打下来。我乐颠颠赶快跑过去拢在一起。半天能拢出好几捆。这也是当牛把式的一大好处，村里有眼馋人，他也不能当意见提。

卸了套，父亲和我赶着牛，背着草，招摇着回家。

树叶散尽的时候，我们还会用竹箅搂树叶和杂草。

那时节，乡村里，静止的风景是大槐树、老皂角树，变幻的风景是柴草垛。家家门口，麦茬垛小下去，杂草垛、秸秆垛又摞了起来。秸秆垛又有玉米秆、芝麻秆、豆禾秆等。冬天则是一堆又一堆的树枝。此消彼长，年年如是。

有几个柴火垛在门口竖着，给人的印象，这家就是个勤俭人家，说媳妇也好说。

我15岁前，家中七八口人挤在3间麦秸苫的房子里，房是年年小修，三两年一大修；灶房两面露天，土锅台黑灶，还有个二灶。大人口，一尺八的锅顿顿添满锅的水。15岁那年，父亲东挪西借，拼劲盖起3间土打瓦房，瓦房的门脸与门窗砌了两行砖。粉涂脸上，这已经是很好看的房子了。而灶房仍然是一间麦草房，只不过四面有墙，灶门却是长年未安。不怕贼偷。除了案板上干净些，在灶房伸手一摸，手都是黑的。最愁人的是阴雨天，柴火受潮，难以燃烧，满灶房的烟散不出去，母亲常常被熏得两眼流泪。诗人们说的炊烟袅袅，这意境父母亲是体会不出来的。

那个年代与环境，连日子过得也是烟熏火燎的，这也是无可奈何的事情。

鲁山城是农家孩子向往的遥远所在。那时，县城有粮食市儿、猪娃市儿、柴草市儿……这些集市儿都是露水集市儿，像露珠儿一样，日头一出来，散了。难得随父亲进趟城，光顾的也就是这几个市儿。不是来买，专是来卖，卖过红薯，卖过绿豆，卖过猪娃，卖过鸡子，卖过柴草。

柴草市儿在西关老电影院后边，有卖秫秆黄背草的，那是盖房用的；有卖稻草葛巴草的，那是喂牲口的；有卖木柴的，当然是烧火做饭的；还有卖圪针的，这是烧石灰作引火用的。我曾随了父亲在这儿卖过圪针和葛巴草，晌午大错，卖那块儿八角钱，连碗胡辣汤也舍不得买一碗喝。如今常从昔日的柴草市儿过，一过，就让我想起白居易《卖炭翁》这首诗。

一晃间，改革开放都40年了。10年前，农村没人再烧柴了，改作了烧煤，现在无论城乡，煤也不再烧了，做饭改用气或电，既干净又方便又快捷，真是想也不敢想啊。

# 借上一借

人这一辈子即使不缺钱，也总有缺东西的时候。急等用呢，商店早打了烊，买是买不来了，最好的办法，就是敲开隔壁邻家的门，借上一借，十之八九，人家是会慷慨给你一用的。

不要说人情薄似一张纸。在老家，人都厚道，厚道得不分彼此，感情皆深，深似庄西铁篱寨树下看不见底儿的潭水。谁家有事，家家攒忙，有钱出钱，有力给力，有物送物。我20世纪60年代生，如今，离家40有年，小村庄那300来口人，见哪一个，仍觉着亲，亲的因由，是几乎借过家家的东西用。一个"借"字，把我们的感情粘连在一起了。

老家庄儿名叫张飞沟。村子不叫村子叫庄儿。每每是上庄儿借下庄儿的，庄儿西借庄儿东的，张家借李家的，孟家借袁家的。你借我，我借你，借来借去，借得民风淳厚古朴。方圆几十里，人都说，张飞沟，那庄人好呀。好在哪，别人不一定清楚，我清楚。

那时，家家不垒院墙，不出远门不锁屋门，去邻家串门，出入随意如自家，借东西勿需说客套话，好似唱戏不拉过门调儿，管你人在不在屋，拿了就走。东西用过了，也有忘还的时候，主家一问，就又问回来了。很多时候，大人懒得动腿，就吩咐小孩子："去，上你伯家把铁锨拿来。"小孩子乐颠颠跑出去，眨眨眼就拿回来了。小孩子不知道爷叔奶婶的名字，却是爷叔奶婶一个劲儿地叫，叫得你一脸灿烂，叫得你不容拒绝。孩子们若是拿不回来，保不齐是"大年初一借笊篱"，人家也正用呢，那就再换一家借，没有借不来的理儿。

农家日子恓惶，吃了上顿没下顿，总是缺这少那。关键时刻，谁没张嘴借过别人家东西呢？去借，却避开"借"字不说，只说拿去用一用使一使，面子上好多了。本质上还是借。

最常借的是生活生产用品。该做饭了，没了火柴；该炒菜了，没了油盐；锅烧滚了，缸里空空。贼来不怕客来怕，有客来，想煎个鸡蛋招待，鸡窝里只有热媳的两个，不够。母亲后悔昨儿才进城，把积攒了半个来月的鸡蛋卖了。自家不舍得吃，但谁能料到今儿会有客呢？母亲就让我到贵婶家借。借几个还几个。甭管借的大还的小，还是借的小还的大，都是自家养的鸡媳的。

而借面，母亲却总是自个出去。母亲不让我去，一怕我不小心路上弄洒，二是借多借少不好掌握。我家和六婶家住得最近，关系也亲近，像一家人，最肯相互帮衬。借面用葫芦瓢。家家户户两个葫芦瓢，一个水瓢，一个面瓢，一用就是不少年。母亲拿瓢去六婶家借面多是平瓢，而还时，却总是盛得尖尖的。平瓢进满瓢出，还的只多不少，但母亲从不计较。

水桶也是庄儿上常借的物件。满庄儿好几十户人家，没几户置办水桶。我家人口大，常年备着一副，半庄儿人家都用。和着清晨叽叽喳喳的鸟叫声，吱吱扭扭的辘辘声，咿咿呀呀的担水声就响彻半庄儿。我家的水桶我家先担，然后排了队似的，张家用了孟家用，一直用到日头上大高，扁担才被挂到墙上歇息。桶是不知道疲累的，"累"得狠就漏了，漏了再补，再换，父母也并不说什么，但对驴就不同了。我家喂了一头瘦驴，也免不了人借。那时候磨面是石磨，驴蒙了眼睛在磨道里不停地走啊走的，一走大半天。遗憾我家的驴负重大半天，常又饿着被牵回来，把母亲心疼得不行。有一次母亲实在看不过，说邻居："这是驴，是人，早使趴下了，您不会把驴喂喂？"话出口，母亲又想想，人家不喂驴，没驴槽，没草料，怎么喂？往后就再不说了。

农家里，常借的物件是农具：铁锨木锨镰镢头，杈耙扫帚牛笼嘴；还有借新衣服穿的，借自行车骑的。借新衣服多是走亲戚穿，借自行车理由多。庄儿上匡叔家，攒了多年劲儿，买了一辆自行车，永久牌的，到家里，用胶带把车梁缠了又缠，爱惜得自家都舍不得骑，轻易是不愿借人骑的，不借，又怕邻居们说吝啬，就定下规矩：下雨天不借，骑超过30里不借，不办急事不借；若是相亲，什么时候借都中。果然，一辆自行车，成就了庄儿上好几桩婚姻。

那时候，真正借钱的不多，遇翻不过去的火焰山了才借钱。光棍张伯曾向我母亲借了一毛钱，进城办了4件事：5分钱灌了一提煤油（大概2两吧），2分钱买了一盒火柴，2分钱买了针头线脑，剩下一分钱，狠狠心买了一根梅花牌香烟。吸一根梅花烟就算是奢侈享受了。

许昌产的梅花烟和南阳产的白河桥烟都是两毛钱一盒，拆开来散卖，还是一分钱一根。

别小瞧了"借"字。借者，是有了困难；被借者，是非功利性的，不计成本的。这是很温情的一个字，其原意乃暂时一用，你帮过他，他又还回来，相互间没有一点损失。借者举手之劳，还者心怀感恩，一借一还，鸟一样掠过天空，留下一缕缕纯朴的清风。

现今，人们兜里有了闲钱，家家一应日用品必备，借物的少之又少了，人们似乎对于这个"借"字的感情和感受淡化了许多，不到万不得已羞于出口，害怕说出来脸掉地下。要借就冠冕堂皇地借钱。借钱却需要立上字据，付上利息，无形的，借字后面附加上了一个"贷"字。相反，又有多少有钱的主儿，扶危济困，慷慨解囊，无私捐助，比借又高尚了几许？！

　　人难免有过不去的坎，否则谁也不愿意与借打交道，愿意与借打交道的，一是具有浪漫主义色彩的人，他们可以借一缕月光安享心灵，借一炷清香寻访诗魂；二是聪明人，不断地在借势、借智、借力，成就自己。

# 由书荒到书盈

　　打坐书房，面对数千册藏书，思绪洞穿。我的记忆，时不时的就被拉回到年轻时，家徒四壁，无书可读的日子。

　　那是什么日子啊？追溯过往，一茬茬人，如我者鬓生白发、两眼欲花，朝花甲迈进的年龄，问问有谁没经历过两荒：粮荒和书荒？肚子里饥肠辘辘，少有米面果腹；脑子里沟回空白，少有好书可读。物质和精神，都营养不良。抓耳挠腮，遍寻，无以疗治书渴与饥饿之症。

　　想当年，小学课程，只开语文算术，轻飘飘的，书包倒是不重。初中又多两门：工知农知，全称工业基础知识、农业基础知识。不用费力考大学，甚而在校学不学都成，交白卷可以当英雄。出了校门，归宿是各回各家。种地也好，进厂也罢，了解马尾巴的功能，知道粉碎机的原理，保不齐用得上。但岁月青葱，薄薄的几册课本，哪能填满奢侈的时光？想补补脑子，找些课外书读，遗憾无书可读。大批的文化人、出版人下放劳动。我们要的是社会主义的苗。很多书蜕变为毒草，成了禁书，买不来，借不到。

也不尽然。倒是反映浴血抗战的、革命洪流滚滚的小说，有那么几部，大人小孩儿翻，妇孺老幼宠，人人争相阅读。

记得我读过的，约略有《林海雪原》《烈火金刚》《敌后武工队》《铁道游击队》《青春之歌》《野火春风斗古城》《早春二月》等十多部。都是借来的。村里村外，老师同学，你借我，我借你，借来借去，借得缺皮儿多毛，少头无尾。其传播与阅读者广，不知经了多少人的手。也算体现了书之价值。

拿书在手，凑到煤油灯前读，好几次火苗烧焦了鬓毛，浑然不觉。无关痛痒、拖泥带水处，囫囵吞枣，一目数行，跳跃着读；情节曲折、扣人心弦处，认认真真，反复细读。只读得月牙西沉，星儿隐没，鸡打鸣了，还浸在故事里合不上眼。上初中时，借来一本《苦菜花》，正上课呢，禁不住诱惑，就低头在课桌下翻看。老师在讲台上，冷不丁，朝我掷一粉笔头，不偏不倚，正掷在我脑壳上。我猛地一惊，抬头，先看到老师一脸威严，再听到老师一声令喝："袁占才，小模糊，站起来。"吓得我脸红耳赤，魂飞魄散，众目睽睽之下，两腿哆嗦着，站立起来。

从此，再不敢课堂上心有旁骛。

书黄金一样的珍贵，无论课本还是小说，我们都会爱惜得包上书皮儿，以免翻看次数过多，书遭污损。包书用纸，有报纸，有牛皮纸，有年画纸。报纸最赖，年画纸最好。但年画多样板戏明星，贴在家里墙上，那是要让满屋生辉的，不到下个年关买来新的替换上，父母是不会让揭下来包书的。巧的是，离我们村一里来地，有个水泥厂，装水泥的袋子是牛皮纸。揭开牛皮袋子中间一层，干干净净，正可包书。新书发下来，剜窟窿打洞，相约着，我们钻到厂里去找牛皮纸。

虽无钱买书，但进一趟城，书店是必拐的。我至今还奇怪，全国的书店，何以都带"新华"二字。进到店里，沿着柜台，我徘徊来逡巡去，眼馋得就是不想出来。不是开架售卖，隔空一两米远，望那架上许多心仪之书，禁不住眼热心羡，胆怯怯让售书员拿给我翻看，直翻看得漂亮的女售书员冷眼催促，这才恋恋不舍摇头递回。也买过两本的，是暑假期间，薅了几十斤葛巴草，薅得手指头都浸血了，背往城里柴草市场，以斤价一分五厘卖了，兴冲冲拐书店，花了 4 毛来钱，买回两本书：一是红卫兵扒砂礓修路、地主搞破坏的小说，名字记不清了；另一是曲艺唱本《扒瓜园》。

广播匣里天天播放太康道情《扒瓜园》，我听入迷了。找不来唱词学，就狠心买一本。

那时节，小伙子找对象，做梦都想找站柜台的女营业员。营业员能弄来紧俏货，再者，她们脸白腰细，走路风摆柳一样。我心叹，将来我要找，能找个书店卖书的，甭管长得俊丑，只要有书看，我这只癞蛤蟆，就算是吃住了天鹅肉，前世修来了福分。

不知不觉间，芝麻开花，日子光明，书也在增多。岁月蹉跎，而书，却在不停挤占空间，一不小心，盈满了四壁。由书荒到书余、书山、书海，再也不见了残书、烂书。

好书可以尽着劲儿买，尽着心看，却再也看不完了。

想不到书能多到无处安放，读书的环境会奢侈到这步田地。

时代发展如此迅猛，我辈之幸也。

但书虽一直在俘虏我，我却自认并未变成书虫，倒是成了书的奴隶，对这么多书，抱有一种惭愧与忏悔：像喜爱收藏古董一样，我成了藏书人。痴迷于书，仅仅成了狭隘的占有。认真阅读的书，是少之又少了。

这些藏书，其中来源，一半是自己喜欢，买来淘来的，另一半是别人赠的。买来的，当然是想着要静下心去读的，但时光飞逝，心境杂沓，十年八年溜走了，仍未及细读。有多少本书，从架上抽出，拂去尘埃，依然新书一样。这些书跟了我，一眠一二十年，不曾翻开细读，是要它沉寂到我也闭眼？遥想买书时的欣喜，不觉脸红。

人今出书，对书的装帧设计，太过讲究。纸厚书厚，精装覆膜，外带彩插，胜过对亲生儿子的打扮。虽然是书出好了养眼，但不乏"鸡肋"，败絮其中。人们看书，原在内容，不在包装。爱不释手，爱的是书的气韵、灵魂。把书都出得硬邦邦的，折不能折，叠无法叠，阅读携带，都有不便。哪有先前的书，一折一卷，马上厕上，随心可意。

今人的时间，多被灯红酒绿迷离，被网络手机切割。知识呈碎片化吸收，学科越分越细，看似啥都懂得，其实哪也不精。想成专家，还是要靠书本输送。读书可分两类，一是有用的阅读，用它养家糊口，必得勤勉而不辍；二是无用的阅读，陶情冶性，领悟人生。但人生苦短，好书万千，若不阅读得法，难免挂一漏万。不妨采取跳读、快读之法，先看书之序言目录、后记书评，有所取舍，对口味了，再静心读下去。

# 父亲的农耕

父亲仙逝已二十余年。时间仿佛要模糊掉父亲的容貌，但分明又沉淀为父亲的一幅农耕图：在收割后的田地里，父亲把一弯牛梭头套进牛脖子里，一手扶犁，一手握鞭，一声声吆着牛，铧面开出一道湿漉漉的犁沟，笔一样的直。一遭到头，回身相对又一犁，两下里翻卷叠合，刚刚还裸露了的杂草与残留的禾秆统统被覆盖掩埋净尽。

在这一过程中，父亲不停地"喔喔""吁吁""好好""了了"，与牛交流。这些简单的语言，牛是听得懂的。于是，牛眨巴眨巴眼睛，该慢时慢，该快时快，该左拐时左拐，该右拐时右拐。伴随着父亲的絮絮叨叨，父亲把牛鞭高高举起，却并不把鞭子真正落下来，而是轻轻地把鞭梢拂到牛脊上，而吆牛的声音响彻云霄——这很像是早上我贪睡，母亲站在床前大声喊我时，把手也高高举起，仿佛"狠心"要揍我的样子，但终是从未揍过我一次。父亲像是一位指挥若定的将军，尽管听从指挥的仅是两头犍牛。两头牛配合默契，用力均衡，从不反抗，听凭将军爱昵的训斥。不消半天工夫，整亩的土地就被深犁一遍，黝黑的泥土就映衬在阳光下，散发出诱人的希望。

地犁过，是需要耙的。泥土深翻上来，难免有土疙瘩，影响播种。墒情好，犁过就可以开耙；天太旱，需落过雨耙；遇了干冬，得等过惊蛰，地解冻再耙。耙地更是技术活，但在父亲，根本不算什么：两三米长的大耙，两排几十个铁耙齿，撂到翻卷过浪花似的土地上，一般人连站也站不稳的，但父亲腿约略一抬，轻易就稳当当地站到了耙上。他威风凛凛，目视前方，在犁过的田地里，由着耙齿钩进土里，保持着平衡随意地游走。

父亲说，地犁过，再耙过，土粒才细腻均匀，土地才更柔韧，庄稼才会疯长。

人与土地生生不息，父亲与牛和土地紧密相连。村民们都说父亲是庄儿上最好的牛把式。这对父亲是至高无上的荣誉。生产队几十年间，父亲几乎整日与牛为伴，连吃饭，也需要到牛屋去喊他。家离牛屋不远，盛一碗饭端着，他就又奔了牛屋。父亲进家，我们总是嫌他身上的牛粪味太大，父亲说：我怎么不觉呢？及至分田到户，父亲又毅然买了头牛养着，家中专门腾开一间房，他仍与牛一屋同住。

父亲无愧于牛把式的称号。他了解牛的脾性，胜过了解自己的儿子。他伺候牛细致入微，拣出草秆中的粗硬之物，怕牛食了不舒服；牛身上易生牛鳖虱，就用粗砺砺的石块为牛擦痒。牵了牛到河边一任尽情畅饮。牛见了父亲就摇头摆尾，有时还会哞哞叫上几声。父亲说：只有把牛伺候好了，牛才能把地犁好，地也才能长出好庄稼来。

父亲与土地打了一辈子交道，他对于牛和土地的感情胜过任何一件物事。年复一年，父亲用牛春耕、夏种、秋播，收获季节，吹糠见籽，面对粒粒盈盈的饱满，父亲端详了又端详，心底里生出的喜悦会不经意的从脸上荡漾开去。这时，父亲会把牛和人一样进行犒劳：人吃好馍，牛多加草料。

我跟随父亲多次下地犁耙，也曾试着想帮父亲，想学父亲，想成为父亲的样子，想在父亲的眼中读出些希望和荣耀，但父亲分明对我很不满意。我尝试着犁地，但我扶不稳犁；我要耙地，却不敢上耙。父亲失望地说：你就不是犁地的料儿。父亲期望我接他的班，养好牛、种好地。我说：我不想种地。父亲眼一瞪：将来地交给你了，你不种会中？

父亲没想过我这辈子会靠码文字吃饭。

我原不明白父亲对牛和土地为什么那么亲近，觉得父亲天天出力流汗的，过迂。及至我爱上了文学，方醒悟父亲养牛，自己却首先也做了一头"老黄牛"。地没赖地，干什么事情，要干好，就要像父亲那样倾情、勤恳、执着，不然的话，那是种不好地的。精耕细作，父亲种地分明种出了感情，种出了乐趣。父亲是把土地当作一篇永恒的文章去做了，老牛是父亲在写意的土地上所用的一支生动的笔，尽管每年一粒粒收获的粮食烙印不上父亲的名字。父亲日复一日，是在土地上泼墨的写意。如今的我，又分明是在重复父亲的故事，我把一张张的白纸作土地，也在不停地耕耘，我耕的是方块字。我耕不好，但我也耕出了乐趣。我要像父亲一样倾情，力求把这块田地耕得好些，且不去管它收成如何。

# 一位老人的爱国情怀

今天，国家富强昌盛，那是多少英烈，多少功臣换来的。每每，在缅怀无数先辈的同时，却总让我想起，和我同单位的一位老人，她高尚的爱国情怀。

老人生前，倾尽所有，捐款让国家建造航空母舰。

老人叫尤华坤，1903 年生，鲁山张良镇张东村人，19岁考入湖北老河口教会中学，28 岁考入许昌护校，以优异学绩，成为河南省少有的高级护士。老人曾在伪军政部卫生训练所任少校教官，1955 年，回到原籍鲁山县医院，担任助产士。1958 年，大炼钢铁，大放卫星，鲁山是重灾区，在鸣放时，老人说了几句掏心窝子却不太适宜的话，被划为"右派分子"。

1979 年 3 月，鲁山县摘掉"右派分子"帽子工作领导小组作出决定：尤华坤的论点不属右派言论，原划"右派"，予以改正，恢复政治名誉、工资待遇。

尤老由农村老家，重新搬回到县医院东家属院居住。55岁被划成"右派"，摘帽时已 76 岁，在家安享晚年就行了，但尤老发挥余热，坚持上整班。医院缺技术人才，接生方面，她经验丰富，但凡遇到危重病人，就到场指导施救。

老人自费订了一份《参考消息》。

医院办公室的范敏大姐，也在东家属院住。义务地，敏姐就担负起为老人送报的任务。闲时一日一送，忙时三日两送。去时，敏姐见老人要么是眼戴老花镜，手拿放大镜，在躬身看报；要么是小心翼翼在剪报。她把一张张《参考消息》，剪得一个窟窿又一个窟窿的。

敏姐问老人何以爱看《参考消息》，老人说："一个人，要关心国家大事；国家平安，不打仗了多好。"

时间久了，两人感情亲近。敏姐问她："你被打成'右派'二十多年，抱不抱怨？"老人说："有什么埋怨的？！"又问："你这一辈子，咋没成个家？"老人笑说，错过了。

敏姐猜测，老人年轻时，肯定有精彩的故事。

因参加工作时间早，尤老的工资，是医院最高的。

敏姐发现，尤老生活简朴。住一间房子，连起居带做饭，家里没一件像样摆设，入眼是门口两厚摞《参考消息》。吃饭多以咸菜佐餐。有一次，她陪老人到街口割肉，老人让人家割 3 毛钱的。卖肉的割下来一称，说"4 毛"。尤老让人家再去下来一毛，卖肉的说没法去，让她拿走。尤老坚持："你不去掉，我不要，宁可不吃肉，我也不能占你便宜。"无奈，卖肉的象征性割下了一点点，尤老这才把肉拿了。

当时肉价，大概是一斤9毛7分钱。

尤老有病住院，她侄女来伺候她，侄女发烧，知道医生给尤老开的药里，有阿司匹林，说："姑姑，您的阿司匹林我吃一片。"尤老赶紧制止，说："我吃的药医院报销，你上医院外面买去。"弄得侄女老不高兴。

在日常接触中，范敏发现一个秘密，每隔两三个月，尤老就到邮局汇一次款。范敏问她给谁汇钱，她说是汇给国家，造航母用的。敏姐不知道航母是怎么回事，也便没再往下追问。

医院收到过两次国务院办公厅的信件，都是范敏给尤老送过去的。

想来，这是国务院回复或表扬尤老的函件。

随着年岁越来越大，尤老身体每况愈下。为便于照顾生活起居，20世纪90年代初，尤老的侄孙王昌平，把姑婆接到许昌居住。但尤老执意不和侄孙他们住一起。无奈，王昌平只好就近租了间房子给姑婆住，并给她雇了一位保姆。保姆有心给尤老做好吃的，但她不让，总是简到又简，一毛钱韭菜，尤老能吃两三天。家里连油、味精、五香粉等调料也不让备。保姆看不惯她的生活习惯，想不通她工资不低，要钱弄啥哩？

1996年秋，93岁高龄的尤华坤病重，她把昌平叫到床前，叮嘱道："昌平，我这一辈子，只有这不足3万块钱的积蓄，现在，我把存折交给你，你把钱取出来，捐给国家造航母用。"

王昌平吃了一惊。他也早听姑婆说过，她曾捐款，要国家建航母的事，至于捐过多少，姑婆没说过，他也没问过。

遵从老人的愿望，王昌平立马把这笔存款取了出来，寻找受捐单位。他接连跑了市政府、军分区、国防工办等四五家单位，遗憾，人家都回答，没听说国家有建造航母的计划。

这些单位除了对老人的奉献精神表示感谢，没人敢收这笔数额说大不大、说小不小的钱。

在老人弥留之际，昌平又征询姑婆的意见。尤老用微弱的声音说："实在捐不出去，捐给教育上也行，为国家多培养几个人才。"

1996 年 10 月，尤老带着遗憾离开人世。

钱捐给哪所学校呢？王昌平考虑，姑婆是张良走出来的第一个高中生，在姑婆被打成"右派"期间，家门口的学校老师给予了她无微不至的照顾，不妨就捐给姑婆的母校吧！

尤华坤逝世两周年，王昌平回老家为姑婆上坟后，来到尤老曾就读过的母校张良二中，见到校长王文选，商谈尤老的捐款事宜。两人考虑，尤老生前重视教育，不妨用这笔钱，设立"尤华坤奖学金"。

张良二中把这笔捐款，用 5 年时间，奖励给了品学兼优的在校学生。

这也算是了却了王昌平的一块心病。

2017 年 4 月 26 日，我国自行研制的航空母舰在大连下水，举国欢庆。王昌平得知消息，专程从许昌回到鲁山，到其姑婆坟前烧纸祭奠，告慰老人："姑婆，您的遗愿实现了，您含笑九泉吧！"

我 1982 年从护校毕业，也在鲁山县医院工作过 6 年。其间，在东家属院见过尤老数次，记得老人身材瘦小，精神矍铄。只是，我根本想不到老人会有这样的远见卓识、奉献精神。

中华人民共和国成立 70 周年庆典，敏姐专一打电话给我，说："你该写一写尤老。"

老人前半生的经历是个谜，没人说得清。很可能，她是目睹了外族侮辱我们的情景，才有了自觉自醒。

渺小之人，多有伟大之举，平凡之人，却有高尚之处。

闪烁的聚光灯，从没有照到过尤华坤老人身上。但她比一般人都高尚。

事隔 23 年之后，在国庆 70 周年之际，我的一杆拙笔，想记上几句。

# 老牛奋蹄剪晚霞

这世上，感人事很多。最近，我遇到一件：一位老人，88岁高龄，65年党龄，为出书画集，拍照片，找出版社，询排版建议，请校对，像年轻人一样，不辞劳苦，来回奔波。令我感佩。

这位老人，名李树槐，原籍鲁山熊背乡大麦王村。他原在卫生战线工作，退休后，为打发时光，学习书画，趣涉丹青，不料，愈深入，情愈浓，竟深钻了进去。

我与李老，同在鲁山医院过。他1933年生，大我31岁。待我到医院时，他已调许昌。其后，几十年间，无数次，每每闻他大名，听他事迹。遗憾，一直不识。

李老1955年入医院，1956年2月入党。靠自己的睿智、实干，得到提拔，历任副院长、革委会主任，1973年到1978年，又院长书记一肩挑。可谓一步一阶。医院人杂，学问人多，又是运动旋涡，风浪大，不易管理。他夙兴夜寐，辛苦操劳，使医院迈入鼎盛，被省卫生厅评为"红旗医院"。省内外来鲁参观者，络绎不绝，连河南医学院，也把鲁山定为教学基地。上级总结，鲁山成绩5点：第一，医疗质量高，三级护理好，危重病人收治及时。第二，专业人才培养得好。地方医护人员，与来鲁专家紧密结合，同诊疗手术，同劳动学习，不脱产，等于上了4年大学。第三，科技改新。中西医结合，用有效药物，替代贵重药品，减轻病人经济负担。如自制冬凌草糖浆，成全省推广项目，获省科技成果一等奖。第四，攻关食管癌见成效。成立肿瘤科，攻坚食管癌，设立病床，综合治疗（包括化疗）。争取全省食管癌治疗现场会在鲁召开，争取省厅援鲁一台价值15万元的钴60治疗机。第五，中草药防病治病。结合传统方剂，利用土单验方，精制成丸散膏片、冲剂合剂、糖浆针剂等，临床使用后，疗效奇特，部分供应到县外。每遇春秋采药季节，院里组织职工，上山采挖中草药；在丘陵地埂、河畔沟旁，采蒲公英、鱼腥草、半枝莲等，在深山区，采冬凌草、柴胡、桔梗、连翘、葛根等。医院房前屋后，空闲地方，除了人行道，见缝插针，种满了丹参、二花、麦冬、桔梗、生地等中草药。我1982年到医院时，院内仍是绿草茵茵，四季花开，芳香扑鼻，令人心旷神怡。

　　彼时，鲁山归许昌管。鲁山的工作，引起上级重视。上级拟把鲁山医院作为重点医院打造，省厅拟在鲁召开全省中医中药工作会议。然因某些领导之嫉妒构陷，就在李老紧锣密鼓，筹备迎接省会议时，县里突然把他调离。这样难得的管理人才，离开医疗卫生战线，岂不可惜？地区领导遂擢其为许昌地区精神病医院院长。也算是塞翁失马。到任后，他扒旧房，建新房，加强管理，扩大病床，提高医护质量，仅用一年多，就使这个老大难单位，面貌焕然一新。

过后，李老的事迹，登在了 2003 年《鲁山文史资料》第 20 辑上。我看了，更生仰慕。然直到 2007 年后，我调文联，才有幸与他相识。斯时，他早退休居家，研习书画。人到退休，已是夕阳晚景，吃穿不愁，大多含饴弄孙，乐享天年；即便寻雅爱，也是陶情治性，康乐养生，打发时光。而李树槐，爱得执着，爱得入迷。也是性格使然，他大半生，经风历雨，饱受磨难，不怕劳苦，勇于登攀，时时挑战自我。用一句俗话说，活到老，学到老。近 30 年，他自学书画，淫浸翰墨，早晚临摹，寒暑不辍。其持之以恒之精神，老骥伏枥之境界，无人不赞。天道酬勤，作品屡屡入选省内外展览，并先后在鲁山、许昌举办个展。我虽不懂书画，但观其书法，各体兼备，气韵承古，气息爽健，姿态飘逸。观其绘画，道法自然，骨秀神清，幽润淡雅，臻于妙境，给人以美的享受。

2016 年，凡 50 年党龄之老党员，获颁省委荣誉纪念章，李老亦得一枚，时，他已入党 60 年矣。

今依然精神矍铄的李老，已近鲐背之年。他要把累累硕果结集出版，于个人，老而弥坚，于艺界，一大幸事。人生匆匆，稍不留神，岁月蹉跎。李老人生不虚，今年是牛年，老牛奋蹄剪晚霞，期望他再犁新天地。

# 琅琅佳句颂党恩

　　久雨天晴，天气凉爽。放下冗杂的事务，与景伦和福义两位贤兄一同，驱车前往鲁山县张良镇张北村，拜望王天义老先生。景伦兄老家在张良营东，紧邻张北。两人均年逾古稀，是多年好友，自小熟识。无数次，有意无意，蔺兄向我介绍王先生的事迹，夸他党龄长，是全县村支书中的典范，说他写的顺口溜，《平顶山日报》《鲁山报》没少发，县里开表彰大会，他没少登台领奖。言语中，表露出无限的钦敬之情。日前，蔺兄说，先生想把他多年来撰写的诗文遴选出版，欲请我作序。我虽感荣幸，又甚惶恐，内心着实忐忑。

　　先生的名姓，在我年轻时，就已贯耳。有人说，鲁山人，可能不知道县长的名字，却不会不知道王天义。想想也是，先生当年报纸上有名，电视里有影；张良又是中州名镇，贯通南北，商贾众多。那县长换得勤，王天义却土生土长，当了 36 年的支书，算得一方英雄，况他能武能文，声名远播，想捂盖都难。

先生所住家院，花木繁盛，干净整洁，布局爽朗；屋内更显独特。简朴的客厅，墙上挂满奖匾。东屋乃老人书屋，书与证书、证件满墙满桌。这些东西，先生并未视为珍宝，然而，它们却见证了先生当年创作的辉煌。

先生生于 1942 年。灾荒岁月，家境贫寒的他用功苦读，高中毕业后入伍，任过班长、营部书记，20 岁即入了党。1983 年，改革开放伊始，生机勃发，充盈活力，张北村春风劲吹，支部整党建党，换届选举，全村几十名党员，一致推举他当了村党支部书记。弹指一挥，30 多年过去，支部和村委时有更替，但支书却还是王天义。他带领老少爷们，团结一致，齐心协力，脱贫致富，共奔小康，使张北改地换天，面貌巨变。如今的张北，交通便捷，高楼林立，网络密布，家家康乐，户户安居，成了张良镇的商业重地、繁华之所、明星村子。省、市、县、镇，各级各部门，颁发给村里的荣誉，诸如"五好党支部""小康示范村""民主法制村""治安模范村""发展乡镇企业先进村""党风廉政建设示范村""脱贫攻坚红旗村"比比皆是；还有信访稳定、烟叶生产、平安建设、农业税收、村容村貌、三级联创、报刊征订……至于授予他个人的奖励："优秀道德公民""优秀共产党员""道德建设先进个人""文明农户""五好家庭"……亦是数不胜数。

当着支书，管着全村两千来人，原不是个轻松活。令人感佩的是，他竟养成个习惯：写诗作文，总结人生哲理。严寒酷暑，挥汗如雨，再苦再累，他都要忙里偷闲，见缝插针，掂起笔来，记上几句。无论何时何地，遇到好东西、新鲜事物，他都想编，一天不编几句，感觉不舒服。他随身带个小本子，偶有灵感，即速记下，哪怕是夜半，睡意正浓呢，他也赶快起床，真是到了如痴如醉的境界。他有一首自我写照的小诗："年过花甲焕青春，咬文嚼字勤耕耘。为求一字含义准，宁愿额头添皱纹。酷暑严寒何所惧，两鬓染霜启后人。"说起来，他的这一爱好，得之于他自小聪明，喜爱文学，心灵嘴巧；到部队后，又搞的是文字工作，复员后，开始尝试写诗撰文，竟然越写越上瘾，一发不可收。仔细翻检，千篇之多，这才萌生出版之念。

种瓜得豆，失之东隅，收之桑榆，也算是奇迹了。

先生的诗多七言，虽不合仄，却押韵上口，简朴通俗，易懂易记。为了韵律，他常常苦思冥想，有"求得一字稳，耐得半宵寒"的韧劲。在我看来，这些诗，比之所谓的顺口溜、打油诗，要高一筹，称之为民歌民谣，似更恰切。但王天义谦虚，他笑着对我说："咱写的东西，文字粗浅，缺乏境界，要说是诗，恐怕糟蹋诗；咱是农村干部，来自基层，文化水平不高，素材来自农村，阅读对象是农民，作品难登大雅之堂，不属阳春白雪，是乡土文学；适合人们在茶余饭后，工作之余，浏览速读，用以醒脑怡神，助兴增欢。如果归类，还是归入顺口溜吧。"

先生把他的诗文归作三类。第一类为时政："传播党的声音，书写时代篇章。"为时代的强音劲律。平时，先生重视政治学习，订了几份报刊，天天读，时时学，从中摄取知识，开阔视野，增强修养，更新知识。他以敏锐的思维，对党的政策，认真领会，仔细研磨，洞察纲领，体悟精神。每遇重大教育宣传活动，就积极主动，切合主题编写。"公民道德建设实施纲要"颁布，他熬了数个通宵，几易其稿，编写出百句《公民道德歌》和《家庭美德歌》，报到市里，竟获了市文艺创作一等奖；"保持共产党员先进性教育活动"开始，他把指导思想、目的要求、方法步骤归纳整理，创作出《共产党员先进性教育七字歌》，市、县媒体播放登载，省电视台赴鲁制作专题，宣传效应显著；中央提倡树立社会主义荣辱观，先生抓紧时间，又编写出《八荣八耻歌》，在《鲁山简报》刊登，县电视台录成专题播放；"讲正气、树新风"活动开始，他又很快编出《弘扬正气倡树新风》长诗。他的很多时政性诗歌，被县委组织部门以简报形式编发，有的被县委书记、组织部部长批准，在全县推广学习。"严打"来了他赞公安，"非典"来了他赞国医；"汶川地震"他颂扬人间大爱，"奥运举办"他讴歌民族荣耀。党中央对农民种粮直补，免掉了农业税，中小学生不用再交学费，先生激情难抑，夜不能寐，又编出《三农政策好，农民笑开颜》。按说，这一类的歌谣，最是不易写好。保不准，干巴枯燥，充满说教。但在先生笔下，那语言，分明感情充沛，温情绵绵，活泼有趣，句中，蕴含着对党的无限感念，任谁都想阅读，谁看都受教益。

第二类为做人："为人处世，宽容为怀。"这一部分内容，随笔多，诗歌少。这是先生对人生的感悟。排在首篇的是《尊敬老人，感恩父母》。羊羔尚且跪乳，乌鸦还懂反哺，先生在阐释何以应对老人孝敬后，谈到尊敬父母最难的，就是敬重：不抱怨，不嫌弃，不给父母脸色看，不视老人为累赘和包袱。对于家庭和谐的理解，先生认为"家和万事兴"。要体现真诚、温暖、包容。也难怪，先生能当30多年支书，与妻子风雨同舟，恩爱半个多世纪。这类中最引我共鸣的，是"做善良之人"。人世间最宝贵的是善良。善良的人像金子一样闪光，像甘露一样纯洁。行善不图回报，能得意外回馈。心存善念，常因祸得福，遇难成祥。也难怪，先生的这类感悟，能作为古今中外名人名家语录或格言，编入各类辞典、图书中。

先生的第三类作品，是"现象 热点 话题"。这一类，是先生最接地气、针砭时弊、入木三分，引发社会共鸣的作品。例如，他写的一首《村干部工作确实难》："村干部工作确实难，基层工作最底线；上级任务一下达，村干部只有冲在前；农村个体事情多，麻雀虽小五脏全；各项制度得上墙，五间房子挂不完；不在品的芝麻官，村中事务全包揽；责任村干部待遇低，只够买点酱醋盐……"这首诗，发表在由民政部主办的《乡镇论坛》杂志上。再如，他写的农村喝酒风气："端起酒杯豪言壮语，四两下肚甜言蜜语。喝得过量胡言乱语，胃里翻滚对地下雨。眼睛发直不会转圈，想要说话舌不打弯。走起路来成了 S 弯，尿泡尿会站着划圈。"还有一首《女人爱时髦》，先生绘声绘色，把女人爱美的心理以及百态打扮，描写得生动形象，读来诙谐滑稽，令人捧腹。

这些作品，篇篇乃现实生活写照。

实际上，先生写诗，让人顺口溜出，并非单纯逗人一乐，而是更好地去教育人、启迪人，树新风、立正气。他的不少作品，不单单发表，还被镇里印发，周边乡镇也有翻印；还被改成坠子书、三弦书、鼓儿词等，用戏剧曲艺传唱。他编写的有关禁止赌博、科学种田的小段，被抄在村里的黑板报上。尤其"赌博害处多""孝敬老人"的内容，将赌博者讽刺得无地自容，以后谁也不敢再赌了；而不孝敬老人的儿女，总又以为这顺口溜说的是自己，人前抬不起头，也改变了对待老人的态度。所以，先生以幽默、机智、诙谐的态度对待生活与人生，无论闲谈或正规场合，时不时地来上几句顺口溜，着实活跃了气氛，又潜移默化，让人受到了教育。

先生总结自己说："我这几十年，那是不在品的芝麻官，村中事务全包揽；编写爱好不会丢，别人受益俺心甜。"

看过先生诗稿，厚厚几摞，发现尚未确定书名。先生让起一个。起了几个，都觉不妥，后来我说："您的作品，传播的是党的声音，弹奏的是时代华章，描绘的是农村风貌。这些诗，不管它像啥文体，归根结底，是一种乡音乡恋乡情，就叫'乡韵'如何？"

　　人生至高境界，是立德立言，先生的诗文，能变成哲理警句，收入书中，永久留存，播撒世界，这是他人生价值的最大体现。

# 丹心一片著华章

我不嗜烟酒，乏于交际，朋友不少，知己不多。而春瑜君，亦师亦友，知音知己也。我们掏心窝子，无话不谈。其为官为人，令我敬佩，从他身上，我受益匪浅。

屈指算来，与君相识，三十余年矣。他长我两岁。其父邢庭亮，原籍汝州，一代名医。1948 年鲁山解放，老人涉过歇马岭古关，至背孜行医，感此地民风淳朴，扎下根来。邢老处世谦恭，待人热诚，长期应聘，坐诊乡村，不为名利，但求用岐黄之术，为百姓解除病痛。是故，凭仁心良方，成医林瑰宝，救人无数，惠及乡里。每与君叙谈，忆及令尊音容，即哽咽感怀。老人以身垂范，教子有方，所育 4 子，个个成才。除了老二潜移默化，承继遗风，余皆从政，清廉有名。春瑜行三，自幼聪敏，师范毕业，回到背孜，栖居乡中，欣欣然，拿起教鞭，激昂讲坛。闲余，则伏案笔耕，纸上种田，数百篇文稿，被各级电台广播、报纸登载，成为市县优秀通讯员。媒人介绍对象，姑娘走在街上，正犹豫呢，忽然，广播里，播送出背孜新闻，细听，正是春瑜所写。姑娘一喜，心弦拨动，和鸣至今。

斯时，我因诌诗，调入文联，办《鲁阳文艺》，在众多来稿中，发现署名邢中卿的，字迹工秀，所写似小说、像散文，颇耐读。其中《破碎的梦》《七嫂》等，故事辛酸，情感充沛，短短千字，令我唏嘘，至今难忘。好文章，当然要发，哪料得，中卿就是春瑜君。由此结缘，通信交往，关系一日深似一日。

20 世纪 80 年代末，大地苏醒，时代律动，文学潮起，爱文的青年，如雨后春笋。鲁山多个乡镇，成立文学社团，油印刊物，传播交流：梁洼有《星河》，张良谓《山溪》，四棵树名《春潮》，赵村是《春蚕》，背孜的，最响亮，叫《荡泽河》。《荡泽河》，取滋养之河名，含激荡、润泽之文意，大气，有味儿。犹记《荡泽河》设计排版讲究，览之，一方水土，一隅风情，灵性活现。不想，《荡泽河》社刊，乃春瑜领衔主办。遥看鲁山文坛，绿草如茵，生机勃发，我心甚慰。不久，春瑜与同在一校任教、后擢县志办主任的耘亚兄，两人力邀我前往，为学生授课。我斗胆开讲。那是我首去背孜，也是我破天荒，第一次登台。课后，春瑜伉俪专在家中设宴待我。我们相谈甚欢。爱屋及乌，其后几十年，我与背孜笃厚，所去次数最多。那里，山水宜人，风情淳朴。半缘工作，半缘为君，春瑜回家，有事无事，也总爱喊我作陪。

之后不久，《汝州晚报》招聘人才，春瑜过关斩将。待办调动手续，却踌躇起来：虽然汝州是祖籍，但更难割舍的，是生养他的鲁山。正在犹豫之际，县委办招人，别人鼓动一试。春瑜走马鲁山，以其生花妙笔，得领导青睐，步入县委大院，开启辉煌人生。我一直庆幸，春瑜若去汝，于他，人生改写，于鲁，于鲁山文化，将损失巨大。

好在，他没有去成。

踏石留痕。一路走来，风生水起。在政研室，由春瑜执笔的调研报告，多次被省市转载；上级的政策决策，有多少，源于他的建议？！在乡镇局，他恪尽职守，为企业排忧解难，有多少人感念在怀？！主政辛集，连续十年，殚精竭虑，引资金，上项目，获荣誉，创先争优。辛集之腾飞，非一人之功，却与春瑜密不可分。记得 2008 年，鲁阳电厂、西气东输、郑尧高速、南水北调、淅川移民等国家大项目，集中开建；征地补偿，拆迁施工，矛盾重重。春瑜压力山大，不可想象。一次群众信访，记者跟随，面对镜头，春瑜苦口婆心，晓之以理，最后，记者也被感动，竟同他一起，做起群众工作。辛集距家，仅二十来里，但春瑜吃住在乡，月二四十，难回一次。书中有篇《禁烧故事》，说的是，上级命令，秸秆禁烧，谁烧罚谁，烧谁罚谁。这可苦了乡镇。三夏大忙，春瑜夜以继日，穿梭田间，腿跑断，眼熬烂，疏堵并用。文中记述，时任书记王方，脚伤未愈，蹲在鲁峰山顶，用望远镜瞭望，发现火情，手机一打，春瑜即速前往。有人戏曰："中州名镇，驴屎之乡；使死春瑜，美死王方。"人听了，既笑且叹，笑二人默契，叹春瑜辛劳。大多乡镇干部，挺胸仰肚，春风得意，而春瑜君，身材单薄，低调谦虚。在乡 10 年，他体重由 120 多斤，瘦成了 108 斤；有几次，他痔疮复发，为不耽误工作，躺在办公室打点滴。同事们心疼他，劝他去医院。医生检查过，摇摇头，说："你是缺油所致，今后要补充营养啊。"

辛集乡境，有一座仙山，名鲁峰山，平地突起，巍峨壮观。天上人间，仙凡结缘，牛郎织女传说，即源于此。2009 年 1 月，中国民协授予鲁山为"中国牛郎织女文化之乡"，概澧川肥沃、遗存丰厚、传说美丽、文化传承根深蒂固也。然这块金字招牌的获得，并非轻而易举、手到擒来。那是春瑜君高瞻远瞩、全力支持的结果。他制定"经济富乡、文化强乡"方略，既搞经济，又抓文化。遥忆当年申报，每遇花开春暖、流火七夕、荒野菊绽，鲁峰山上，彩旗飘飘，山歌悠扬，人潮涌动。县里钱窄，乡里垫支；诸多活动，乡里主导。记者采访、作家采风、领导视察、专家考察，春瑜莫不亲自作陪。对于这张文化名片的争取，不少人目光短浅，感觉搞文化，虚头巴脑，劳心费神，极尽讥讽，说他"疯""傻"。春瑜听了，不以为意，一度，干脆把网名起作"憨牛郎"：你说我傻，我就是"傻子"；你说我疯，我就是"疯子"。

这是一种远见卓识。看似愚钝，实则是大智慧。

如今，鲁山牛郎织女文化风情园开门迎宾，牛郎织女文化产业园筹备兴建，鲁山美誉度进一步提高。七夕牛郎织女文化，全国有十多省市纷争，而鲁山抢占先机，独占鳌头，名驰寰宇，春瑜功莫大焉。厚德载物，弦歌雅韵，国家提出文化自信，文化资源已成地方软实力，正如春瑜诗中所写："毓秀钟灵鲁城东，山乡巨变牛女情。"

对于文化，春瑜的那份执着、痴心，鲜人可比。他任职政协，分工文化，虽属联系协调，却是日日操劳。全县的文化活动，十之八九，他都参与。单位举办活动，凡与文化沾边，言语一声，该他去的，他去；不该他去的，他也去。主办单位所邀，多四大分管副职，然而，其他领导事多，弄到最后，常是只剩了春瑜一人出席。春瑜不介意，也不推辞。他不过拘泥，不多讳忌，身处官场，没有官味。作为县级领导，春瑜去了，主办方荣光。春瑜常说："人无私心，敢于担当，久久见功；看准的事，哪怕事倍功半，也要努力去做。"他遵循的原则是：只要弘扬的是正能量，彰显的是文化，对鲁山有利，不管别人怎么说，我就支持。

别以为政协清闲。虽是比乡里轻松，但春瑜依然繁忙，事儿稠，不停地奔波、劳碌。多少次，几件事挤一块，分身乏术，怎么办？来个折中，预先商议，哪先哪后，两下兼顾。要么，先出席文化活动，致过开幕词，起身离开，再忙别的；要么，先到其他场合照一面，再溜到文化这边来，发过言，讲过话，悄悄返回。多少次，眼看他在那边主席台上坐着，扭扭脸，又到了这边。我在职时，有无数次搞活动，议程进行到一半，该春瑜讲话，我赶快打电话，请他过来。我戏说:"您这是在赶场呢。"春瑜回曰:"咱这一角儿,亦官亦民,非官非民,忧官忧民。"话语耐人寻味。一次政协党组开会,有人提意见,说他对文化太过重视,精力倾斜,耽误本职。然提归提,春瑜不改初衷。受其熏染,其他政协领导亦都开始情洒文化。贵客莅鲁,要问文化事儿,县主要领导吩咐:"喊邢主席来。"而关乎文化方面的决策,领导也会说:"大家听听春瑜的意见,他是专家。"弄得春瑜自嘲:"咱半路出家,一瓶子不满,半瓶子晃荡,不是专家,倒冒充起专家了。"我说:"您是土专家、地方民俗专家;更何况,您还是正儿八经当选的中国屈原学会理事呢。"

尤应为春瑜点赞的是,他为县炎黄文化研究会的辛勤付出。

炎黄文化,涵盖了我县的所有文化,换言之,炎黄工作,亦即我县的文化强县建设。

春瑜之贡献,值得浓墨重彩。

2013年4月,春瑜主导,成立了县炎黄文化研究会,挂靠文联。春瑜原任执行会长。2018年换届,大家一致推举他担任会长。8年多来,春瑜不忘初心,不辱使命,无时无刻,不在思谋文化。他百计千方,求情舍脸,克服困难,综合协调,凝心聚力,使文化、文艺、文史界,拧成一股绳,开展文化研讨,挖掘文化资源,提升文化品位,叫响文化品牌。炎黄旗下,先后成立起琴台文化研究会、牛郎织女文化研究中心、收藏文化研究中心、鄪城屈原文化研究中心、任应岐研究中心、徐玉诺学会等专业研究组织。各负其责，各有侧重。研究会筹资金，搭平台，活动一个接着一个，专家走了一拨，又来一拨。丰硕成果，全市翘楚。光他参与编纂的图书，就有十多部。围绕牛郎织女文化，举办座谈会、研讨会、山歌会、民歌会、菜花节、葡萄节、风筝节；围绕墨子文化，举办和谐论坛、发展论坛、军事论坛、旅游论坛、量子卫星成功发射座谈以及纪念墨子诞辰民俗活动，推进墨子文化旅游区、墨子文化馆、墨子故事文化苑建设；围绕屈原文化，外出考察、实地调查，举行业界专家报告会、"屈原之寺"碑释读座谈会；围绕仓颉文化，举办文学征文、诗联征文、书画征稿；围绕任应岐，挖掘史料，做好基础研究，召开史料研讨会、申烈座谈会、报告会，多次赴市、赴省、赴北京专题汇报，终使任应岐申烈工作取得巨大进展。围绕西鲁文化，开办西鲁讲堂、竖立鲁阳公墓碑和鲁阳公挥戈返日处碑。每年，由县委、县政府承办，升格为国家级的文化活动，诸如汉字节、端午节、七夕节、墨子文化节，春瑜忙忙碌碌，哪里面，没有他参与的身影？！由炎黄主办、承办、协办的活动，数不完，记不清。

为了鲁山的文化建设，春瑜忧思满怀，一腔真情。为着文物保护，不该管的，他去管了；为着传统村落保护，不该发的脾气，他发了。犹记 2016 年 8 月 16 日凌晨，"墨子号"成功发射。这颗量子卫星，由我国科学家自主研制，它的升空，意义重大。以墨子为名，鲁山也引为骄傲。第一时间，春瑜并政协其他领导吩咐，向中国科学院、酒泉卫星发射中心致函祝贺。酒泉回函感谢。两地情结。当年底，春瑜与政协张振营主席等，一同赴酒泉慰问。在酒泉，春瑜早上起床，打开电视，看到央视播"班墨故里，善国双圣"广告语，一种激愤上头，一种责任涌心，他立即拨通我的手机，要我尽速写两封情况反映，一封，寄中宣部、广电部、央视；另一封，寄省委书记，建议墨子文化的打造，提升到省委的文化发展战略上。春瑜特别强调，我们所写信函，要态度鲜明，口气严肃，申述理由充分；墨子与墨学，是中华文化的精华，我们研究墨子，弘扬墨学，但反对学术造假、绑架名人；该条广告宣传语，与历史不符，应立即停播。发北京的信，虽未回音，但之后再看央视，已没有了滕州的墨子宣传；而遗憾发给省委的，竟以信访件的形式，又转到我手中。我自己写的反映，自己再回函答复，让自己满意，闹成了笑话。这次经历，春瑜在不同场合，多次讲述，每每语及，伤怀感悲，情动于心。

好多次，春瑜面对某些官员只重政绩，不重文化的现象，陈词慷慨。他针砭时弊，多次建议，坚持文化自信，应该把文化纳入考核，采取一票否决。如是，文化才能真正发展勃兴。有一次，某乡书记以基层工作繁忙为由，表现出对文化的淡漠，春瑜乘着酒劲儿，批评激烈，弄得人家脸上十分挂不住。我在春瑜身旁，急得直拽他衣襟，他毫不理会。我暗暗吃惊：春瑜为人严谨，处事平和，何以这么杞人忧天，要得罪人呢？！

仔细一想，那是他情不自禁，对文化的一片丹心映照、赤诚流露啊！

而对于文化专家、文艺翘楚、文史资料员，春瑜则尊崇备至，关爱有加。病了，到家中探望，去医院探视，三天两头，电话问询。上些年纪的，逢年过节，携相关同志，前往慰问。文化界人，公事私事，只要张口，春瑜倾力相助，不求回报。人问之："何以你能与文化人感情笃深，肝胆相照？"春瑜笑了，说："当官儿，谁都能当，干文化，却不是谁都能干的；几千年了，鲁山出了几个墨子、徐玉诺？李福才驾鹤西去，鲁山再没了剪纸仙手。做文化人，需要勤奋加天赋。文化人才，他们一个个就是鲁山的大熊猫啊。"

谈及鲁山文化，春瑜五味杂陈。他曾情绪激动地说："鲁山文化，灿如星河，美若璞玉，俯拾皆是；有不少，我们是被别人倒逼着在做。平民圣人墨子，山东人一直在为我们鸣不平；伟大诗人屈原，湖北、北京的专家率先为我们发声；七夕牛郎织女，全国近十个省份在争；甚至抗金名将牛皋，平顶山新城区也在弘扬。我们有什么理由，对家乡的文化瑰宝无动于衷？"春瑜不无忧虑："咱不努力，保不准，人家跑马圈地，把咱的资源都占了，抢了，悔之晚矣。"也正是春瑜发声，各界鼓呼，县委提出，打造"三都一地"（美丽鲁山，智慧之都；名窑之乡，花瓷之都；丝路原点，家纺之都；牛郎故里，爱情圣地）。爱之深，近年，春瑜逮机会，就说文化，讲文化。他在西鲁讲堂讲，在党校讲，在机关讲，在乡村讲；开会讲，座谈讲；忙中讲，闲中讲；结合自身体会，滔滔不绝，声情并茂，获得掌声一片。

春瑜身上，闪光点多矣，最璨处：怜贫济困，乐于助人。他身披官衣，虽未官架官威，说话办事，却颇具筋力。无论是谁，识与不识，遇了火焰山，他毫不推辞，极力相助。好多次，见乡人找他办事，以为是亲戚，一问，是他在辛集时的村民；好多次，手机铃响，一接，也是乡民打的。我说："生号不接算了。"春瑜一笑，说："是打，都遇了困难，满怀希望，咱不违原则，能办就办，办不了，人家也理解。"文化界，有几位老人，性格执拗，说话啰唆，无事闲扯，他们找我，早的过早，晚的太晚，我少耐心。他们联系春瑜，早早晚晚，春瑜不厌其烦。朋友托我事，力有不逮，每每想到春瑜，转求于他，春瑜照办。很多领导自私，缺乏人情，不关心属下，而春瑜对下属，却是关照有加。这一点，我深有体会。相信熟悉他的人，一定也有同感。

临近退休，春瑜君文集行世，值得庆贺。这些篇什，虽然博杂，乃其心血。举凡历史文化，风土民情，邻里乡党，草根小民，悉入君之笔下。从艺术衡量，似显单薄，但文字质朴，情感真挚，叙述鲜活，很接地气。其基因基调，充溢乡韵，漫扬爱意。有几篇，文史价值颇高。

春瑜君在第一编题下，引艾青诗："为什么我的眼里常含泪水？因为我对这土地爱得深沉……"这是君一生情感之真实写照。我们总是说，鲁山物华天宝，人杰地灵。若是都能像春瑜君一样，为家乡竭才尽智，相信鲁山的明天，会建设得格外美好。

# 第三辑　老树着花

　　搭上时代的快车，大年沟人充分利用新兴的互联网技术。他们建起网站，创办了微信公众号，随时令发布信息，全景式展现血桃风采。桃子一熟，邀媒体人过来品尝采风。网上铺天盖地这么一宣传，城里人开着车都来了，自己摘好了带走。再不然网购，走物流。大年沟车水马龙，桃子供不应求，喜坏了村人。

# 城市的品位

  城市要充满魅力，必得有气质和品位，这种气质和品位，主要体现在文脉上。

  所谓城市的文脉，首先是指其绵延的历史所遗留下的名胜古迹、文物遗址。它是城市的血脉。我们要评选最具经济活力的城市，当然是深圳抑或广州，但要评选最具人文气息的城市，就另当别论了。千城一面的，看了，了无意趣，也留不下丁点儿印象。走过百城千郭，给我们留下深刻记忆的是那些历史厚重、文化丰沛的地方，是那些独一无二的风景、卓尔不群的特色。

  泱泱华夏，两千多座城市，不是哪一座都具有历史禀赋的。这种历史的禀赋，是皇天后土对一方民众的恩赐。北京有皇城根畔的得天独厚，有故宫颐和园等皇家遗存，梁思成当年为了保护北京的古建筑，曾跪地不起，扶墙痛哭。遗憾如今北京城属于平民式的四合院已拆得差不多了。行走在古老的富有特色的鸣响着声声叫卖的短街小巷，那种感觉是灯红酒绿的通衢长街无法比拟的。

很多城市原本有文化内涵，但在都市化建设的浪潮声中，在旧城改造的风靡声中消失殆尽。六朝古都的南京城还有多少六朝遗风？更多的舶来人口是否能承担起延续文脉的重任？天津有一条估衣街，那是一条著名的商业街，有着 600 余年的历史，曾是天津商业的摇篮。鼎盛时期，估衣街上，绸缎、棉布、皮货、瓷器商店比比，老字号遍地。可惜也没能保住。冯骥才先生把天津估衣街的抢救称之为"临终抢救"。

拿鲁山县来说，鲁山城的历史当然是没法与北京南京抑或汴京作比的。但鲁山也是一座千年古县。县城西关，在清代鼎盛时期，丝绸行就有 200 余家。这么多丝绸行，无数老字号旗帜迎风招展，成了山陕商旅集聚之地。遗憾的是，如今，鲁山城西关街上，沉淀着古老岁月的板搭门还时有开合，承载着过往繁华的房脊上的瓦楞草还时有摇晃。但要复古旧貌，显然是一件不太现实的事情了。

要论鲁山城之地域文化，窃认为善政文化最具特色。正史中记载，1200 多年前，唐代鲁山音乐县令元德秀德化民众，抚琴善政，被唐玄宗树为典范，百姓感念其功德，自发为其修筑琴台。台在故城之北，屡废屡兴，清代鼎盛时方圆十亩，台高百尺，房屋百间，亭台楼阁，气势恢宏；前贤题咏，名人碑刻，文气纵横。一座土台，名列我国四大琴台，充溢着满满的正能量！它是最能拨动鲁山人民心弦的一个音符。

情丝无限，雅韵绵绵。平顶山也应是一座很有品位的城市的。城市西边陲之尧山，分割了黄河长江与淮河三大流域，先人们最早在这一带猎狩耕种，使平顶山成为华夏文明的滥觞之地。数千年的文脉纵贯今古：蚩尤是沿着沙河发迹的，仓颉是在这里造过字的，墨子生于尧山脚下，屈原在这里低吟浅唱，唐玄宗对鲁山花瓷情有独钟，杨贵妃穿着鲁山绸旋转起《霓裳羽衣舞》。这些文化根在平顶山，声驰寰宇。

以城市文脉为引领，擘画平顶山美好蓝图。只是要长期滋养好城市的文脉，彰显出城市的品位，的确不是件容易的事。它需要高屋建瓴的规划和持久的投入。平顶山的经济谈不上很发达，要投入巨资建文化，不太现实，但最起码，平顶山的市民都应有这种文化引领发展的意识和宣传担当的责任，而不能我行我素，不管不问。

历史云烟消散，文化魅力永恒。地域文化的优秀传统，是一个地方精之所存、气之所蕴、神之所附。在社会昌明、文脉兴盛的今天，承接地域文化之律动，吮吸地方文化之甘露，打造城市名片，提升城市品位，才能迸发出强大的凝聚力和创造力。

说到底，城市文化，蕴含着一代代生于斯长于斯的民众所结晶出的智慧。它不仅仅是指当下存在的文化，更包含着与这座城市的功能和历史密切相关的物质与非物质文化遗产。它深深根植于一方沃土，被人们津津乐道，口口传颂，绵延不绝。这一种传统的承继，形成的就是文脉。有了文脉，城市的品位才能得到提升乃至于发挥到极致。

# 鲁山几大"怪"

从微信上，看到一名挂职副县长，推介鲁山的"旅游九怪"和"旅游九外"，感觉新鲜有趣，不妨引之：

中原大佛世界最高，名扬海外；
尧山紫鹃高山花海，疑似天外；
百里温泉净出美女，不出意外；
公鸡上树母鸡打鸣，声飘云外；
蚕蛹当饭蝎子当菜，惊呆老外；
碰面就喊你回来了，毫不见外；
男男女女爽气大气，慧中秀外。
规范市场严格执法，没有例外。
全域旅游全域发展，画里画外！

总结得挺好。

深山出俊鸟，围绕百里温泉带，鲁山的女孩的确长得漂亮，个个水灵灵的，身有身样儿，模有模样儿，鲜肤丽质，有独立之姿；而蚕蛹、马蜂蛹、蝎子、知了作菜肴入宴司空见惯，更别提野味了。

宋代诗人梅尧臣在《鲁山山行》中，最后两句诗云："人家在何许？云外一声鸡。"一般人解释，当然是人家住到云彩眼儿里了，鲁山的山里人却附会，说这写的是他们养鸡不垒鸡窝的事，鸡都住到树上，树入云里去了，哪里用得着垒鸡窝呀。

在鲁山山里，无论公鸡母鸡，一到晚上，它们就相约着自动飞到树上宿去了。宿到树上有好处，不怕小偷偷了去，不怕黄鼠狼叼了去。外人夜宿农家，不知就里，还以为树上落了这么多大鸟呢！有一次，一位游客给我讲，夜幕时分，他宿至农家，冷不丁的，头上落下一枚蛋来，蛋碎裂，一摊稀水灌进脖腔，吓得大呼小叫。主人一看，哈哈大笑，说这是树上老母鸡嬎的，母鸡白天没把蛋孕育成熟，这时候才瓜熟蒂落。

一地有一地的历史文化，一地有一地的民风民俗，这些朗朗上口的韵语派生出的，是一地独具的风貌，独有的民俗，展现出的是奕奕的风采。

这位县长来鲁时间虽不长，却颇接地气，已经可算得上是鲁山通了。

怪，神秘奇异也。为吸引人的眼球，各地都总结有各地之"怪"象，少者，三怪五怪，多的十八怪。云南十八怪、重庆十八怪几乎人尽皆知。还有的地方提炼的是"几宝""几珍"，例如"东北有三宝，人参貂皮乌拉草。"人们趋之若鹜，不远千万里，到一个地方去旅游，看山水美景，赏异地风情，连连惊诧，惊的是这般了得，啧啧称赞，赞的是见所未见啊。

而平常之辈每到一地，多是走马观花，很难深入下去解得风情风韵的，对其独特之处，听任导游介绍。"祖国山水美不美，全凭导游一张嘴"，导游们个个讲得天花乱坠，那是"啄木鸟上树，靠的一张嘴"。他们嘴里说出来的词句，多是由民众总结、地方民俗专家们归纳出的怪象。

这种怪象，用顺口溜、打油诗的形式表现出来，可谓好说易记，便于口口相传。

想起有人总结的河南十大怪：

第一怪，郑州商场扎堆盖；

第二怪，开封古城摞起来；

第三怪，洛阳水席水做菜；

第四怪，天井窑院地下开；

第五怪，"中"字说得真不赖；

第六怪，遍地文物脚下踩；

第七怪，少林太极最叫卖；

第八怪，豫剧老少都喜爱；

第九怪，寻根问祖河南拜；

第十怪，烩面吃出几大派。

挺有趣，也的确挺有代表性的。只是，见怪不怪，河南人对这些怪象习以为常，并不吃惊。

早年间，就有鲁山的山里人总结，尧山出"三宝"："金钗石豆过桥草。"说的是尧山出产的三种名贵中草药。尤其是金钗，有抗衰老、抗肿瘤、提高人体免疫力、预防心血管疾病等诸多功用。这么好的东西，对地理气候条件要求特严，只能长在高高的悬崖绝壁上，别的地方不长。东西虽然金贵，却也少有去采挖者，因为一不小心，轻者会被摔伤，重者导致丧命。难怪金钗位列中华九大仙草之首。

三宝亦即三样宝物，但人们一提"尧山三宝"，很容易就会联想到尧山自然资源的丰厚——尧山常见的野生植物有 1400 多种呢。由这"尧山三宝"，让人记住了尧山不但层峦叠嶂，奇峰林立，还是座宝山呢。

20 世纪末，尧山开发初期，曾流行一句顺口溜："尧山有三怪，喝酒不叼菜，导游长得赖，三轮跑得快。""叼菜"即用筷子夹菜，此处意思并非喝酒不叼菜，而是喝酒不用备菜，客人来了，兴之所至，别嫌简单简易，就畅饮吧，体现的是一种待客的豪爽；导游长得赖，是相对于山野村姑而言，实际上，导游们长得也挺好看的，但好不过山里姑娘都是罗敷；20 多年前，旅游管理不规范，山里三轮车开得那叫一个野，下坡从来不挂挡，速度超过小汽车。尧山山路崎岖陡峭，坡度大弯道多，有些地方坡度大到 40

多度，路窄得仅能会车，路外是万丈深渊。外地司机从来是小心翼翼，把心吊到嗓子眼，上坡别个二挡慢慢拧，下坡一溜使着闸慢慢滑。有位外地游客，夜晚开车上山，看不清四周景物，他顺着车灯，沿着山路一直向上开，在山上宿了一夜，第二天一看自己开车经过的路，吓得心惊肉跳，下山时再也不敢开了，最后找了一位本地司机把车开下了山。

这三怪，展现出尧山初开发时"养在深闺人未识"的状况。

鲁山在饮食上，特色独绝。有"尧山炖三宝""尧山炖三珍"：鸡汤里炖绣球菌、猴头菌、野蘑菇，也可以配上香菇、木耳、拳菜。还有炖羊鞭、牛鞭、驴鞭的，更是三宝了。

鲁山值得称道的地方不胜枚举，单体旅游景点两千多个，旅游资源占平顶山的 60% 以上，因之，鲁山被誉为河南省的"后花园"。后花园是什么概念，要多美有多美。不妨大家登一登尧山玉皇极顶，可以感受到，南眺宛襄广袤无垠，北望伊洛帝都之气，东瞻平顶山浮光耀金；一瓢泉走啊走的，纳百流恣肆汪洋成了滍水。览江汉兮望黄淮，泱泱华夏找不出第二个地方来。这么个山清水秀的地方，祖先们当然是首选要在这里渔猎农牧的，这就造就了鲁山历史之厚重，厚重得草木瓦砾中凝满了文化珍珠。

不怕贻笑大方，仿各地"十大怪"，斗胆云鲁山历史文化"十大怪"：

佛光普照入云天，
世纪铜钟保平安。
人工天河引汉水，
亚洲最大航展馆。
鲁山花瓷玄宗爱，
织女下嫁到凡间。
御龙高手数刘累，
结茧吐丝推天蚕。
兼爱天下是墨子，
墨鲁对弈棋盘山。

中原大佛与世纪铜钟均为世界第一；鲁山花瓷乃汝瓷之源，宋钧鼻祖；南水北调大渡槽世界第一，被誉为人工天河；航空展馆现为空军退役飞机贮存中心，所贮飞机数量亚洲第一；牛郎织女的传说由鲁山萌芽然后流布向全国；刘累是刘姓始祖，养龙高手，夏代时为孔甲养龙，所以鲁山又称为豢龙故里；鲁山柞丝绸驰名中外，曾获万国博览会金奖；墨子与鲁班同为鲁山先贤，墨子与鲁班曾在熊背乡、团城乡交界处的棋盘山下棋。

上述鲁山"十大怪"，确切说该是鲁山"十大最"。

# 漫说鲁山特色美食

　　吾辈生长于鲁山，真是件幸事，有山有水，不冷不热，明丽畅亮；尤其吃惯了脚下这块土地上产的食物，感觉特别有味道。

　　几十年里，我蜗居鲁山城，懒得出门，遇有出差，在别人是美事，在我，无所谓。何也？受不了路途的奔波，看不惯都市的拥堵。尤其吃外面的东西，清汤寡水，不咸不甜的，总觉着淡而无味，哪有家乡到处是这热腾腾、香喷喷的味道？鲁山很多游子，即便跑遍四海五湖，定居海外，依然免不了在外叙叨，回来唠叨，时不时的念叨老家饭菜香，美食好，夸鲁山城的胡辣汤好喝，赞城西关栅子门的羊肉好吃，说随便停在哪个路口，蹲蹴下来，吸溜碗浆面条都觉着美——鲁山城卖浆面条的也真多，钢厂口一个拐角儿就有 4 家卖，家家生意都好。

浆面条靠的是浆汁，不放浆汁，实际上就是农村家中娘在时常做的糊涂面条。无论豆面好面，配上芝麻叶、萝卜叶、红薯叶，佐以芝麻酱、辣椒酱、黄豆、芹菜、韭菜等，两块钱一小碗，价廉味儿美。人生百年，喝不絮的浆面条。我们很难去考究它的来历，也许是千年来，鲁山人一种大智若愚的处世态度吧：日子稀稀稠稠，为的暖身御寒充饥，很多事情，糊糊涂涂的好，让岁月像浆汁一样发酵变馊，这才更有品摩味儿。于是，饮食男女，都爱喝浆面条，深入骨髓，融入血液，便绵延成民众的一份传承，演绎成社会的一种风俗。

鲁山城好吃好喝的多了去了，一日三餐离不开的是小吃，三天两头心念念想光顾一次的算美食。3年前，平顶山市豫菜协会评选地方风味美食，鲁山一县，有31个美食品类荣膺此誉，有鼎顺揽锅菜，有鸿盛滋补甜鸡，有郭记烩羊杂，有袁氏卤猪肉，有李记黄焖羊肉，有史记羊蹄，等等，都是平民百姓享受得起的。很多饮食品类，扎土生根，祖传数代。东关大街许氏丸子汤、城壕老粮管所门口侯氏豆沫儿我没少去喝，都是父子几代承传。侯氏豆沫儿女主人，一出摊掌住勺，就盛几百碗，使得胳膊痛。当今社会，灯红酒绿的，长期独守着一份薄利的营生几十年，实在不容易。

有一次，与几个朋友唠起鲁山城的小吃，众说纷纭，有说：我最爱城门口的羊肉炝锅烩面，羊骨汤熬的，青菜海带，葱花芫荽，一应俱全，小磨油再一滴，我涎水都流出来了。有说：我最爱喝琴台街口的羊肉杂可，碗里泡个"发面牙儿"，胡椒味儿大一点儿，辣椒油多放点儿，大清早起来，去喝一碗，倍儿美。"发面牙儿"乃火烧之一种，三角形，发面做的；整个鏊子上，炕一张大圆，不停翻转，焦黄焦黄的，咔嚓下去，对切出 4 块，就成了"发面牙儿"。趁热格外好吃，外地还真未见过这三角形的热馍。有朋友接话茬说：要论羊肉杂可，还数西关黑虎桥那家清真的，有一次实在饿了，光汤我就续了五碗。人嗤之：在鲁山，喝哪家的羊杂汤不是随便添汤？不给添岂不衬得主家不厚道了？这生意还怎么做？——要饭的要到摊上，还都给添碗热汤喝呢。

联想史书有载"鲁人诚厚"，碑文多记"吾祖朴诚"，不谬也。

这么多好吃的，让鲁山人饱了口福。当然，首先是得益于鲁山物产的丰富。鲁山这块地上，什么都产，山珍海味，鱼鳖虾蟹，天上飞的，地上跑的，无所不有。汩汩温泉，浩浩盐田，乌乌煤田，袤袤烟田，哪个不是赫赫有名。就说山珍，季节来临，你随便到鲁山的深山里转转，可能捡不到猴头、鹿茸，但蘑菇、木耳、拳菜却绝对是空不了手的。前几年，鲁山发展木耳、香菇种植，还被誉为中国"木耳种植第一县"。这些山珍原是宫廷御用上品，而今布衣平民都做了俗物，吃得有些腻味了。倒是又有很多野菜，连平民百姓原也不愿入腹的，诸如臭娘叶、棠梨花、黄黄苗、荠荠菜、马齿苋、芝麻灵儿等，又升格为新的山珍。

这些野菜，学名叫什么，鲜有人知道。

这几年，山里人顺时应势，发展农家乐。每遇周日，游客们开着自驾车来山里玩儿，到了饭点儿，随便拐进一家农家乐，乐主大盘小盘，端上桌来的，都是叫不上名儿的野菜，尝一尝，喜得直咂舌头，问服务员，是何菜名。服务员懒得回答，说："都是山菜。"话出口，觉着太宽泛，又补充说："在我们山里，随便捋一把叶子能下锅，薅一把青鲜可入盘儿，都是纯绿色无污染的。"听得游客一愣一愣。有一次，一朋友带我到瀼河乡山里一农家乐饭店，上的全是野味，有马蜂蛹、蚕蛹、蝎子，有地皮菜、山拳菜、山蘑菇，有山小蒜、山韭菜，让我这本地睄儿也开了眼界。我戏说，你这饭店就叫野味山庄吧。

鲁山产的蝎子都是十条腿的，叫全虫，可入药。一般的蝎子都是 8 条腿，那是不能称"全虫"的。有一次我吃饭时向客人介绍，客人不信，随手捏起一只，一数，果不其然。客人幽默，诘问："鲁山的跳蚤是不是也是双眼皮？"我说："缺这两条腿，味道与功用大不一样。你们发现没有，在鲁山，凡喝山泉水长大的女孩儿们，个个水灵灵的，出靓，说出话来也像百灵鸟叫呢。"一干人哈哈大笑。

鲁山是贫困县，缺的是钱，不缺的是资源。一次陪一游客看牛郎洞，游客问我："怎么织女下凡要选择下到这里？"我说："世上没有无缘无故的爱，织女当然是看上了鲁山人的品质，喜欢上了这里的风景和气候呗。"织女下嫁鲁山，没听说她带别的嫁妆，只带来了"天虫"和"九姑娘花"。"天虫"即柞蚕种，鲁山的柞蚕丝绸曾获万国博览会金奖。鲁山人原是不吃蚕蛹的，因为它是天上的虫儿，来到人间结茧吐丝，功高盖世，心里生着敬畏。"九姑娘花"即油菜花，原是织女让鲁山的百姓度春荒食用的。现在春再长，鲁山人也饿不着肚子了，但鲁山人还是忘不了"九姑娘花"。大面积，一种再种，春风吹来时，整个鲁山，漫山遍野，依然到处是金黄的花的海洋，香味能弥漫到天宫。

上天的恩赐皆有渊源。鲁山的"鲁"字，拆开为"日""鱼"。"日"上烤"鱼"，何其美妙。鲁山古名鲁县、鲁阳，原是一片湖，湖里尽是鱼鳖鼋鼍。及至火山爆发，地壳运动，湖底隆起，奇峰耸立，山川秀出。滍水汤汤，蚩尤在此渔猎农牧；仓颉在此查鹿迹羊蹄，观鸟虫鱼态；墨子由此出发，裂裳裹足，为天下苍生奔走呼吁。有一首歌谣《唱墨子》，唱得逼真：

> 雉鸡翎，发里藏，
> 肩上挎个万宝囊。
> 一双赤脚奔走忙，
> 天下污浊一扫光。

墨子名翟，翟即雉鸡，乃凤凰之一种，墨父肯定喜欢山鸡，他把儿子起名"翟"，也是寄寓墨子展翅高飞。鲁山的山里至今到处都有山鸡飞落飞起，冷不丁就能捉上一只。

史书载墨子吃"粝粱之食",喝"藜藿之羹",穿"短褐葛衣"。传说他摩顶放踵,周游列国时,随身总携带一罐豆瓣酱,路途中饿了,馍蘸着酱吃。墨子的十大主张中有"节用",节用即节约、节俭意。为弘扬节俭的饮食文化,平顶山还成立了"中国食文化研究会墨子文化委员会",倡导吃饭不要太过于浪费。

鲁山孕育出这么多名人,皆缘一方水土充满灵性。在尧山极顶,南眺宛襄,江汉无垠;北望伊洛,黄河悠悠;东瞻淮水,沃野千里。目之所及,浮光耀金。电光石火,激昂历史。无论是圣贤们为天下苍生,还是天下苍生遭受磨难,在鲁山这块土地上,乐亦乐,苦亦乐,何妨立足于自然的馈赠,琢磨琢磨,怎么样才能吃好喝好,于是就在饭菜里,多放些葱姜蒜辣椒,再放些花椒胡椒丁香茴香。一种地产,少不得煎炸烹炒,醋腌酱焖,花样翻新,做出它几十样美食,叠加起来,百千种,唯其如此,日子才能过出味道。

鲁山人,口味是很杂的。但再杂,在这里,他也能吃到自己最爱的一种美食。

# 乡情一抹揽锅菜

　　一地有一地的传统习俗，一地有一地的特色小吃。鲁山的特色名吃，首推揽锅菜。揽者，一篮子扛也。做人，需心底澄明，待客，要热情豪爽。有朋自远方来，饥肠辘辘的，主人端上满满一碗揽锅菜，红烧的肉块，厚厚一层，肥瘦相间，下面时令鲜菜，诸如大白菜、大青菜、蒜苔蒜苗里，次第夹着油炸的豆腐条、红酥的肉丸子、清醇的干拳菜、筋道的薯粉条。直吃得客人颤颤巍巍，满嘴流油，连呼过瘾解馋，连赞主家真诚厚道。

　　揽锅菜，音喊得轻了，是懒锅菜。但凡能做出味道的，却绝不是懒女人。多少年前，揽锅菜并不叫揽锅菜，而叫杂烩菜。青的白的，什么菜都杂在一起。那时候，农家日子都穷，一分钱要掰作两半儿花，吃饭调萝卜丝就咸菜疙瘩是常事，哪容得煎炸烹炒，好多样儿菜混在一起这般奢佟？也只有逢年过节，当娘的才会拿出看家本事来，狠心割上二斤猪肉二斤豆腐，过过油锅，再在白菜萝卜里放进一撮粉条，做上满满一锅暖心窝子的杂烩菜。一大家子人，就围坐在锅旁，你一筷我一箸，其乐融融，尽享这热气腾腾，香味扑鼻的氛围。

不分层次，但凡自家地里产的菜，有多少种，都可拌进去，叫杂烩菜是再合适不过了。分明是一万个农家，可以做出一万种杂烩菜，无数个勤劳而又善良的母亲，可以做出无数种杂烩菜的味道。一年里吃上这一两次杂烩菜，最是让做儿子的刻骨铭心，永远记住了娘的好，以后飘荡在外，每每就想起娘做的杂烩菜。所以又有人说这杂烩菜百样杂陈，其实就是思乡菜吗！

及至后来，生活好转，有慧心人嫌这杂烩菜虽然好吃，但调料不精，颜色不鲜，杂乱无章，上不得台面，开不成饭店，只适宜于家中狼吞虎咽。要想雅俗共品，尚需在传统基础上改进，不妨佐料就放得全些，葱要本地葱，姜要张良姜，再加入花椒胡椒、丁香茴香、八角草果等。然后炝炝锅，熟上一碗自家捂的酱。自家不捂，那就用四川郫县的，郫县的豆瓣酱红褐油润，酱脂浓郁，辣而不燥，黏稠适度。趁了热锅，把片好的红烧肉揎到热酱里，由着性子去慢炖。肉是本地猪鲜宰，最好用前夹肋和后腿，煮熟后红烧，稍经冷冻。肉块子片得要大，但不一定太薄，薄了酥碎，厚了油又不易浸透。拳菜要鲁山山里产的拳菜，这是干菜中的妙品，新奇绝俗，比之金针木耳还好。金针木耳野生的不多。而拳菜，撑清露，饮风月，撷回来清水洗，沸水泡，不涩不苦，清爽滑润。肉是单焖，菜是单炒，夹两片肉入口，辣酥酥香喷喷的，油而不腻，纯正适口。盛上半碗菜，再摞上半碗肉，好吃得很呢！

杂烩菜，原本这名听上去就缺乏美感，经了这么精工细作，摇身一变，更名成为揽锅菜。邀请菜品协会的专家们一品尝，专家们连连咂舌，说这揽锅菜，配料讲究，工序繁杂，荤素搭配，炖煮细致，吃起来油而不腻，嫩滑软香，风味独特。由之，揽锅菜堂而皇之，迈入了饭店，不期然，竟然风靡豫西，席卷中原，到哪里，我们都能看到揽锅菜的招牌，无论专营还是兼营，家家生意火爆。

揽锅菜的确是顺应了历史的潮流发展。吃不俗的揽锅菜最是节省时间，客人们到鲁山游玩，吃揽锅菜，方便快捷。

下里巴人的揽锅菜士农适口，老少皆宜，最接地气。夫妻俩不想造厨了，上街去吃，男的问女的：吃烩面？女人撇嘴，男人又问：饺子？女人摇头。最后是不谋而合：走，还吃揽锅菜吧！常常是揽锅菜端上来，男的"斯文扫地"，女的"淑女不再"，味蕾勾引着舌尖，大大的肉块，长长的粉条，红红的油酱，催生你矜持不起来的。

当然，南方客到鲁山，虽是觉着揽锅菜好吃，却并不理解我们，何以将那荤菜和素菜揽在一起，鲜菜和干菜揽在一起，熟菜和生菜揽在一起。觉得我们好笑。南方人精细，总以为荤是荤的，素是素的，干是干的，鲜是鲜的，咸是咸的，辣是辣的，香是香的，一样菜一种味一个盘子，分开来，七大盘子八大碗的，多气魄，多阔绰。殊不知，一方水土养就一方人的品性，鲁山人是性直诚厚，说话口音重，心里没有那么多弯弯绕，办事也不讲究那么多章法，就像这揽锅菜，虽然是包罗万象，但十几样菜品搅和在一起，一混枣儿盛在你面前，可谓一览无余，任你评品，哪怕它土里土气，只要你觉着味道香醇就可以了。

鲁山揽锅菜，古老的传承，当代的创新，二者完美结合。它已深入鲁山人的骨髓，演绎成鲁山饮食文化品牌之一种，沉淀为鲁山一道舌尖上抹不去的乡情菜。

# 一个人的说唱

## 一

说个姑娘本姓王，啥活不做她懒得慌。
大针小针她不拿，粗茶淡饭她不行，
整日里忙着翻院墙。
东院墙她翻得明晃晃，西院墙她翻得泥泥光。
院当中有棵老枣树，赤溜溜她爬到树梢上，
爬到树梢把歌唱：
哼呀嗨，嗨呀哼，嗨嗨哼哼不停唱……嫁婆家，
啥活她都充内行：
剪了个布衫三只袖，剪了条裤子没有裆；
婆母娘让她去蒸馍，卯了个圪截丈二长，

大锅排子盖不住，小锅排子盖当央，

顶住厨房前后墙，气得婆婆肚子胀。

老公公一看哈哈笑：

叫声老婆子你听心上：

三只袖，也无妨，咱多只袖子搭肩上，

下到地里装干粮；没裤裆，也无妨，

正好我把麦子装，扎住一头扛肩上。

馍硬正好打张床，咱扶住床撑啃床帮……

　　这是我童年时听的一段鼓儿词书帽《懒婆娘》。唱词土得不能再土。书名起的是《懒婆娘》，实际上这婆娘不是懒，倒是有些傻，傻得可爱。婆婆嫌弃儿媳不中用，公公想着娶个儿媳不容易，总是解劝老婆子，这劝解也实在过于夸张。

　　说鼓书的是一个人，男的，一手捏了两片犁铧片撞击，又一手执了鼓槌敲鼓，他声音颤颤的，哑哑的，却有味，尤其那尾音哼腔拖得像甩出去的鞭梢，撩了几撩，撩上夜空，绕了几绕，绕到云端，又落下来，浸润得人血液发热，撩拨得人筋骨发酥。再加上，说书人扭屁股晃脑袋，动作滑稽，唱词呢又夸张，逗得书场上一阵又一阵哄然大笑，笑得鸟儿飞去，月儿隐去，星儿退去。

　　说鼓儿词的在我们村整整唱了十天《解放南京》，我又追着他到邻村听了十天《敌后武工队》。

　　多少年以后，这场景无数次潜入梦境。

梨园旧书三千部，负鼓盲翁正作场。在农村长大的孩子，有谁没有受过鼓书的熏染呢？三国水浒岳飞传，施公济公包公案，大小八义杨家将，历史风云辨忠奸。

新编鼓书也有很多。

说书人那绘声绘色的表情，合辙押韵的唱词，自然而然，就把我们带入刀光剑影的前朝往事、现实中的爱恨情仇里去了。无论是远古神话的开天辟地，还是历史战场的金戈铁马；无论是后宫嫔妃的明争暗斗，还是名利场上的蝇营狗苟，正典野史，古说今谈，这巧舌如簧的独角戏，分明是一个人在慷慨激昂，纵横捭阖，台下面听得却是如痴如醉。

怪不得小的时候，我总是听说，哪村哪个漂亮姑娘跟了说书唱戏的"私奔"呢！就连我，不知不觉间，对这说鼓儿词的，也有了一种神圣的不可动摇的崇拜与热爱。

我常常感慨，说鼓儿词的年纪轻轻，怎么就对人世百态有了这么深刻的感悟？！他插科打诨，他渲染气氛，他怎么那么善于揣摩人心，把情节拿捏得恰到好处，诱了你或悲苦，或唏嘘，或朗笑？让你跟着他的感觉走？！

## 二

鼓儿词乃说书之一种。只不过书是说的多，词是唱的多。 而习惯上，人们还总是称"说鼓儿词"。

　　单枪匹马，天作幕布，偌大的舞台，交给一个人尽情施展。一个人的舞台，他能日起多大的雾？君不见，急风骤雨般，一张嘴跑出来千军万马，一声吼天地胆寒。紧要处的目瞪手挥，凄切处的荡气回肠，有谁不是随着说书人的板眼，一会儿斜了身子，一会儿缩了脖子？！又有谁不是惊了眼珠，笑了脸色，痴了专注，迷了情节？

　　20世纪五六七十年代，豫西农村的日子，精神比物质还贫，冷冬时节，农闲季节，人们窝在家里，最盼的就是听书，听一次书，比吃上一顿雁肉包子还舒坦。村上主事人也理解村民们的思想，何况他也想听，就串联附近几个村子都请，这厢请罢那厢请，这村说上半部，那村说下半部。抑或这厢说鼓书的走，那厢唱坠子的来，说是两个曲种，也都还是说书的，只不过唱坠子的多了一把弦子。多一把弦子当然好听，可惜又多了一个人。多一个人就多一份开支，倒又不如说鼓儿词的一个人再延续几天。曲剧豫剧越调也想请，但这些都是大戏，锣鼓铙钹丫鬟小姐的，声势浩大，请不起啊。

　　我曾作想，咱这一带的老百姓，为啥这么喜欢鼓儿词呢？后来明白，它的根儿，就在咱豫西深扎着。有人说鼓书的发明人就是墨子。墨子在《耕柱》篇中说道："能谈辩者谈辩，能说书者说书。"墨子摩顶放踵，为天下苍生鼓呼，免不了为生活所困，困住了，他就手拿犁铧铁片，一路敲打说唱讨要，解那燃眉之急；亦有说是孔子困于蔡邦，他的学生子路，沿途说唱乞讨搬来救兵，之后乞丐们纷纷效仿。老艺人们把这最为原始的说唱艺术，同两位最早的文化巨柱连在一起，用心良苦，却也不无道理。墨子是我国最早用方言写作的作家，而几乎所有的鼓书，用的都是地方方言俗语。那虚词，那衬词，那韵词，十分口语化，形象得无以复加，纯朴得直达本真，通俗得沾满泥土，有趣得摄人心魂。老百姓从骨子里爱它，爱的，正是它的接地气。

作为鼓书，在河南境，当然是都叫河南大鼓的。然而花开遍地，开在豫西鲁山，它叫豫西鼓儿词；开在南阳，它叫鼓儿哼；开在洛阳呢，它叫河洛大鼓；开在豫南，它又叫豫南大鼓；跑到山东，它变成了山东大鼓；扎根京津，它又演绎为京韵大鼓……

鼓儿词与鼓儿哼最为接近，因为，早在秦汉时期，鲁山是归了南阳管。

这是一个从泥土里蹦出来的"孩子"，人宠人爱。吃了万家饭，尝了万家苦，适了万家口，起了万家名，到哪里都被接纳且受到欢迎，分明你中有我，我中有你，虽然还认祖归宗，又各各独立成家。到一个地方，产生一种流变，音腔不同，伴奏的弦子有别，又嫁接出鼓碰弦、二夹弦、坠子书、三弦书……这无数的曲种在时空中交替，在不同地域中回环，百代民众从中减压去悲苦，寻找回欢乐……

# 三

一盘小鼓，一副鼓架，两片钢板，一张嘴皮子，再简单不过的道具。何时何地，比比划划，有吟有诵，连说带唱，很少合伙搭班，常常独行天下。

纯粹是一个人的舞台，一个人的江湖。

说鼓儿词用的是小鼓，7寸的，扁圆形，在鼓儿词的说唱中被誉为牛皮战鼓。这就预示了鼓的重要。不要小觑鼓的作用，鼓与欢乐同在，与生活同频。敲钟击鼓殇百神，渔阳鼙鼓动地来，敲敲打打庆丰收，哪个都离不开鼓。大盘鼓磅礴如雷涛，小腰鼓激越似奔突。鼓儿词的鼓式百样千种，最讲究快收猛放，张弛有度，敲鼓皮敲鼓沿，情绪酝酿处，不说不唱，不停击打，轻重缓急，长短有致，一会儿如急风骤雨，一会儿如雪飘云行，一会儿是凤凰三点头，一会儿是蜻蜓五戏水。敲上好几分钟，敲出远古，敲过唐宋，敲得众人心头温润，比熨斗烫了还要舒服。

那钢板是月牙形的，有人就叫月牙板，两片，左手五指夹着，一上一下，一阳一阴，解得风情的人谑之曰鸳鸯板。只是说鼓词的人不这样称，他们不忘根本，总是说：我拿的这是犁铧片。可不，相传墨子与鲁班比巧，鲁班发明了竹鸢，飞在天上三日而不下，但实用价值并不大，倒是墨子发明的犁，使农耕文明前进了一大步。移花接木，说鼓儿词的感念墨子造福百姓，不像唱坠子的一样手拿檀板，却执着地拿犁铧片在手，一拿就是千百年。千百年丁零当啷地碰击，犁铧片发出清脆的声音，这声音深深地印入说者心中，听者心中。遗憾如今人们再不用犁铧犁地，没人再铸犁铧片，苦了说鼓儿词的人，只好用钢板代替，用钢板，却再找不到用犁铧片的感觉！

说鼓儿词全凭一张嘴。嘴皮子一张，顺口就溜出"昨晚上唱了一本《小八义》，书里边还有这本半半本、半本本半、本半半本、半本本半没有完工。书打哪停咱从哪儿接，书打哪断咱从哪儿缝"。一个人，说出来男女老少，唱出来生旦净丑，学出来牲畜叫、鸟儿叫、虫儿叫，真真是战鼓一打，千军万马；钢板一声，春夏秋冬；嘴皮子一松，五千年口中。说得好，抓得住人心，场下拍手，说不好，听众走了大半，这场面就尴尬了。

# 四

说鼓儿词，说唱程式颇为讲究。上得场来，大多是，先说四句定场诗，紧接一套礼白，再是趣味性的书帽。这一套礼仪不同凡响，听众立马静下神来，然后接唱正本。

四句诗内容五花八门。可以说谜语："日头出来往东落，伸手抓住老龙角，一斗谷子九升米，得病只用一服药。"猜清朝四个皇帝的年号。分别是道（倒）光、乾隆（龙）、康熙（稀）、顺治。"清早起来去扬场，有风无风只管扬，扬到晌午十二点，她妈的妹子也来扬。"猜四个地名。分别是枣（早）阳（扬），湖（胡）阳（扬），舞（午）阳（扬），宜（姨）阳（扬）。不待听众猜出，说书人先自把谜底说出来了，听众笑了：这谜语出的，一句比一句精彩，长知识。虽然费解，却十分有趣。

可以说大实话："天上下雨地下浸，老丈母待她门婿亲，不是俺闺女嫁给他，谁认得他是哪龟孙。""三间房子两挂梁，椽子没有檩条长，刮南风北屋凉，吃豆腐没有吃肉香。"仔细想想，还真是这么回事。

可以说颠倒颠："树梢不动刮怪风，滚水锅里捞冰凌，三岁小孩儿得痨病，八十岁老太太得了脐带疯。""六月冷得裹被头，大年五更立了秋，老鼠叼着狸猫走，大象闲来遛蜗牛。"

也有说荤一点的："日头出来一照一照，他娃娶个媳妇他爹要要。孩子说不中不中，他爹说不孝不孝。""日头出来往上蹿，老公公往他儿媳妇屋里钻。他娃问爹弄啥哩？他爹说我进屋抓把烟。"

接下来，说书人抑扬顿挫，铿锵有力，玉珠般进出一连串的套话："在位的父老乡亲，你们金身子坐定，银身子站稳，细听我打动这牛皮战鼓，拎动我这漂江过海的钟翅钢飞，听我这南腔北调、破喉咙烂嗓、吐字不清、道字不明、空口白字、岔腔掉韵，慢转心意风景，与大家又是一回道来。"

伴随着一连串哼腔鼻音颤出，左手钢板击动，右手皮鼓打响，韵味十足的开场腔唱起："小战鼓一敲响叮咚，请一请父老的乡亲慢慢听，未曾开言我问三问，未曾开书我问三声。先问声父老乡亲您可好，再问声您的二老怪安宁，三问声各位爱听啥，爱听文来爱听武，爱听奸来是爱听忠。爱听文来包公案，爱听武来杨家兵。半文不武威虎山，一苦到底讲红灯。我有心文武一齐唱，真可叹，说书的未长仨嘴俩喉咙。一匹马难得两头跑，一杆枪难挡八面风，巧姑娘也不会双针缝，还请大家多包容。包容包容要包容，一包我文化低来水不平，二包我年纪轻轻艺不精，论说书哪胜咱稳正风，上场来咱先唱一段小书帽压压惊。"

这一段开场词类于开宴前的致辞，虽包含多层意思，主要还是自谦。山外有山，天外有天，什么时候，人都要自谦的好，不然人家该说你张狂了。

无论书帽、小段或正本，唱词的头四句常是提纲挈领，中心所在。例如《水浒传》前四句："宋江居住郓城县，打富济贫在梁山，梁山一百单八将，都为朋友不为钱。"《青石点金》头四句："酒色财气四堵墙，许多谜在内中藏。谁要解开其中意，他就是长生不老王。"《关公出许昌》开端："天国不和振华裔，互相残杀动刀戟。曹孟德带大兵八十单三万，独霸中原树大旗。"新编的《夸鹰城》："月里嫦娥下凡间，云头之上笑开言，五湖四海我都走遍，最留恋的城市是咱平顶山。"

说鼓儿词的人把乡亲们的激情点燃，场下笑声一阵响过一阵，一浪高过一浪，生活在底层的百姓，仿佛在一瞬间、一夜间，把长期累积的疲累，要释放净尽。

这种曲艺形式最是讲究抖包袱，卖关子，设悬念，让听众的心提到喉咙眼儿。关键时、紧要处，钢板突然打住："让俺歇歇喘喘，吸袋烟。"场间休息上几分钟。待要"且听下回分解"，则是明天继续。保不准，明天人走了，就留下了遗憾。

这样的遗憾，像初恋一样，是可能让人回味一生的。

说书人说书秘诀何在？劲儿往哪儿使？千锤百炼，用艺人自己的话形容，那是："头发丝穿尿罐儿是个细劲儿，姑娘纺花是个脆摆劲儿，媳妇纺花是个稳当劲儿，老婆纺花是慢慢上劲儿，屙屎攥锤头是个闷劲儿，蝎子放屁是个毒劲儿，火车挂钩是个兑劲儿，拖拉机上坡是个哼劲儿，小两口上床是个亲劲儿，八十岁老奶奶坐个大月子是个后动劲儿。说到底是买只羊牵住蛋，一个人一个牵劲儿。所谓的先松后紧越唱越稳，先紧后松越唱越烹。"行话又有"说书不亮底儿，亮底没有理儿""大书一股劲儿，小书一片情""段子要味儿，大书要劲儿""千斤白口四两唱""唱戏的腿，说书的嘴"等口诀要素。

仔细体会，理儿也的确是这么个理儿。待解开，非十年八年之功不可。

# 五

时光推移，谁也料不到，如今，鲁山鼓儿词，成了一个人的曲种。这一个的说唱，却只有一个人在坚守。

这个人叫冯国。

三四十年前，鲁山民间艺人比比皆是，说鼓儿词的和唱坠子的平分秋色。如今，鲁山的曲艺家协会会员虽然还有百人之多，但说鼓儿词的却只有冯国了。

年过半百的冯国原籍南阳，兄妹 5 人。小时候家里穷，他羡慕艺人们来村里表演，那是能吃上鸡蛋捞面的，12 岁，初中未毕业，他就义无反顾，跟了鼓儿词艺人刘延如学。书虽奉于师资，说却禀于天赋。这一学就注定了他一生与鼓儿词的结缘。冬学三九，夏练三伏，《水浒传》《杨家将》，单长篇大书，他学了 8 部。南阳的村村寨寨，鲁山的沟沟壑壑，他跑遍了。想当年，在南召的板山坪，他穿着牛仔裤，梳着大背头，一亮相，腔像牤牛一样的亮，听温了小媳妇，看直眼了大姑娘，满村里栎疙瘩火烧着打丝锅，好几个长辫子姑娘从热锅里捞熟蛹，往他住屋里送。一个村一唱两个月。凑巧了，鲁山人往南召走亲戚，夜晚一看，这小伙儿，书说得，啧啧，连不住地赞，非拉他翻山越岭来鲁山赵村演，让这一方的百姓也感受感受。这一来，冯国就爱上了鲁山的山山水水；这一来，他把户口就迁到了赵村的小尔城，六羊山下，他就娶了妻子赵桂枝。夫妻俩，年年月月，你说书，她唱戏，一个吹唢呐，一个捏鼻，琴瑟和鸣，夫唱妇随。

长期的坚守，是件很不容易的事情。改革开放，每个人都像上紧了的发条，奔走忙碌，加上电视电脑手机的普及，娱乐形式的多元，谁也料不到会把鼓儿词书场冲击得落花流水。如今，已鲜有村子再写一场鼓儿词，人们也很难再坐下来，细听这一个人的贯口。冯国为生计而痛苦，无奈，他到广西新疆卖过丝绵被罩，到山西黄河东岸普救寺旁种过棉花西瓜，只是到哪里，总也割舍不掉这鼓儿词。

怎么办？回归。生活简朴些，日子总还是过得去的。

不说大书唱小段。文艺轻骑兵，骑到哪里，哪里有掌声。这沾满泥土的声音绝非零落，香味依然如故。冯国节日里演，消夏晚会演，单位演，广场演，敬老院里演，农村扶贫演，多的是义务演。他唱旅游，唱文化，唱环保，唱卫生，唱扫黑除恶，唱红色之花，唱"十九大"，唱新农村，无所不唱。唱得人多不知道县长，却都知道冯国。唱得自己成了省非物质文化遗产传承人，成了省民间表演艺术家，成了县曲艺家协会副主席，成了连续4届的县政协委员。也唱得鲁山琴台小学慧眼识珠，为他专门设置了一个鼓儿词工作室，让他逢了周六周日到学校去，教授爱好鼓儿词的小学生们来学习、来传承。

遗憾的是，学生们走了一茬又一茬，仍然是没有长期坚持下来的。

生存危机，后继乏人。冯国忧，社会贤达忧，文化部门忧。

中国民间文艺家协会原副主席夏挽群说："鼓儿词，一个人的去世，就等于这门艺术在一个地域的灭绝。"

如何去保护这一古老的民间曲艺瑰宝呢？这似乎是一个沉重而又严峻的话题。

# 评书大家情系民间艺人

　　9月1日，秋阳朗照，学生娃儿们雀跃着到校报到，豫西鲁山城，"冯国鼓儿词公益培训班"也迎来开班仪式。12名学员，小的10来岁，大的40多岁，各个左手执月牙板，右手拿鼓槌，学习鼓儿词演唱；县文化局党组女书记杨文歌，宣读中国曲协原主席、著名评书表演艺术家刘兰芳发来的贺词。这贺词，原是一个58秒的视频，为刘兰芳几天前特录，借微信发来。评书大家在视频中亲切祝贺道："朋友们，大家好！我是评书演员刘兰芳，是您的老朋友了。报告大家一个好消息，冯国鼓儿词传承人公益培训班开始招生啦。鲁山鼓儿词是河南省非物质文化遗产，它是我国古老而又独特的说唱曲种，唱腔优美，通俗易懂，很受欢迎。冯国先生演唱40多年，说唱俱佳、表演生动，多次获奖，有口皆碑。祝贺他艺德高尚，热心授徒，薪火相传，发扬光大！"

一位民间艺人，寓居小县，何以缘结评书大家？

时间追溯到 2007 年秋。电影《女大学生部落》拍摄，摄制组把外景地选在鲁山张沟，邀刘兰芳与冯国客串。两位说书人，得以近距离接触。机会难得，趁了拍摄闲暇，在张沟村部，避开杂人，冯国支起随身携带的扁圆形小鼓，为刘兰芳说唱了一段，请她指教。刘兰芳认真观看后，首先肯定冯国激情饱满，唱腔独特，同时指出，冯国眼神传情不够，吐字不太清晰，腔韵稍嫌粗糙。说得冯国心虚脸红，不住地点头。接着，刘兰芳摆了几个架势作示范，又手把手教冯国好一阵子，最后勉励冯国，对艺术，一定精益求精，要育人出书走正路，树立曲艺好形象。刘兰芳摆势指导的场景，被当地摄影家捕捉定格。回到家，冯国把照片放了二尺大，挂在屋里墙上。我时任县文联主席，有幸在现场，聆听刘兰芳的点评，深为艺术大家放下架子，对一位不相熟的民间艺人，给予细心指导而敬佩不已。

其后，冯国潜心研磨技艺，2010 年，被评为省级非遗传承人。

正因了刘兰芳的指导，冯国才有了坚守和传承。前些年，写书者多，加之冯国会吹唢呐，农村里红白大事都请，冯国生活无虞。近年，随着娱乐形式的多元，鼓书市场落花流水，冯国生计堪忧，他到广西卖丝绵，去新疆卖被罩，到山西种西瓜；只是，无论到哪儿，总也割舍不掉鼓儿词，忘不了刘兰芳的嘱托。夜静时，冯国在想，日子穷些，总是要过的；眼看着豫西这块地儿，只剩了自己在舞独角戏；这一个人的贯口江湖，人说是文艺轻骑，不传下去，真消亡了，实在可惜；何不办个班，招些学员，保不准，有人愿学呢。这才又回家来，四方奔走。他把这一想法告诉了刘兰芳，刘老师十分赞赏，鼓励他一定要下决心办好。经过努力，终是在文化部门的鼎力支持下，办起了这个非遗培训班。学员报名虽不多，毕竟传承有望了。

刘兰芳对民间艺人的关怀，那是有目共睹，有口皆碑的。为弘扬传统书艺，自1981年算起，刘兰芳曾先后18次，来到曲艺之乡豫西宝丰县，来"赶"马街书会。担着中国曲协主席那会儿，她来既是与当地政府协商联办书艺赛事、出席开幕仪式，又登台献艺。荣退后，纯粹就是来献艺了。每一次来，都分文不取。马街书会，那是中国的十大民俗之一，马街，那是民间艺人们的朝拜圣地；每年农历正月十三，这一天，管它冷风吼，雪花飘，艺人们负鼓携琴，不远百千里，从四面八方，汇聚于此。"万人空巷看兰芳"，评书大家一来，人气更旺。刘兰芳在39年间，千里迢迢来了18次。这是一种使命、责任，更是一种情感牵系啊！宝丰人感念刘兰芳，2018年，特意投资建起一座"刘兰芳艺术馆"。刘兰芳更是倾其所有，无偿捐献创作手稿、名人字画、艺术成果、宣传画册、音像制品。人们参观艺术馆，无不感叹藏品丰富。

刘兰芳来马街，就等于来了鲁山。因鲁山与宝丰马街，村挨村，地搭地，鸡犬声闻。只要刘兰芳来宝丰，逮了机会，冯国就去拜见唠嗑。冯国向我介绍过两件事。一件是 2017 年正月十二，刘兰芳夜访马街书会艺人住处，彼时，炊事员正做晚饭。她用勺子搅了搅大锅，发现菜多肉少，默然无语。走出院子，她回身对跟随的有关人员说：艺人们太苦，生活得改善啊。另一件是 2020 年 1 月 7 日，以曲艺宣传节目为主打的"平顶山红鹰党建宣讲团"赴郑州汇报演出，担着宣讲团名誉团长的刘兰芳，专程从北京赴郑助兴演出。她的节目安排在中间，下午 5 点多才演完。当时，刘老师的丈夫王印权在舞台后，告诉兼做杂务工作的冯国，说他们已经买了晚上 6 点半的高铁，要返回北京，刘老师演完，不再谢幕，就得赶紧走。谁知，将近 6 点，演出结束，全体演员上场谢幕，刘兰芳又出现在谢幕的舞台上。原本，她是该站在舞台中央的，为的退场方便，她就站在最左边的位置。

不怕耽误乘坐高铁也要谢幕。这是一种境界，也是对观众的一种尊重。从中，足见其艺风艺德之高尚。

# 桃树着花无丑枝

　　今年，疫情把人们憋得不行。入春，文友们就蠢蠢欲动，相约着去山里赏桃花，却总是蠢而未动。直到花事繁盛，终于成行。

　　去的地方，村名叫大年沟，在豫西鲁山县西南20公里处，归属熊背乡。这里血桃有名。村子虽藏在大山的皱褶里，却是靠种植桃树脱去贫困，也算创造了奇迹。

　　下得车来，支部书记王长海热情地迎接我们，感叹说：要不是疫情，我们也准备办个桃花节，邀你们来看桃花呢。今年春暖，桃花露脸儿早，春分最灿，你们来晚了些，桃花等不及，想败哩！

　　支书嘴巧。

　　近年，鲁山山里，规模种植桃树成风，动辄数千亩，称庄园的好几个，林丰庄园、凤凰山庄、张良老庄千亩桃园、下汤万亩桃园等，都是承包大户们扮主角。年年里，你方唱罢我登场，庄主们争相举办桃花节。而由村里主导，家家户户连片种植，成为山村一景的，唯有大年沟。

可惜，今年这桃花节都办不成了。

我关心大年沟村名的来历。鲁山文化底蕴深厚，深到远古的蚩尤，县境内，那条纵贯东西，叫滍水的河流，就源于蚩尤临水渔牧；厚到造字鼻祖仓颉，县西北隅有个乡叫仓头乡，至今还保留有古迹仓子陵、仓颉祠。全县555个村子，豆子一样撒在乡野，村名大抵都有些说道。大年沟呢？也果然根深。王长海介绍，这个村原名叫"打年沟"。"年"是一种怪兽，它常在这一带山沟沟里伤人。先人们就放爆竹驱它，用棍棒打它，把它打跑了，人们才安居下来。天长日久，村民们嫌"打"字不好听，就喊成了大年沟。还说，这一带，为辟邪，从古至今，有种桃树的风俗，王莽撵刘秀，撵得刘秀疲惫不堪、饥渴难耐，大年沟人就献上血桃。刘秀和他的兵士们一吃，又血涌气满，这才逃过了王莽的追击。

听起来，这血桃还沾了皇家气息，成就了帝王基业。

大年沟的山都不高，起起伏伏，海拔多二三百米，高的也不过五六百米。王长海领我们登上坡坡岭岭看。但只见，漫山遍野，耀眼的粉红。山下平原，春已葳蕤，但这山里，春正发生。蒲公英、紫地丁、迎春等草花弥漫，试图涂抹出春色，却太不起眼。唯桃梨花开，才招摇起春的大旗。大年沟座座山岭，条条石堰，接连蔓延，全是桃花在芬芳。这些桃树，虽非横竖成行，却间距相等，皆矮身屈体，伸展枝丫，呈心形叉开，为的沐浴雨露，承接阳光。一树一树，桃叶未发，疙疙瘩瘩、曲里拐弯的桃枝上，缀满了桃花，像是粘上去似的，很是好看。

桃花花期短，心事重，从开到落，不过半月，最迷人时，也就三五天。怪不得，人们总是惋惜于岁月无情，红颜易老；茫茫人海，机会擦肩而过，稍纵即逝。

此时，漫山的桃花，已不再像初开时打朵儿含苞，呈娇羞之态。都在敞了心怀，可劲地粉，可劲地红。但仔细观察，分明，有的是以粉为主，粉里透红，有的是以红为主，红中藏粉。一打问，原来，这是两个品种。花色殷红的是油桃，花色粉红的是血桃。油桃成熟时表面光滑，血桃成熟时，表面有一层茸毛。

开着粉里透红花儿的血桃，怎么就使一村的百姓脱了贫，过上了好日子呢？

听王长海一介绍，大年沟人果然棋高一着。

大年沟有种植血桃的历史。这里属浅山丘陵区，房前屋后，山野沟畔，多自生毛桃。有人家在自个儿的责任田里，嫁接上二三十棵，桃味儿不错，但都不为的卖，而是为了自家尝鲜；尝不完了，再拿出去，或送亲戚，或走村串户，三分不值二分的贱卖。全村3个村民组，216户，860口人，贫困户占了一半。是啊，靠了人均的4分耕地，指种粮食，根本富不起来，够吃就不错了。荒山林地倒不少，有6200亩呢，却都是石质土、粗骨土，长歪脖子树都困难，种上庄稼，常常连种子都收不够。劳力们除了外出务工，大部分村民守在家里，干瞪眼。

脱贫扶贫的号角吹响了。县里急，乡里急，老百姓也急。归根结底，缺带头人。

2014年村支部选举，党员们看中的是在外打拼，盖了新房，买了轿车的王长海，选他当了村支部书记。

王长海年富力强，20世纪90年代，就外出做生意，也算发了点小财。一人富不算富，老家顶一顶贫困的帽子，不是什么光彩的事情。他正为父老们的贫困愁，也正想为乡亲们出把力呢。

王长海有经营头脑。这穷山沟，交通不便，办工厂不现实，外出打工也挣不了仨核桃俩枣。靠山吃山，还得打山的主意。

王长海盯上了血桃。他请来了省市的林果专家来评估。专家们过来一看，大加赞赏：这里昼夜温差大，光照充足，粗骨麻石土质，含铁量高，通透性好，最宜种桃。本地的血桃品种，口感不错，再进一步改良，肯定更好。

王长海喜出望外。他估摸着这事能中，前景也一定广阔。

但是，再怎么号召，村民们还是下不了决心。王长海看准了的事，九头牛也拉不回。他征求大家的意见，最后，和驻村干部以及村"两委"同志们商议决定：党员干部要干给群众看，带着群众干。硬性任务，每人带头种桃20亩，分包一个贫困户。贫困户缺资金，帮助争取小额贷款。

为使大家掌握种植技术，村"两委"请来了林果专家，手把手教授嫁接剪枝、施肥整型、疏花疏果等。

两年光景，种植户突破 120 户，种植面积达 2000 亩。三四年后，桃子陆续挂果，亩产达 4000 斤，亩收入过万元。盛果期，一棵树能结百十斤果，有的竟结二百来斤。果子太稠太重，为防压折树枝，得用棍子撑着。

群众尝到了甜头。这比种地强多了。

围绕"大年沟"血桃，村"两委"绞尽脑汁，进行品牌经营，大做产业文章。他们成立起种植合作社，从种植改良、技术培训，到商标注册、包装销售，一条龙服务。接着产品认证。2017 年底，通过农业部国家产品地理标志认证；2018 年，获省农业厅无公害农产品认证。这可是价值砝码。别的品种的桃，卖到两三块钱一斤就不错了，大年沟的血桃，一下子跃到 5 块钱一斤。

为搭上时代的快车，大年沟人充分利用新兴的互联网技术。他们建起网站，创办了微信公众号，随时令发布信息，全景式展现血桃风采。桃子一熟，邀媒体人过来品尝采风。网上铺天盖地宣传，城里人开着车都来了，自己摘好了带走。再不然网购，走物流。大年沟车水马龙，桃子供不应求，喜坏了村人。

群众再不用挑着桃子出去卖了。

呼啦啦，大年沟血桃，发展到 3800 亩。血桃成了支柱产业，人均增收 2500 多元。

大年沟一举脱贫。

周边村子眼红，也跟风种植，又带动数千亩。

这东西不耐储存，王长海他们又争取扶贫资金百万元，在路边建起一座冷库，可容 300 吨的鲜桃。

化蛹成蝶，大年沟成了香饽饽。2018 年，该村荣膺农业部"全国一村一品示范村"荣誉；2019 年，又被鲁山县授予"特色产业红旗村"称号。

如今的大年沟，已少有人再外出打工。有外出的，春节回来一两个月，对桃树施肥修剪，然后不耽误出门。家家种桃，不怕桃子熟时，有人偷摘了去。

3 月桃红，6 月桃熟。桃子的生长期一般在 90 天左右。眨眨眼，摇曳的花山，就成了累累的果海。

如今的大年沟，宜居宜业宜游，摘了贫困的帽子，成了美丽乡村。春天，姹紫嫣红的桃花，使大年沟成了桃花源，扭扭脸，它又使这里变作了花果山。3 个月后，这里该又是一番收获的繁忙景象。

这世上，很多树只开花不结果，徒有招蜂引蝶的艳丽，而既开花又结果，花好果甜，春能赏，夏能食的，窃以为桃树算第一。要不然，咏桃花的诗汗牛充栋；天庭里还专一植了一个蟠桃园，王母娘娘设宴会群仙，设的是蟠桃宴。

我有幸年年吃大年沟的血桃。味儿的确纯正。那桃个儿不大，艳若丹霞，手指约略一捏，果肉就离脱了硬核儿，成了两瓣儿。那果肉殷红如血，口感爽脆酸甜，有种奶香，回味悠长。

归来，我在想，大年沟的桃花，年年在诗意地开放，为人们奉献着甘甜。今年来这里赏桃花，却深层次了解了这"幸福树"是怎么栽培的。诗曰：桃树着花无丑枝。在扶贫春风的吹拂下，古村新貌，老树着花，所有的山村，都会美丽得如大年沟一样，变作桃花源、花果山。

# 香菇梦

豫西鲁山，往西北山去，公路一直在山脊上迤逦，先是一顿，蜿蜒出一个观音寺乡；又是一落，迤逦出一个瓦屋镇。往前，再岔开，山坳里，还丢下个土门和背孜。这一带，一条水系，一道筋脉，养好几万人口，遗憾，养人的山却是贫山，多麻谷石地，除了长红薯，就是长柿子树。一县里，就数这一隅地质差。在家守不住穷的，天南海北地跑，甭管是收破烂，还是卖丝绵，不少发了财。但人都恋家，何况，根之所在，也不可能都走。

瓦屋早几年升格为镇，虽是这几个乡的中心区域，每天的集市，却还是露水集，嫩日头一照，散了。平日里，街面上，也是繁华景象，不少店铺喇叭一个劲地响，然多的是逡巡的人，这也看看，那也比比，想买，摸摸钱袋子，瘪着。一月一次，数物资交流大会最为热闹，这一刻，四面八方的山里人，有的手里掂着鸡子，有的篮里扢了鸡蛋，带着任务来，该卖卖，该买买。镇子紧临荡泽河，沿河西延的省道，镇民们赶时髦，叫河滨大道，气魄倒气魄，只是有些俗。镇角搭往西南，窄窄的一座桥，连起河南岸一个叫土桥的村子。村名带了个土字，那是先民们，梦想着土能生金才起的。遗憾，这里的土，依然是瘦，瘦得土桥人对它既爱又恨。话说回来，如今，即便肥田沃土，又能生出多少金子呢？

一代代的土桥人，日日里，面对着大山，面对着荡泽河水，做着丰收梦、致富梦。大山，依然是长满栎树疙瘩的大山；河水，却成了季节河，枯涸得少了鱼虾。无数的美梦、甜梦，多的是空梦。

无论如何，土桥人想不到，会做一个香菇梦。

两年前，海关人扶贫土桥，派来个年轻人，叫王凯，费了九牛二虎之力，跑回二百多万元，在村西，荡泽河与虎盘河交汇处，占村里最好的百余亩地，建起50余座大棚，用来种植杏香草莓。草莓试种成功了，那果红鲜鲜的，甚是好看，有种奶香，的确好吃，却料不到，这东西金贵，热了怕热，冷了怕冷，运不好运，储不好储。村民们只好忍痛割爱，废弃不种。这么多大棚怎么办？毁了复耕？那是海关人用钱摞起来的，可惜。种什么？种菜蔬？地又太薄，不划算。

问题谁都看在了眼里，改变了观念的土桥人，那是万万不舍得拆掉的，不拆，资源却在闲置着。怎么有效利用？县里急，镇里急，村里愁，百姓愁，驻村书记愁。在脱贫扶贫的战鼓急风骤雨般擂响的今天，任谁都心焦。

日升月落，春走秋临，考察来调查去，咨询来访问去，集思广益，眼光聚到一起：最好的利用，是种香菇。

谁会种？找谁种？哪个人有这么多的资金，能舍得投到这里呢？

功夫不负有心人，历尽千辛万苦，还真找到一位有胆有识的行内人：大潲寺村党支部书记雷根宪。大潲寺紧挨土桥。雷根宪是个能人，在东北做生意，乡里村里做工作，硬是把他挖了回来。雷根宪与观音寺乡的匡长军好，长军在西北 5 省卖香菇木耳，有一条销售线路，有多少货，卖多少货。然而，两个人有心投资，又害怕家门口生意，不好做。乡里村里，晓之以理，动之以情，又许以优厚条件，终于使他们下定决心，把大棚全部承租下来，先种上它两棚试试。

这一试，尝住了甜头。现成的大棚，技术跟得上，那是只赚不赔。

呼啦啦，今年，就发展了 20 多棚，37 万袋，竟引得甘肃省天祝县的县委书记，带着考察团来参观。

两个领军人物心花开放。他们成立了两个农业有限公司，一个叫九九乡情，一个叫尧荣菌业，专为家乡的农产品购销服务。

听听公司起的这名字，可见，他们对家乡，感情有多深。

　　金秋十月，午后的阳光依然温暖。我们来到土桥村西，进到香菇大棚里，面对满棚的菇架，目睹菇袋上，星星一样，鲜灵灵生长的香菇，不禁惊呆了。但见那菇儿，密密麻麻，小如指盖，大似拳头，菇秆洁白，菇帽棕褐，一个个肉墩墩，胖乎乎，油滴滴，煞是喜人。

　　闲暇之余，我曾入得深山，在遮天蔽日的森林里，在浅唱低吟的山泉边，发现过那么一冠两冠香菇，鲜嫩的菇蕾，宛如一把小伞，惹人爱恋，就禁不住大呼小叫。如今，这菇棚内，千朵万朵，竞相绽放，岂不令人叹为观止。

　　问这一袋袋的菌种，装的什么料，说主要是木屑，杂以麦麸、石膏；凡阔叶类的，什么杂木，粉碎了都中。果农淘汰下来的老龄化果树最宜。咱这儿多的是栎木，一架一架的山，由着栎树疯长，不养蚕，不烧火，栎木疙瘩扔到院里都嫌碍事儿，巧巧的可做菌袋。早几年，是把腿一样粗细的杂木，截作一米多长，在树身上雕下鱼鳞状的刀花，植上菌种；老不成形的树还不中。香菇之香，那是以砍伐山林作代价的，林子毁了，绿色没了。如今，是废物利用，既经济，又环保。

　　一个棚，小者半亩，大者亩余，用白色塑料薄膜，硕大的，笼起一个穹窿。香菇的生长，对温度湿度要求极严，高了不中，低了不行。管理人员一会儿看看温度，一会儿看看湿度，该喷水了，电脑操控，喷淋一开，整个大棚雾气弥漫，钢铁骨架上，上万菌袋，疏密有致，均匀喷洒，均等享受淋浴。白天，一摁按钮，自动升降机，卷起盖在塑料膜上的厚布，让菇棚可着劲吸收阳光；夜晚，气温下降，大棚又被罩严，温暖入梦。

言语中，管理人员充满骄傲和自豪，介绍说，一袋菇，可出四五茬。一棚菇，闲时，三五人足矣；忙时，百十号人不够用，得从外村雇人。香菇娇贵，该摘时，赶快得摘，要不然，过上它一两个小时，菇就老了，卖不上价钱了。菇的品相如何，首先是看成色，花斑豹一样的色泽，纹理细腻刷白，最好。再是看菇秆与菇伞的连接处，毛茸茸的，密实实的，欲张未张，最宜。若要张开，便过了时辰，逊色几许。整体上，菇面平滑，菇褶紧密，菇肉敦厚，颜色艳丽，像人一样，长得漂亮、耐看，方为上品，价钱可蹿老高。

一打问，管理这一棚菇的，二老二少，二男二女。我们以为是小两口和老两口。跟随我们的专业摄影师爱做好事，喊他们照张合影，老头子乐颠颠跑过来，老太太却不慌忙，我说：多好的机会，还不赶紧凑过来。摄影师对焦咔嚓过，冷不丁的，老太太照着老头子捶了一拳。老头子一边躲闪一边笑。大庭广众之下调笑，我们不解其因。疑惑间，旁边村人道出秘密，却原来，老太太是儿媳妇的母亲，老头子是儿子的父亲，小两口的确是小两口，两位老人却是亲家关系。

这一家人家，和睦有趣，共同管理一座大棚，利益好分配，轻易不会闹气生的。

出得棚口，我说，一座大棚，用这么多人，这哪里是扶贫基地,分明是带贫基地嘛!担任向导的是我的老友,土生土长的土桥人,叫李红超,说:你看看门口的说明,这里就是带贫基地呢!

我摘下近视眼镜,凑近了细看,果然,门口标着的是带贫基地。

种香菇,缺冷库不行,镇里又投资百十来万,建起两座冷库。我们去不远处,虎盘河西岸的冷库看,正好,一辆大货车贴着冷库在装香菇。制冷机嗡嗡不停地响着,几十个村民精挑细选,把一筐筐上好的香菇装上车。这厢式冷藏大货车,长18米,能装1800筐,15吨,价值十好几万,多的时候,一天两车走。土门、背孜,好几个乡的菇都往这儿拉。

我问红超,这么多菇,卖得出去?红超摆摆手说:放心吧。长军老总聪明,开辟出这新的"一带一路",下货得很呢!陕西过去到甘肃,甘肃过去再到宁夏、青海,拉一溜,每到一个地方,丢下几百筐;常常是,不到新疆,就卸光了。明年,量再大,还要出口。将来,咱瓦屋镇是驰名中外的"香菇小镇"呢!

红超一指河的东岸,说:"到明年2月,那里,将再建200多座大棚。到时候,我也回来,租它一棚种,恐怕比我当主持人挣钱都多。"

红超在瓦屋街开了个婚庆礼仪公司。他歌唱得好,县春晚办了20来年,他年年登台,是一棵不老的常青藤。

远眺虎盘河东岸,几台推土机忙忙碌碌,正在穿梭往来，平整着河滩地。

回城的路上，我在想：有谁不喜食香菇呢？！无数的食用菌类，香菇为魁，这来自山林的味道，凝日月之精华，化腐朽为神奇，是大自然的精灵，山珍中的上品，餐桌上的珍馐。不施农药，不上化肥，泥腿子爱，士绅们宠，小锅炒，大锅炖，含到口中，嫩生生，吃到嘴里，筋蓬蓬。那味道，软滑绵柔，浸润得人通体舒泰。

仔细回忆一下，香菇炒肉，哪一次不是盘中肉多着，香菇却没了踪影？！

小项目，大产业。

鲁山的扶贫，多的是种植业。有种黄黄苗的，有种黄花菜的，有种软籽石榴的，有种落花甜柿子的。因地制宜，得之天然，纯绿色无公害。

这样规模种植，鲁山，何愁不脱贫呢？

山村，遗落了太多的故事。

这故事，装点了别人的生活。别人，装点了山村的梦境。

美梦成真。土桥人的香菇梦能做成，我们还有什么梦做不成！

# 问渠那得清如许

豫西鲁山城以西，皆大山，无数枚小村，偎在河畔，镶在山腰。有一个村子，却别样风采：它被大山环抱，藏在山坳里，隐在绿色中。非靠近它，游走其间，不能窥得全貌。

这就是美丽乡村的典型，鲁山瓦屋镇南去5公里，被誉为深山明珠的大潺寺。

今年3月中旬，疫情稍缓，我曾前往大潺寺参观。斯时，连翘花开，古树萌芽，嫩寒草发，春意朦胧，大潺寺风采半展。我们与村支书雷根宪、村主任武建国聊了一阵，虽感动于他们返乡创业的精神，却未及深入采访。

端午节前，得知村里金针花开，通往古栎树的路也已修好，遂再次走近它，去感受它的魅力。

大潺寺是个小村。二百多户，近千人，星星点点，散在 9.7 平方公里的山间，鸡犬声相闻，似在云外。7 个村民组，14 个自然村，聚居成落，因势附名：下沟、上沟、对角沟、石磙坪、庙上……

大潺寺偏僻，因古寺古树而名。这古寺，传说是大唐徐茂功选址，尉迟敬德监工所建。这古树，百岁之龄者比比。其中一棵老栎，已历 1500 年，5 人方可环抱，遮下 5 亩阴凉，县里挂牌保护，被誉为"栎王"。

然而，古寺与古树佑得一方平安，佑不得一方脱贫。

村党支部不信邪，干脆，就把村部建在了寺的对面，比比看，谁能给群众解决实际吧。

如今的村部，改名作党群综合服务中心。"中心"成村民的热闹去处。

小村曾有过荣耀。20 世纪六七十年代，这里因植树造林、改造生态遐迩闻名。老支书李文秀，凭着一股韧劲，带领村民，封山育林，垒堰造地，一干 40 年，使全村 300 多个山头、140 多条沟岔得到治理。"山山岭岭露肋巴，沟沟岔岔石头茬"的大潺寺，森林覆盖率达到 95%，变成了一个绿色海洋。

尽管李文秀依靠实干，被推为省劳模，大潺寺也成了省水土保持、小流域治理的先进，但交通闭塞，外人罕至，"穷"字当道，漫山的油桐、橡子、辛夷等山果，换不来几个铜板。大潺寺屋舍破漏，衣衫褴褛，呈衰老之态。

新的时代，生机焕发，人们精神饱满，都在致富路上飞奔，古老的大潺寺，却成了深度贫困村。

村民们情绪郁结。住在这天然氧吧，空气虽好，袋里空空，出得门去，抬不起头啊！

想脱贫，改村貌，归根结底，缺的是带头人。

老支书故去，村里的能人，公认的，数雷根宪、武建国。老雷在吉林开工厂，与娃哈哈集团有长年合作；老武在郑州办物流，通达世界。乡里村里，不约而同想到：请他们回来。

2018年，支部、村委先后换届，两人分别高票当选支书、村主任。

外出打拼20多年，根子在老家扎着。也是这两人乡情所牵，乡愁所系，恋念家乡。两人也正想着，要为老家出把力呢。

尤其这老雷，胆识过人。一回来，先是筹资跑项目，高标准修了通往各自然村的水泥路。接着，与人合伙，在邻村土桥，投资千万元，办菌种场，建扶贫车间，承租了200来个塑料大棚，种木耳、香菇、鲍菇、金针菇，成立了鲁山县尧荣菌业有限公司、山珍花海农业合作社，吸纳村人，专为农产品购销服务。

呼啦啦，一下子，村上百余人，连妇女、老人，都拥到老雷厂里去了。蹲在家门口，又不少挣钱，谁想再舍近求远？

尤其今年疫情，村人是更少外出务工了。

初接支书时，要开党员会，通知下去，人却不来，都说有事。老雷心知是党员们纪律涣散，缺乏凝聚力。他个人出资，为全村 26 名党员，每人做了一套西装连带衬衣；再开会，要求都得穿着，而且党徽要别在胸前。党员家庭，家家门口挂上党旗。那意思再明白：党员不能混同于一般村民，要守纪律，作表率。耄耋高龄的老党员李九儒，因这几年党员活动少，心里总感觉缺了点什么，连走路也蔫着似的，这么一来，李九儒精神大振，逢人就说，看见党旗，心里舒坦。

机会是留给有准备的人的。接任支书不久，老雷出差湖南，看到祁东县漫山遍野黄花盛开，来了兴趣。他一边停车欣赏，一边了解，发现这种花，就是我们常吃的金针花，俗名叫黄花菜。更令老雷兴奋的是，这种花菜耐旱耐瘠，适宜山坡，根须簇生，韭菜一样，当年栽下，翌年见益，三年大收，十年采摘。

回来一号召，村人没有不赞同种的。

雷厉风行，当年，村里统一筹集苗款，就栽上了二百多亩。

是啊，大潙寺人均土地不足半亩，多是垒堰造出。种粮辛苦，望天收不说，常贴钱倒赔，哪怕撂荒，村民也不想种地。差不多的家庭，栽上一二亩金针，效益十分可观。

入大潙寺，车行 5 公里盘山村路。那路，刚铺的柏油，泼墨一般，飘带一样，左绕右旋。近山碧翠，远山如黛。路的两边，各种草花盛开，风景一步一移。少顷，车停石碌坪沟畔，村主任武建国迎住我们。他手指山路两边满沟的金针，向我们介绍说，这种植物，赏为花，好看；食为菜，烹炒熬汤皆宜；疗为药，清热消炎、止血利湿，可明目安神。所以，诗人们叫它萱草，年轻人叫它忘忧草。

放眼望去，沟畔的金针，正结蕾含苞。它针叶细长，兰草一般，满地铺绿，绿中起薹儿，针秆高翘，豆荚一样，擎起箭箭鹅黄。金针的采摘，不待花开，要是开作几瓣，成了百合状，就老了，失却了营养。武主任介绍，每天下午5点到8点，男男女女扛着篮子，穿梭地间，摘这将开未开的花骨朵，然后，村里直接过磅收购，入烤箱烘烤，再远销城市。村民不用愁卖。金针花期，长达两个来月，无论刮风下雨，天天要摘。今年虽非采摘旺年，每亩收益亦在3千元以上，比种粮强多了。

问起村民有无其他收入，武主任笑了，说还有一项，也是得天独厚。全村有20来户人家养蜂，最多的养了40窝。村里鼓励村民养蜂酿蜜。大潺寺山高林密，四季花开，养蜂有先天优势。蜜蜂春天酿的是百花蜜，夏季酿的主要是荆花蜜；秋又酿菊蜜桂蜜。这山中，哪里香浓，哪里蜂多，有的蜂充满野性，土匪一样拉竿居住，避人筑巢，多少次，村民发现，蜂蜜从石窟、树洞流出，一剜，竟剜出好几斤来。

袋里充盈，并非说，幸福指数就绝对高了。大潺寺不但抓经济发展，而且敢于倡树文明新风。支部换届不久，经过调查，他们发现，村民苦于红白事攀比摆阔：订亲酒、送好酒、娶媳客、嫁女客、头婚宴、再婚宴，名目繁多；弄璋弄瓦，一个一待。待前喜，待后愁，份子钱压得村民喘不过气。看似礼尚往来，实浪费钱财。支部与村委、监委顺应民意，大胆决策，坚决要改这陈规陋习。他们几经酝酿讨论，成立了红白理事会、孝悌理事会，推老文书冀东升任红白理事会的理事长，选老校长鲁延太为孝悌理事会的理事长。

原想数千年的旧俗，根深蒂固，要打破，免不了得罪人。这闲事谁会管？谁想管，又怎管得下来？不料，在村部，见到两位理事长，一攀谈，不禁佩服他们的确具有远见卓识。

冀东升介绍，原来，在大潺寺，份子钱三百五百元不等，一般家庭，年随礼都在万元以上，亲邻朋友，谁家有事，大轰大嗡都去；即如他本人，一年里，人情礼不下3万元，三天两头吃桌，有时还得招事撺忙，误工费时，闹心得很。不少家庭，借钱随礼，一家子都去赴宴。饭菜吃不完，要么主家倒掉，要么客人用兜掂走。群众不堪重负，怨声载道。红白理事会成立，立马制定细则，张贴公布，家家遵守，不得违背。细则规定，无论谁家，红白事一律从简；老人去世，不管几个子女，只待客一次，不超10桌；喜事待客，不超15桌；又婚又生者，不能再待；所有礼金，除直系亲属外，不过百元；谁家有事，事主要在第一时间，向村理事会提出申请，由理事会出面，帮事主办理，监事会监督。村干部带头执行。有违规者，除通报外，交镇政府处理。初时，下沟组一老人去世，主家想大操大办，再劝不听，冀东升通知，党员干部不能去。村上的党员干部，算是有头脸的人物了，有头脸的不去，主家再要大张旗鼓，还有什么意思？干脆悄没声办了算了。就这么轻而易举，铺张浪费之风刹住了。

事儿办到了村民心窝里，人人拍手称赞。冀东升说，只人情礼一项，大潦寺群众，一年里就能省下百万元；都说积习难改，关键是因循守旧。真的是打破了，好的、新的习俗，自然而然就又形成了。

相比红白事儿，孝悌理事会更易操作。老鲁说，孝悌章程不用详定，一句话，百善孝为先。一年里评几个好媳妇、好婆婆，树几个正面典型，披红戴花一表彰，家家跟着学，妥了。对老人不孝，唾沫星子自会淹死他！老鲁腿快，闲不住，又善于摆事实讲道理，这家走，那家串，宣传好的典型。满村的娃子，都是老鲁教出来的学生，人头熟，谁家稍有不睦，经老鲁，没有断不了的。

我们让老鲁讲讲，不想，老鲁掰指头述说的，都是村里的孝事儿。说庙上组冀燕飞家的媳妇李珍珍，伺候婆婆8年，婆婆瘫床上3年，真真嘴对嘴喂饭；对角沟的张恨，管自家媳妇的孩子，还管侄媳妇家的孩子；高坡组的王金玲，婆婆糊涂，但她从不和婆婆拌嘴；石磙坪的贾冬梅，伺候双残的公公婆婆……

老鲁说，原先，大潦寺家庭矛盾多，一年里，总有那么一二十起，现在几乎没有了。

我们在村室小憩，环视四壁，看满墙锦旗奖匾：生态建设示范基地、脱贫攻坚红旗村、产业发展红旗村、美丽村庄红旗村、人居环境优秀村、卫生村，国家、省、市、县发的都有，让人肃然起敬。

在村室外面漫步，眺望四周，山峦合围，这一隅，倒像公园的一角。亭栏墙壁上，或挂规章制度，或写宣传标语；几块古旧的石磨盘，上书"居安思危""乐不生悲""孝悌廉耻""诚信友善"大字；村部下边，建偌大的露天文化舞台，那背景墙上，戏剧人物画，醒目传神；舞台前广场，各类健身器材齐全；从舞台后迤逦而上，乃高峡平湖，湖中，鱼鳖虾蟹嬉戏悠游；紧邻古寺所建村史馆古色古香。大潦寺村容整洁，环境幽雅，空气清新，鸟语花香，好似人间仙境。

原来的大潦寺，算是深山里的一颗生态明珠。如今，它才涅槃，嬗变成一颗真正的明珠。

大潦寺村口，悬空雕着一把巨大的陶壶，一股水柱从壶嘴泄下。我依依不舍，作别古村，回望水流潺潺，脑海里萦出"问渠那得清如许？为有源头活水来"的诗句。

# 第四辑　乡韵悠长

　　一地一风，一风一俗。每个人都是从自己家乡成长起来，都深受家乡风俗影响，从方言和方言所承载的故事、歌谣和谚语中获得生命之初的情感与意义。这种由乡音、乡俗和家乡故事传说而编织起来的童年记忆，必然产生浓烈的乡土认同意识和文化皈依情结，在人们心中孕育出"底色的乡愁"并永远镌刻在人的一生中。

# 文化名片耀鹰城

因煤而兴，响当当，煤原是平顶山的名片。每日里，来自天南地北的十万大军在地心深处掘进，叫煤城，十分恰当。那乌金出土，太阳一样燃烧，这座城市又被誉为太阳城，也是再荣耀不过了。而今，社会发展，我突然发现，平顶山人已鲜有人说及煤城。

是有了几分羞涩？少了几分底气？多了几分惭愧？

分明五味杂陈。

挥一挥手，告别过去。今之平顶山人，再要介绍自己，多说我来自鹰城。

从应国古墓地出土的玉鹰，成了平顶山这座新城的符号。

这个符号是属于文化范畴的。

2009 年 11 月，钱文忠莅平，我们向他介绍，平顶山资源诸多。钱教授感叹道：你们平顶山，可以打一句广告语，中国的资源之都嘛！一干人点点头又摇摇头：平顶山资源的确丰富，但是，过去我们常说"中国地大物博"，现在都不再说了，小小的平顶山，何以能坐井观天？

倒是平顶山的文化，大言不惭，我们说，可以独步天下。因为，平顶山的文化名片数不胜数。

作为最初建市时的平顶山，独树一棵，兀山一座，根基尚浅，浅得只扎到地下800米深处。时间推移，伴随着改革开放的脚步，平顶山一下子张开翅膀，兼容并蓄，笼了2市4县5区于翼下，根就扎在了5000年以上，血肉之躯就丰满温润了。

丰满是丰满在文化，温润是温润在心灵。

千城一面，很多城市，从外观区别不大，区别大的是文化。方言民俗，秉性特点，多缘于文化之濡染。

平顶山的文化符号，重大而又密集，正因这些文化，熏染得我们平顶山人民，具有了兼容并蓄，开拓进取，拼搏创新的性格特点。

从改革开放到经济转型；从地下到地面；从一座座矸石山的消失，到一片片高楼的拔地而起；从黑色粉尘漫天飞扬，到山青水碧鸟语花香；平顶山最大的变化，就是文化所散发出来的魅力。

作为华夏文明起源的中心区域，平顶山战略位置重要。八百里伏牛山脉龙盘虎踞，万道山泉奔涌浪翻，长江黄河与淮河，在此被一座尧山切割。如此奇特的地理地貌，成为农耕文明的发祥地之一，无疑，群雄们要在这里逐鹿天下，也就逐出无数的英雄本色。伴随着蚩尤的狩猎渔牧，仓颉的以代结绳，孔子的近悦远来，墨子的摩顶放踵，屈原的浅吟低唱，《诗经》的歌赋比兴，我们可以慢慢揭开这块沃土的神秘面纱。韩魏郑楚，汉唐明宋，无论是分属颍川郡、三川郡还是南阳郡，抑或汝、许、裕州，建置虽然复杂，但在文化自信的今天，轻轻拂去历史册页中的灰尘，那一长串沉甸甸的遗存和人物，依然熠熠生辉。我们可以检阅一下，2008年，市炎黄文化研究会评选出的鹰城十大历史名人，从平民圣人墨子，到运筹帷幄张良，从文韬武略元结，再到抗金名将牛皋……哪个不是为中华民族做出过巨大贡献？哪个没有推动过历史的发展与进步？

平顶山的民间文化五彩缤纷。全国民俗文化方面著名的专家学者，一次又一次来实地考察论证，然后把含金量颇高的文化名片，一张又一张授予我们：平顶山"中国观音文化之乡"，鲁山"中国牛郎织女文化之乡""中国墨子文化之乡""中国花瓷名窑之乡"，汝州、宝丰"中国汝瓷文化之乡"，舞钢"中国冶铁铸剑之都""中国水灯之城"……这些民间艺术瑰宝，由一方水土涵养而出，承载着我们的精神与情感，是聪明智慧的平顶山人民，对中华民族多元文化的一己贡献。

而平顶山"中国书法城""中国曲艺城"，宝丰"中国曲艺之乡"、汝州"中国曲剧之乡"等的命名又别具风采。弦歌雅韵，书的是墨宝，唱的是幸福。是平顶山高尚气质和品位的体现。

平顶山还有很多名片，诸如"中国温泉之乡""中国长寿之乡""中国岩盐之都""中国香菇之都"，等等。文章做细了，每一个带上文化二字也未为不可。

平顶山的文化太多，多得俯拾皆是。原省民协的程健君主席讲过一个故事，有一次，他到南方，主人驱车几个小时，带他去看一处风景，风景区花花草草的，内有一个亭子，说是苏东坡遭贬，曾在此歇脚。程主席一看一听，笑了，说：苏轼父子，是葬在我们平顶山郏县的，我们还未顾上开发呢。

这三苏文化虽然没人给下发文件，颁授牌匾，但它依然也是平顶山的文化名片。

还有汝州的风穴寺、鲁山的柞蚕丝绸、叶县的县衙、郏县传统村落与知青文化……

泱泱华夏两千多座城市，具有历史文化禀赋的，没有几座。这种禀赋，是皇天后土对一方民众的恩赐，恩赐却不能彰显，犹如珍珠之埋于泥土。一个人，不必要太多的名片，官衔和荣誉多，不见得是好事。但一座城市，文化名片尽可多矣，它是一座城市的灵魂，是城市精之所存、气之所蕴、神之所附，是可以迸发出强大的凝聚力和创造力，让我们叩击新时代梦想的。

这些年，非常有幸参与了地方历史文化名片的打造。地方政府的高瞻远瞩，社会贤达的推波助澜，一级又一级，一届接一届。虽然与我们大众所期望的文化自信尚有距离，但文化建设已进入到决策层面，不断地在传递、接力、提升，持续地在挖掘、利用、宣传。文化强市战略的提出，平顶山两届中国曲艺节、两届中国曲艺牡丹奖，一届中国戏剧梅花奖的承办，书法摄影、美术舞蹈等诸多全国性赛事的不断举办，勿言让平顶山声震寰宇，那也是享誉海内。就拿鲁山来说，世界汉字节、中国端午节、中国七夕节大型文化活动的连续举办，《民间传说——牛郎织女》《鸳鸯》《相思鸟》《喜鹊》《屈原》《鲁班》特种邮票的首发，让文化成了鲁山人生活必不可少的佐料，成了茶余饭后的谈资。

近年来，平顶山文化及社科类研究会、协会、学会勃发，他们也在不断地凝聚合力，助推文化健康发展。全市的作家在勤奋创作，文艺家在孜孜以求，文化工作者在殚精竭虑。鲁山作协，在主席叶剑秀的带领下，一年里能搞三四十次活动。他把全省著名的作家都请来采风，撰写宣传鲁山的文章，岂非天大的好事？

窃认为，这些年，文化建设，是平顶山最大成就之一，这些文化资源的挖掘，文化名片的获得，是一笔巨大的、取之不尽的财富和资源，可以任我们拿来享用，任我们用智慧去擦亮它们、点燃它们；而将来，我们的风骨怎样，也靠的是它们来濡染；我们的生活幸不幸福，也靠它们来引领了。

# 乡韵悠长

　　2015 年夏，县政协决定主编一套《鲁山历史文化丛书》。这是一项前无古人的事情，意义非常重大。鲁山的历史文化十分厚重，遗憾，多散在典籍史料中，停留在口头传承上，如何将散落在各里风道的珍珠拾取起来，串联起来，以便于查询，为当代人服务，这的确是一件功载千秋的事情。同时，也是一件劳心费神的事情。幸而，县九届政协的领导们高瞻远瞩，文史委的石随欣主任敢于担当。决策下来之后，县政协邀请全县的文化精英，各负其责，身体力行，殚精竭虑，经过 4 年多的努力，终是克服重重困难，完成任务，功莫大焉。

　　在确定丛书十卷本各分卷内容时，编纂领导组确定了其中一部为《乡韵悠长》。为什么要定这么一部？当时考虑，民间口头文学，是世界性的、历史极为悠久的、早于文字出现的文化现象。它承载了人类文明史的隐性基因。在当前这个民族文化复兴的伟大时代，口头文学生动的教育传唱，是一种最为天然质朴的教化方式，它润物细无声，最容易根植人的内心。

一地一风，一风一俗。每个人都是从自己家乡成长起来，都深受家乡风俗影响，从方言和方言所承载的故事、歌谣和谚语中获得生命之初的情感与意义。这种由乡音、乡俗和家乡故事传说而编织起来的童年记忆，必然产生浓烈的乡土认同意识和文化皈依情结，在人们心中孕育出"底色的乡愁"并永远镌刻在人的一生中。所以说，民间文学的传承实现了民间社会对文化同源观念的认同，培育了中国人极其重要的乡土意识，而文化同源观念与乡土意识正是中国文化中家国情怀的逻辑前提。

从更大的层面讲，中国各民族各地区的民间文学，无不殊途同归地反映着民族友好、政治大同、社会和谐的中华文明主题；都对墨子、屈原、诸葛亮、苏东坡等著名历史人物的思想品格高度认同；都有对牛郎织女、孟姜女、白蛇传、梁祝等故事类型用各自的方式接受并传承。

而如今，我们民间文学中的人物形象、故事类型、叙事结构等，均被外来的新的文学系统所挤压，尤其儿童成长初期所接受的童话教育几乎全是西方文本——白雪公主替代了田螺姑娘，奥特曼替代了葫芦娃，小红帽替代了阿凡提。长此以往，当孩子们对中国传统民间文学中的人物逐渐陌生以至淡忘，中华优秀传统文化和中华民族共同的价值观，将如何在下一代人中传承？这种情形，细思起来令人忧虑。

面对严峻的传承危机，鲁山县政协的领导和文化界人士充分认识到，我们必须加强民间口承文学的传承能力，使其重新回归日常生活，有效融入当代社会。我们需要汲取中国民间文学，尤其是口承文学宝库中的伦理资源、文化资源等，理解中国民间口承文学和语言中，关于善良、勤劳、奉献、和睦、友爱、正义、协作等价值观的叙事模式，重新建构这些智慧资源的日常生活路径，逐渐增强人们接受本土智慧资源的信心，从而为实现伟大的中国梦而努力奋斗。

鲁山的口承文学和语言，是鲁山的传统文化宝藏和精神载体。鲁山人的精神向往、人生追求、道德准则、价值取向、气质性格、智慧审美等，无不彰显其中。它直接表达出鲁山人民的心声和憧憬。河南之所以不同于其他诸省，鲁山之所以不同于豫南豫北诸县，就在于我们这一方特定的人群，拥有共同的口传历史和语言特点。在当前的社会转型期，城镇化进程的加剧，农耕文明的转变，人口的急剧变迁，使原本创作与传播方式就十分单一的口头文学和方言，变得更加脆弱，呈现出濒危、衰亡的趋势，所以，对其保护和整理的任务也就更加艰巨而紧迫。

2015 年夏，县政协在布置这项工作时，我还在县文联任职主席。政协通知我参加会议，遴选一卷，领衔担任主编。坦率地讲，有好几卷我都能够编纂，但文联工作比较繁忙，因为编辑《尧神》杂志，我们积累了不少有关口头文学方面的资料；又加文联根据上级的指示精神，自2013年开始，启动了《中国民间故事全书·河南鲁山卷》的征集工作，这部书洋洋50余万言，于2016年定稿，由河南美术出版社于2016年3月正式出版。根据这些情况，我和时任文联纪检组组长郭伟宁商议，由我们两人，把编纂《乡韵悠长》卷的任务接过来，我担任主编，郭伟宁同志担任编辑。

编纂一部高质量的图书，非下一番苦功不可。名字定下来，首先就是要围绕中心做文章。那一段时间，我们一直在思考，该怎样确定这部书的编纂中心呢？所谓的乡韵，应该好理解，也就是乡情乡音乡恋乡愁。故乡，是生命中最美的风景，它用一生的时间，温柔地抚摸着我们入梦，温暖地牵引我们前行。一草一木，一砖一瓦，无不在岁月中留下风物印记。我们栖息于此，即便走向天南海北，依然打着地方的烙印，那特有的神韵，无论到哪里，都分辨得出来。那浑然不觉的习惯，在绵绵不绝的历史延续和传承中，分明血脉相融。而悠长，似乎又倾向于非物质的语言的、口承的文学。

经过与编纂领导组的协商，我们把这部书的着重点放在鲁山的地方语言与民间口承文学上。

鲁山处于中华文明发祥地核心区域。从地理位置上说，地处豫西偏南，在南北气候的分界线上，是伏牛山的东大门，居豫西山地和淮河平原过渡地带。鲁山西陲的尧山，是中原三大流域的分水岭。从隶属关系上说，长期为京畿之地。归过南阳，归过洛阳，归过许昌，现又隶于平顶山。这块具有着得天独厚人文条件的一方皇天后土，历为兵家必争之战略要地。史书记载，"北不据此，则不能得志于宛襄，南不据此，则不足以争衡于伊洛。"建置之复杂，造就了鲁山民俗语言之独特。这些民俗语言，有方言，有俗语俚语，有民歌民谣，有民间故事，无论属于哪一个方面，都简洁生动，风趣形象，摄人心魂，弥漫着浓重的文化气息。

经过广泛征求意见，我们初步把该卷本的体例确定下来。

第一编为方言俚语。地理不同，水土差异，习惯有别，感情交流、表达方式不同，常常从方言上体现出来。鲁山方言可以说是鲁山的乡韵地标。因为鲁山建置多变，所以，东南部的口音接近南阳，西北部接近洛阳，县城与城东又接近许昌禹州。山川多，居住分散，战乱多，生活困窘，导致了鲁山在发音、语汇等方面的特色，语言简短明了，说话斩钉截铁，绝不拖泥带水，还不乏幽默。从方言中，我们还佐证出墨子是鲁山人，墨子是用地方方言写作的、一位土生土长的作家。俚语相对于俗语更难界定，二者很容易弄混。比较而言，窃认为，俚语是更为地道的土语、口语，在日常生活中，更通俗，更顺口，地方色彩也更浓厚。所以，我们把它们归到了一起。

这一部分原始材料，我们搜集来了鲁山民俗学者杨西仑、张全民、吴大江、吴山、程岷源等的文章与资料。杨西仑、张全民对鲁山方言的研究最为深入，他们把千百年来，在鲁山区域沿袭下来，且受流行局限的俗成语言，用拼音序号，作出系统的梳理归整，形成论文，都在《尧神》上发表过。张全民还于 2019 年 2 月，把自己的研究成果，结集成《鲁山方言》一书。吴大江、吴山的，多在《鲁山文史资料》上采用过。程岷源的，是我早在 1991 年第一次在县文联工作，编印《鲁阳文艺》时采用的文章。

　　第二编为俗语谚语。其中还包括了歇后语。俗语最初可能来源于方言，但时间久了，被广泛认同，就成了俗语。谚语是人们在长期的劳动与实践中总结出来的短语或韵语，语言听起来简单通俗，实则反映的道理深刻。在农耕时代，很多谚语指导着我们的生产生活。如今，大部分谚语已完成了它的历史使命，但作为一种独特的文化现象，应该留存入档。

　　这一编，因其可能与外省、外县接轨，不少属多地共有，所以，我们在编纂中，尽量筛选一些鲁山特色明显的。总的来说，所占比例不大。该编中，我们所参考的内容散于各类鲁山出版的图书。《鲁山文史资料》居多。

　　第三编为民歌民谣。其中又分民歌、童谣、牛郎织女歌谣。应该说，这一部分，多为近百年来，流传于鲁山的精华的民歌民谣，地方特色明显。我们参阅的资料，主要是 1990 年出版的《中国民间文学集成平顶山市：歌谣谚语卷》。当时，上级布置征集民间文学三集成（民间故事、歌谣、谚语），鲁山下了很大功夫，被选入不少。这些民歌民谣，如今，可能已鲜有人再会诵唱，但作为一个时代的缩影，也有必要收录。童谣部分，除了传统儿歌外，我们还增选了民俗学者张建国整理的、流传在鲁山广大农村的新的儿歌。

牛郎织女民歌民谣单列，亦为突出鲁山特色，彰显牛郎织女文化之乡品牌。这一部分来源于民俗学者张怀发、乔双锁、冯国、樊广治、郭增立、胡炎、贾国恩、郑子恩、李学乾、贾坤等搜集整理的内容。

第四编为成语典故。对于典出鲁山的成语，其界定，很难有绝对和严格的标准。同一则成语，从人物、从事件，从发生地，可归属多个地方，有些所载史籍又不同。但毕竟，这些成语，与鲁山有着千丝万缕的联系。这部分资料，我们多引用的是王俊刚所编著的《伏牛山成语典故》一书内容和杨西仑所整理的有关墨子的成语的文章。体例上，每个成语，有解释，有出处，有故事，一目了然。

分量最重的是第五编传说故事，占了全书的三分之一。所收内容，基本上都是鲁山独有的在鲁山民间广泛传播、经久不衰的，突出鲁山名人传说、地名故事和语言特色生动夸张的故事。资料主要是《中国民间故事全书·河南鲁山卷》。这一部分，郭伟宁同志下了很大功夫，删改来，添加去，几移篇目。

另外，我们参阅的图书还有：由中州古籍出版社出版，鲁剑主编的《平顶山方言》；由文化艺术出版社出版，贺

峰、曹宏主编的《民间故事集锦》；由中国文联出版社出版，
贺中乾、贺峰著的《乡村歇后语精粹》；由中州古籍出版社
出版，贺中乾编的《乡村歌谣精粹》以及其他多部鲁山地域
文化图书。因为无法一一具名，在此也一并表示感谢。

原本，我和郭伟宁同志商议，把戏剧曲艺、民俗风
情、传统工艺、传统村落等相关内容也列入到本卷中的。
尤其是戏剧曲艺，我们找来了鲁山县戏剧曲艺志，搜集来
不少资料，有的并且打印好了。但是后来考虑文字太多，
就与编纂领导组的有关同志商议，这几部分内容，本卷不
再列入。

大约利用半年的时间，我和郭伟宁同志，在尽量不耽
误文联本职工作的情况下，加班加点，牺牲休息日，广泛
搜集资料，终于于2016年初，完成编纂任务。

在十部《鲁山历史文化丛书》的编纂中，《乡韵悠长》
是交稿时间相对最早的一部，定稿后，2017年11月，由
中国发展出版社正式出版。相信读者，在阅读过这部书
后，能够找到一些独属于我们鲁山人的历史文化基因和心
灵密码。

我们的想法也就是，力求通过这本书的编纂，能够较
为全面的诠释鲁山民间文学及其语言文化艺术特色。

# "鲁阳挥戈"语词多

成语"鲁阳挥戈",今人鲜知。而在古时,应用广泛。此典出自汉刘安《淮南子·览冥训》:"鲁阳公与韩构难,战酣日暮,援戈而挥之,日为之反三舍。"反同"返"。说的是,春秋战国时,楚之鲁阳,与韩国结怨,引发战争,鲁阳公率军迎敌。旌旗猎猎,杀声四起,双方激战,不分胜负。天色将晚,鲁阳公愈战愈勇,看日将西没,他挥起长戈,掷向落日。奇迹出现:落日停坠,且又倒退三个星座。天空复明。韩军见鲁阳公如此神武,士气锐减,败阵逃去。鲁阳公大胜。亦有解释:鲁阳公看暮色将合,挥动戈矛,向日大喝。太阳惊悚,后退90里。一舍30里,三舍90里么。

挥戈可止日,挥戈可退日,挥戈可返日,挥戈可回日。诚谓感天地,泣鬼神,挽狂澜于危急,扶大厦之将倾。后人遂以"鲁阳挥戈"指力挽狂澜，扭转危局。

典故演绎为成语，又催化出词语，这一典故必是动人心扉，读起来唇齿含香的。《览冥训》为西汉时文集，"览"为浏览观察，"冥"乃幽冥玄妙，意为览观幽冥玄妙的自然变化。该典故对鲁阳公的描述，寥寥20来字，绘声绘色，度其英武豪迈，至精感天，既诠释了鲁阳公人能胜天的威仪，亦记录了鲁阳公的不朽功勋。

鲁阳公了不得。考古学家李学勤佐证，一位台湾藏家，曾收藏一件秦器鲁阳戈，戈长26厘米，长胡四穿，援内均上扬，援起脊及缘，内有锋刃及一穿，内上铸"鲁阳"二字。小小的鲁阳邑，能在兵器上铸文，敢和七雄之一的韩国打仗，而且打败了它。还有件事，这鲁阳公亦曾有攻郑打算，后因墨子劝阻而放弃。春秋无义战。鲁阳这位最高长官，既迎战韩国，又想攻打郑国，足见其英雄气概。

"鲁阳挥戈"的故事，记述简洁，影响却巨大。2008年2月，吉林文史出版社出版《中华成语大词典》，在所列的近3万条成语中，与"鲁阳挥戈"排在一起的，就有"鲁戈挥日""鲁戈回日""鲁人回日""鲁阳挥日""鲁阳麾戈""鲁阳回日""鲁阳指日"。其解释，皆同"鲁阳挥戈"。另有成语"挥戈反日""挥日阳戈"，出处亦同"鲁阳挥戈"。在其他史料中，有四字语"鲁日回轮""鲁阳驻日""回天却日""转日回天""鲁阳之戈""鲁戈难再"等，虽未注明是成语，典出何在，依然是"鲁阳挥戈"的翻版。而查《说文解字》《尔雅》《辞源》《辞海》等辞书，由"鲁阳挥戈"这一故事，衍生出的二字、三字词语，又有"鲁戈、却日戈、回戈术、回日轮、戈挥景、指日戈、挥天戈、挥戈、挥戈术、挥日戈、驻白日、鲁阳德、鲁阳戈"等。无不围着这一个典，绕着这几个字，颠来倒去，调来换去，移来挪去，说的是一个意思。

一个典故，衍生出语词如此之多，真真奇迹。悠悠历史，漫漫长河，大事比比，语汇丰富，蔚为壮观。然这等一义多表，恐独一无二。

古人用此典者不胜枚举。最早的当属东晋郭璞。其后，洛阳纸贵的左思，江郎才尽的江淹，唐初四杰中的杨炯、卢照邻，诗仙李白，诗圣杜甫，诗魔白居易，小李李商隐，都曾在诗文中歌之咏之。原典意为挽回败局，扭转危机，后人引申，有颂其功德的，有羡其让时光停留的，有赞其武功超拔的，不一而足。郭璞"愧无鲁阳德，回日向三舍"，惭愧自己无鲁阳之德，不能把时光拉回。李白"鲁阳何德，驻景挥戈"，反诘鲁阳有何德才，竟能挥戈使时间停留。白居易"邹衍吹律而寒谷暖，鲁阳挥戈而暮景回"、南朝皇帝梁自立"想君愁日暮，应羡鲁阳戈"又具异曲同工之妙。而无论是江淹的"徒怀汉臣伏阙之诚，竟无鲁人回日之感"，还是杜甫的"难分太仓粟，竟弃鲁阳戈"，抑或刘基的"却羡鲁阳功德盛，挥戈回日至今传"，皆表义积极，思想向上。尤其朱德诗"自信挥戈能退日，河山依旧战旗红"，更见襟怀宽广，信心满满。

古之鲁阳，即今豫西鲁山，战国时属楚。正是因了鲁阳公的壮举，使之形象历千年而不朽。挥戈反日处有一山名黑山，山上建庙，明清时，成鲁山八景之一"黑山回照"；清康熙《鲁山县志》："黑山，又名乌山，县北十八里。鲁阳公与韩构难，日暮挥戈，夕阳返照。"清乾隆《鲁山县全志》："北望乌山，挥戈返照之地，鲁阳公之旧迹尤有存者。"明陈孜诗曰"天意尽随人意转，申时回值酉时明"。黑山西八里，有娘娘山、抱子坡等地名，传鲁阳公与韩激战时，其妻怀抱儿子在远处观战；日暮时分，战旗倒下，鲁阳妻以为丈夫战败，悲壮跳崖而死；却不料，鲁阳公竟挥戈反回落日，终取得胜利。县境内这些地名故事，又加深了鲁阳公的悲壮情怀。

　　十分荣幸，我生长在鲁山，听长辈们讲述鲁阳公的事儿多了去了。然遍翻诗书，虽多见"鲁阳挥戈"之记载，很多人却并不知晓具体的挥戈之地。2017 年 11 月，余并鲁山县炎黄文化研究会同人，反复考察，确认黑山为"鲁阳公挥戈反日处"遗址，遂在山半腰竖立"鲁阳公挥戈反日处"碑刻，标示鲁阳公与韩构难故地。情丝悠悠，或可使鲁阳公之游魂安息，怀古凭吊者有所依附吧。

# 墨子止鲁阳文君攻郑

　　楚之北陲，是重地鲁阳，担任这里最高长官的，是鲁阳文君。文君为人诚信，谋虑深远。惠王原想封他梁邑，他以梁邑险要，怕将来子孙袭位，恃险作乱，干出蠢事，坚辞不受，而改尹鲁阳。文君之祖是平王，父亲是楚之最高武官。受父祖影响，文君自小崇尚武功，视开疆拓土为荣耀之事。如今，身为大邑之主，文君想法就多了：他觊觎上了郑国。每每，晴空朗日，登临高山，东眺数百里，遥望宋郑两国间，良田沃野，浮光跃金，却未得开垦，文君心里就发痒：这些空地，归我鲁阳，多好呀！脑子一热，遂吩咐下去，准备攻郑。

　　消息不胫而走。腰别皂角大刀，一身黑衣的墨子，刚返回故里，听此坏消息，吃了一惊，心下暗忖：如今这时代，细民百姓，日子过得恓惶啊。我裂着衣裳，磨出脚泡，周游各国，讲兼爱，说非攻，为的就是饥者得食，寒者得衣，劳者得息，百姓安居，天下大同。岂容家门口再起烽烟？

心焦不如行动。征尘未洗，从尧山脚下出发，墨子翻山越岭，连夜东行60余里，翌早，急急叩门，见到鲁阳文君。

两人原是好友，谈话不曾拘礼。墨子提出："在你的境内，有大都攻打小都，大族攻打小族，杀你的百姓，掠夺牛马狗猪、布帛米粟，你怎么办？"

鲁阳文君斩钉截铁："重罚。"

话题一转，墨子责之："天领有天下，像你领有封地。你要攻郑，就不怕遭天诛罚？"

文君明白了，墨翟这是来劝我的。文君辩驳："天的诛罚虽可畏惧，但我攻郑，合乎天意。郑人三代弑君，三年绝收，我诛伐他们，也是替天行道。"

墨子毫不客气："你这是强词夺理。上天对郑的惩罚，已经够了。你这样做，譬如儿子强横凶暴，不成材料，父亲鞭他，邻居见状，举起木棒，跟着来打，岂不荒谬？！"

文君若有所思。

墨子语重心长："世俗之人，小事明白，大事糊涂。偷人家一狗一猪，会被看作不仁；窃人家一城一国，却说是'义'，岂非黑白颠倒？！"

文君哑口，扯开话题："咱谈一谈夷人食子的坏风俗吧。"

夷人恶俗，墨子当然知晓。听过文君介绍，墨子又击文君要害："你自己不行仁义，凭什么指责人家？"

看文君已被触动，墨子诘问："你去攻打邻国，烧杀抢掠，书之竹帛，镂在金石，刻于钟鼎，想要传世；普通之人，也杀人越货，书于竹帛，铭于食器，大肆夸耀，可不可以？"

仔细想想，文君脸红了。他感到，自己做得确实不对。

墨子再打比方："有一个人，牛羊牲畜很多，让厨师烹饪，吃都吃不完。可见人做麦饼，就抓耳挠腮，要去偷窃，嘴里还不停念叨'这是做给我吃的'。这是为何？"

文君未假思索，脱口说道："这人患了偷窃病。"

墨子不依不饶："楚国四境，土地荒芜，开垦不完，耕地闲置，种不过来，可是，一见宋郑闲邑，就想霸占，这与患偷窃病的那个人，有什么不同？"

文君心悦诚服，连连点头："是这么回事儿。"遂放弃攻郑。

墨子嘴如刀子，心却是热的。文君倾心静听，诚恳纳谏。

一场战争，原本一触即发，转瞬间，化为乌有了。

春秋无义战。诸侯称霸，讲的是实力，狼烟四起，起因，无外乎恃强凌弱，以大欺小。强梁者，看谁不顺，找个由头，即行攻伐。郑国君权衰微，地处虎狼大国间，只图生存，一向不敢发声。若非墨子劝诫文君，想来，一场杀戮不可避免。战端一起，无论攻守，双方势必"男不得耕，女不得织"。所幸，是墨子，挺身而出，救郑于水火，挽鲁阳于危难。

何止于此，"止齐伐鲁""止齐攻卫""止楚攻宋"，皆是墨子不辞劳苦，凭三寸之舌，借守御之技，才使生灵免遭涂炭。

在墨子眼中，他爱的，不是哪个诸侯国家，而是天下众生。即便救宋之后，路过宋国，天降大雨，宋人不让避雨，他也并不计较。

得墨子相助，文君受益匪浅。两人接触频繁，交往极深。相互间，讨论争辩，求同存异，话题涉及广泛，诸如战争、仁义、治国等。有一次，文君咨询墨子，如何识别忠臣。文君问："有人给我讲，忠臣就是，叫他低头他低头，叫他仰首他仰首，平时不语，呼之应答。这种人，算得上忠臣吗？"墨子回答："这种人，唯命是从，就像影子和回声，你无法从中受益。按我的看法，所谓的忠臣是，国君有错，提出谏诤；有好的想法，不讲给外人，只讲给国君；纠国君之邪，同国君一心，不结党营私；颂赞归君，仇怨留己；安乐在君，忧戚在臣。这，才是我认为的忠臣。"

句句话，见真情。文君敬佩老友，极力推荐，要惠王重用墨子。可惜，惠王不够宽容，还记着前几年，墨子效力宋国，不让他攻宋的事儿。墨子来了，惠王不出去接见，却让一个叫穆贺的去见。遭此冷遇，墨子心里倒没什么，文君却为之愤愤不平。文君向惠王提意见，说："墨子，在北方一带，那可是个贤圣人，您不亲自接见，如此失礼，天下士人能不寒心？"这么一说，惠王赶快让文君去追，并许诺，封500里地给墨子。

但自苦为极、境界高远的墨子，是不会领受的。就连其后，越王欲派 50 辆豪车，到鲁阳去接墨子，并亦允诺，赐之 500 里土地。场景何其浩荡，场面何其荣耀。墨子仍然没有就封。

墨子是一位平民，他是平民的代言人，他考虑的是大众，是"兴天下之利，除天下之害"。为了天下苍生，墨子席不暇暖，摩顶放踵，行侠仗义。

难怪，一顶顶带"家"的桂冠，诸如思想家、哲学家、教育家、政治家、科学家、军事家等，会授予墨子。就连毛泽东，对墨子也褒奖有加，评论他虽然是一位劳动者，不做官，"但他是比孔子高明的圣人"。

任何时候，千夫诺诺，不如一士谔谔。

# 墨子与鲁班四次比巧

春秋战国，烽烟四起，起的多是不义之战。只要你能止战，能让国家强盛，不管你出身贵贱，都是可以封侯拜相的。在这样一个百家争鸣的时代，楚国北陲之鲁阳，就滋养出这么两位圣贤人物，他们虽没有做官，却是在诸侯争战中，充分展示了自己才干的。

这两人，就是墨子和鲁班。

这两个人都是发明家、实践家、行动家。墨子在多个方面贡献都很大，《墨子》载"小孔成像"而这正是现代照相机技术原理的起源。2016年升上太空的那颗量子卫星，还起名"墨子"号。尤其令人钦佩的是，他为平民代言，是老百姓尊崇的"平民圣人"。而鲁班呢，传说木工用具，诸如墨斗、曲尺、锯、锛、刨子，都是他发明的。匠人们都叫他鲁班爷呢！

　　两个人生长在一个地方，交往自然密切，但是因为眼界不一样，以致关系微妙。鲁班局限在小我的天地里不能自拔，总以为天下至巧，莫过于自己也；而墨子，却是抱着兼爱非攻，天下大同，互利共赢的态度，提出十大主张，从精神层面认识问题，拷问灵魂。所以，墨子又多了思想家、政治家、军事家等桂冠。

　　值得庆幸的是，最终，鲁班在墨子的感召下，境界也得到了升华，两人终成了好朋友。

　　按说，同为鲁之巧人，且鲁班比墨子大十来岁，经验自是比墨子还要丰富，怎么就会出现明显差异呢？

　　我们从《墨子》一书所记两人 4 次"对话比巧"的故事中，可以看出一些端倪。

　　单《墨子·鲁问》篇，就记述了他们在鲁阳的三次比巧。

　　先说第一巧。鲁班从鲁阳南游至楚，为楚王制造适于船战的钩、镶。敌船后退，就用钩钩住它，敌船前进，就用镶推拒它。鲁班自夸，并诘问墨子："我船战有自己的钩镶，您的'义'是不是也有钩镶呢？"

　　墨子说："我的'义'，是以爱钩，以恭敬推拒，不用爱钩，就不会亲近；不用恭敬推拒，就容易轻慢。轻慢不亲近，就会很快离散。互爱互敬才能互利。否则，人来我往，钩来拒去，那是在互相残害。所以，我'义'的钩镶，是胜过你船战钩镶的。"

　　墨子的"钩镶"是"义"，也即其兼爱思想。他是把问题上升到更高层次上去认识了。

第二巧是，鲁班削竹成鹊，飞到天上，三日而不下。鲁班自认做得精巧。墨子又批驳鲁班，说："你做的鹊，还不如匠人做的车轴上的销子，那三寸的木块儿，可担当五十石的重量。所以，利于人的，可为巧；不利于人的，那是拙劣。"

墨子的着眼点，在于实用、利民。想想也是，鲁班制作的木鹊，在天上飞得再久，有什么用呢？那时候，谁会往飞天梦上去想呢？

第三次比巧，人尽皆知，即《公输》篇，所记仅一件事，墨子的止楚攻宋。这是墨子与鲁班最精彩的一次比赛。楚王准备攻打宋国，连攻城的云梯，也让鲁班制造好了。墨子听说，急慌慌地往楚都赶，十天十夜，日夜兼程，鞋子跑烂了，脚上也磨出泡了。没有人委派他这么做，但他要凭一己之力，劝说楚王与鲁班停止攻宋，免得宋国百姓遭受涂炭之灾。墨子一见鲁班，就一连给鲁班扣了五顶大帽子：不智、不仁、不忠、不强、不知。但楚王与鲁班听不进去，他们以为宋唾手可得，放弃了可惜。墨子是做了充分准备的，他也知道，战争是不那么容易制止的，那么就沙盘推演一下吧，到底看看谁输谁赢。

鲁班设攻宋之械，墨子设守宋之备，九攻九拒，鲁班技穷，墨子的守城策略还绰绰有余。鲁班戏言，说：还有一种方法，我可以取胜。墨子何等聪明，说：即便你杀了我，我也有后手，我让弟子禽滑釐等三百人，已在宋城上严阵以待。

楚王这才无可奈何，放弃了攻宋的打算。

墨鲁的这一比，看似表面平静，实则波翻浪涌，悬念迭出。他让我们明白了：制止战争，不只靠道理，更多的，要靠实力。

第四次的比巧，又回归到《鲁问》中。鲁班对墨子说："我没有见到你的时候，我想得到宋国。我见到你之后，给我宋国，假如是不义的，我也不会接受。"墨子说："我没有见你的时候，你想得到宋国。我见到你了，给你宋国，假如是不义的，你也不接受，实际上，这等于是我把宋国送给你了。你努力维护正义，我又将送给你天下。"

话听起来玄妙，实际却并不虚妄。这是从"天下大同""利益共享""命运共同体"的角度阐释的。

鲁班原本是不太宾服墨子的。这最后一次比巧，墨子"得义如得天下"的话，是完全彻底征服了鲁班。

鲁山民间，流传有很多墨鲁亦敌亦友的故事。最有名的，是"非攻"对弈。说两人止楚攻宋后，都回到家乡。鲁班怨气难平，又找到墨子，在深山中与之对弈多日。山里环境幽静，两个人潜心切磋技艺，研磨义理，墨子对鲁班又施之以"兴天下之利，除天下之害"的主张和思想。鲁班越听越有道理，境界不断提升，胸中积怨烟消云散，两人终成挚友。

至今，鲁山与南召搭界处的深山里，一块巨石之上，还留存着一石刻棋盘，那就是墨鲁对弈的棋盘。此山即叫棋盘山。

　　鲁山瀼河乡还有一座山，叫风筝山，亦因两人在此比放风筝而得名。

　　鲁山四棵树乡有一座千年古寺，叫文殊寺。寺内五棵银杏树虬枝盘旋，遮天蔽日，树围小者 5 米，大者 7.5 米。其中一棵，树中间被锯掉一块中心板。传盖中岳庙时，鲁班领命找树，看中了其中一棵，为保取板后，树又不死，他就找来好友墨子，两人商计，联合从中成功抽取中心板。

　　这是两人合作的典范。

　　典籍记载与民间传说相互补充，进一步印证了两个人的伟大。

　　今之中国梦，与墨子的"兼爱非攻"一脉相承；所倡大国"工匠精神"，又源之于巧匠鲁班。在中国梦与世界梦深度融合的今天，我们从墨子与鲁班的数次比巧，可以悟到很多东西。

# 恨我不识元鲁山

这是苏轼的一句诗。

大文豪何以会发出这么一句感慨，痛恨自己不认识元鲁山呢？元鲁山是何许人也？

元鲁山，即唐代鲁山音乐县令元德秀。

苏轼在《寄吴德仁兼简陈季常》一诗中说道："恨君不识颜平原，恨我不识元鲁山。"又在《生日王郎以诗见庆次其韵并寄茶二十一片》诗中颂道："《折杨》新曲万人趋，独和先生《于蒍于》。"

《于蒍于》乃德秀所作歌曲也。

元鲁山、元大夫，是王公六卿对元德秀的赞誉；布衣平民多称其为元公、元县令；千年推移，今之山城百姓，把他又升华成神仙，每每提及，称其为元神仙；而文人雅士，则又呼之为七品琴师、音乐县令。无论哪个阶层对他怎么称呼，都饱含了无限的感怀之情。

苏轼在宋，德秀在唐，苏轼比元德秀晚了300年，怎么能相识呢？苏轼的官做得比元德秀大许多，却偏偏痛恨自己不认识元公；而在那么多古代优秀的音乐作品里，苏轼又独独喜欢元德秀的《于蒍于》，岂不怪哉！

高山流水遇知音，说透了并不奇怪。耿介的元德秀虽然是进士及第，只做了3年的县令，却是个廉吏。廉到什么程度，其清介绝俗到"见紫芝眉宇，使人名利之心尽失"的境界。德秀字紫芝，"紫芝眉宇"后来就演变了一个成语，用以形容人的品行高洁；廉到什么程度，他上任时只携了一把琴，几本书，离开时，仍然是一把琴，几本书。那把七弦琴成为元公德秀治理鲁山的灵丹妙器，成为劝谏唐玄宗的一把金钥匙。

元德秀做官弹琴不是在附庸风雅。他原本就是个音乐家，其琴技高超，古典名曲，无所不能，且自个还著有《季子听乐论》等音乐作品。老百姓是很愿意听这位七品琴师弹琴的。无论是在城门口还是衙门口，抑或携琴下乡，只要元公把琴一摆上，四方百姓就围上来了。弹上一曲，停下来嘘寒问暖，与百姓交流，官与民的感情便亲近了，一弹一听之间，百姓们的疾苦就得以深入了解，剩下的就是不畏权贵，秉公执法，解民忧难了。

所以，来到鲁山任职时间不长，元德秀就把这块地方治理得井井有条。

元德秀上任不久就接到上级通知，要洛阳附近300里以内的刺史、县令到五凤楼进行文艺会演，以祝贺边关大捷。重要的是，这次会演，熟谙音律的唐玄宗要亲临观看。这可是接近皇帝，媚上邀功的绝佳机会，地方政要唯恐错过良机，慌忙遴选美女，赶制华服，精心彩排节目。更有怀州刺史工于心计，挑选了数百歌女，身着绫罗锦绣，让拉车的黄牛披红着彩，扮作虎豹犀象形状，期望这样的阵容会受到表彰。

临到鲁山表演了，却是县令元德秀亲携一把七弦琴，带了十来个身着俭朴的民间艺人上场了。唐玄宗眼前顿觉一亮：别人都是大型交响乐团，唱的尽是粉饰太平的歌功颂德之词，而鲁山带来的节目却是至真至纯的地方歌曲，这演唱实在是清雅脱俗，让人耳目一新。唐玄宗忙让高力士把歌词呈上来一看，却是元德秀作的反映鲁山地瘠民贫的《于蔿于》。词曰：

> 于蔿苍黄兮草木摇落，秋风萧索兮四野生寒。连遭荒旱兮赤地千里，战乱频仍兮遍地狼烟。十室七虚兮村寨凋敝，每睹此情兮涕泪涟涟。抚民劝农兮夙兴夜寐，琴乐治世兮流水朱弦。余知鲁山兮惟民以念，匪敢懈怠兮不负皇天。近兰远艾兮河清海晏，河图洛书兮国泰民安。

是时，唐玄宗尚未与杨贵妃发生感情纠葛。他广纳贤能，正在使大唐进入鼎盛时期。看过歌词，玄宗瞬间就明白了德秀的一片赤诚之心：这是在劝谏我要励精图治啊。不由发出由衷的赞叹："真乃圣贤之音哉！"玄宗把鲁山与怀州的节目一比，更是感慨万千，他扭头对身边的宰相说："天下的官吏，若都像怀州刺史这样奢侈，百姓难免就要遭涂炭之灾啊！"随即下令，将怀州刺史削职为民，同时嘉奖元德秀，免除鲁山3年的赋税与徭役。

鲁山的百姓闻知这一喜讯，欢欣异常：元公为我们办了这么多好事，我们该怎么谢他呢，就在紧邻城墙的北边筑座琴台，让元公闲暇之余弹弹琴吧。

无意插柳，老百姓自发为元德秀筑的这座琴台，竟又成了他通过弹琴广施德政的好地方。每当收获季节，他登台抚琴，四乡百姓闻之，就纷纷把备好的公粮交到了县上，是谓"闻琴纳粮"。琴台善政，德化及人，四野晏安。

在皇帝面前，元德秀别出心裁，演这么一出戏，那是冒着被杀头危险的。他定然是掂量来思量去才决定这么做的。想为天下苍生谋些福祉，向皇帝披肝沥胆，进言的办法有很多种，但是皇帝听不听得进去，则另当别论了。遇了这样一个时机，用了这样一种办法，成功成仁，结果是两极。所幸，清介耿直的元德秀遇到了开明的李隆基。相比苏轼的犯颜直谏却屡遭贬谪，元德秀幸甚至哉。

小小县令，入正史的也委实不多也。而元德秀，按文采，他被列入到《旧唐书》文苑中，与李白、杜甫、王维等并列，且着墨较其他人都多；按卓行，他又被列入到欧阳修等所撰的《新唐书》中；其颇具传奇色彩的五凤楼献演事迹又被载入到《资治通鉴》里。大唐将近 300 年，多部志书都能觅到元德秀的名字。有秦以来，当过县令以上的官员何止十数万，用音乐劝谏皇帝、教化民众的恐怕只有元德秀一人。

千余年来，凭吊鲁山琴台、赞颂廉吏元德秀的诗词更是汗牛充栋。唐朝诗人皮日休即曾写了两首诗赞颂元德秀，诗中言道："吾爱元紫芝，清介如伯夷……所恨不相识，援毫空涕垂。"王安石也有诗曰："劝君莫问长安路，且读鲁山《于蔿于》。"

一代文豪苏轼人皆服其才情。勿言苏轼恃才傲物，想来，这世上，让苏轼宾服的人并不多。可是偏偏苏轼恨自己生也晚，无缘识得元君。他宾服元德秀，宾服得五体投地，的确是真情流露。

一个人在日记中写道：昨看《唐书》元德秀传，觉紫芝高行，冥若有会，一时尘襟荡涤。

皆因为，元德秀，一个人的名字，充盈着满满的正能量。

# 忍俊不禁的夸张诗

闲暇无事，在家阅读地方文史资料，发现"大跃进"时期，我们鲁山和全国一样，竟出了无数夸张诗。这些诗歌，多属新体民歌，每一首都激情洋溢，豪情万丈。

这些诗是怎么写出来的呢？据当时记述，由乡书记挂帅，大队支部牵头，共青团当助手，层层推进落实。各乡建有诗歌编辑委员会，设审阅、印刷组；各生产大队建诗歌编写辅导组；各生产小队又建诗歌编写小组。

山里人自卑，多不认字，不知诗是啥东西，更不知写诗是怎么回事；识得字、知道诗的，又以为诗歌高雅，以为作诗那是才子们的事儿，咱没那天赋。大队干部连批驳带解释：

群众为啥把戏看，不用喊他跑得欢？只因戏词戏文好，日子虽苦心里甜。老舅你终天把尿担，按着担尿你编一篇。

三哥你天天去看水，手里终日拿钢锹。溪水浇地哗哗流，你就按这编一篇。千篇万卷人人写，咱不信，百万秀才不出山。

这一听，大家"醍醐灌顶"，都"恍然大悟"。于是乎，连文盲也开始编顺口溜。就这样，各村都有农民诗人诞生。赵村中学的老师李逢昌作《诗歌颂》："人人都说李白中，我们还比李白能；李白斗酒诗百篇，我们提笔写诗山。人人都说曹植中，我们还比曹植能；曹植七步吟诗句，我们挥锄放歌声。"

隔三岔五的，各乡搞诗展、诗赛。二管区李文才，吹自己作诗多，超过写诗能手王芝庭、贾孟岐，在诗赛上说："我是李文才，专好打擂台。王芝庭诗歌多，把他扔到后山坡。贾孟岐干劲勇，把他扔到木扎岭。诗歌台上我称英雄。"不料，贾孟岐回奉："您的诗成本儿，俺的诗成捆儿。要是挂到房檐下，您的只会生芽儿，俺的还会撅嘴儿。"

县西边陲的四棵树乡，写诗写得最积极，还成了全国的诗歌之乡，河南人民出版社于1959年连续出版了《鲁山四棵树乡跃进诗歌选》《四棵树是怎样成为诗歌之乡的》两本书。只不过，两本书都不太厚，收录诗歌不足百首。

四棵树被誉为"诗歌之乡"。名声大了，来参观者络绎不绝。来的参观团里，路途最远的，要数吉林省委哲学院。公社组织欢迎晚会，吉林代表用诗发言："四棵树乡才子多，李白杜甫满山坡……"轮到四棵树代表王芝庭发言，也不甘落后，说："我叫王芝庭，弄啥啥不中。眼也有点花，耳也有点聋。领导来参观，我心里喜盈盈。"全场一片掌声；接着，他又说："大家一拍手，我脸上只发烘。"又是一阵掌声。

当然，若论"比比诗歌谁最多"的诗句，要数电影《刘三姐》。记得 1979 年，我正上高中，国庆节前，有一晚，公社院里扯起银幕。同学们不约而同，躲开晚自习，"偷"跑出去看了大半夜。老师理解，未阻止，未批准，也未深究。砍柴女刘三姐那活泼的性格、甜美的嗓音，刻进我脑海。音乐缓起，三姐在岸边，秀才在船上，两人相互对歌，秀才似胸有成竹，一副藐视的样子唱："小小黄雀才出窝，谅你山歌有几多，那天我从桥上过，开口一唱歌成河。"三姐脆生生回奉："你歌哪有我歌多，我有十万八千箩。只因那年发大水，山歌塞断九条河。"形容歌多，舟载船装的，一个歌成河，一个歌塞河，绝了，比上面那几首夸张比喻的诗，自是又高。

那时候，各条战线都在跃进，文艺工作者的积极性也被调动起来了。记得当时报纸社论用豪迈的语言激发大家的创作热情：

这是一个出诗的时代，我们需要用钻探机，深入地挖掘诗歌的大地，使民歌、山歌、叙事诗等，像原油一样喷射出来。

这是个诗的时代，我们要有自己的李白、鲁迅。我们要使"风""骚"失色，"建安"低头，使"盛唐"诸公不能望其项背。

于是乎，新民歌运动如火如荼，花开遍地。每一个作者都思接万里，展开想象的翅膀。

在 1959 年第 2 期《文艺报》上，宜昌工人黄声孝谈诗歌创作，引自己的诗作《我是一个装卸工》。诗曰："我是一个装卸工，左手搬来上海市，右手送走重庆城；太阳装了千千万，月亮卸了万万千；钢材下舱一声吼，吓倒龙王在水晶宫；举起泰山还嫌小，手抱地球如灯笼。"真是热情似火，豪气冲天。作者感慨，诗人要不站得高，看得远，就不会产生"粮食堆在白云上，流出铁水满海洋"的气魄，那么，写出的诗句，难免会成流水账。

鲁山城东的黄鑫，当年不足 20 岁，正做文学梦。大潮所及，他开始痴迷新体民歌。那一时期，他创作百余首新诗，大多发在《鲁山报》上。其中《植树谣》："扛起镢头掂把锨，姑娘小伙上北山，风卷飞雪漫空舞，疑是梨花扑胸前。种树种的摇钱树，敢叫穷山变富山，挥汗权当水浇树，造福子孙莫等闲。"把飞雪喻作梨花扑胸，倒也形象。黄鑫还写有两首收麦诗，一首《它说弯月没它弯》："弯弯月儿爬上山，担麦社员如梭穿。扁担压哩吱吱响，它说弯月没它弯。"一首《脸朝天，才见尖》："你一担，我一担，场上麦子堆成山。麦子山，麦子山，脸朝天，才见尖。"这些诗虽过于溢美，却也满有趣味儿。

1960 年 10 月 30 日，《鲁山报》发赵培苑的诗《丰收诗篇写不断》，格外新颖。诗曰："锄是笔，田是砚，丰收诗篇写不断。写的玉米咧嘴笑，写的谷粒赛鸡蛋，写的红薯压塌地，稻穗点头舞翩翩。锄是针，田是缎，丰收花朵绣不完。绣的棉花吐白蕊，绣的粮堆插云端，绣的果子满山红，万顷稻田水潺潺。"这首诗，想象奇伟，充满诗情画意，与1970年左右，我入小学时语文课本所选的《秋天到》"秋天到，秋天到，田里庄稼长得好。棉花朵朵白，大豆粒粒饱，高粱涨红了脸，稻子笑弯了腰。秋天到，秋天到，地里蔬菜长得好。冬瓜披白纱，茄子穿紫袍，白菜一片绿油油，又青又红是辣椒"具有异曲同工之妙。

所列上述诗，虽过于浪漫夸张，但诗句多从火热的劳动场景中觅得，勿言是人民心声的流露，却也具有一定艺术特色。当然，那一时期，全国出现的不少诗更为夸张。例如河北民歌《把种撒上天》："不准月亮再缺边，不准太阳溜下山。跃进显得地球小，明年把种撒上天。"江苏民歌《棉花王》："我社有棵棉花王，高高身材几丈长。枝叶密密像棵树，采棉得把梯子扛。"河南民歌《大丰收》："一个谷穗不算长，黄河上面架桥梁。十辆卡车并排走，火车驰过不晃荡。""麦穗粗粗像大缸，麦芒尖尖到天上。一片麦壳一片瓦，一粒麦子三天粮。秸当柱，芒当梁，麦壳当瓦盖楼房。""玉米稻子密又浓，遮天盖地不透风。就是卫星掉下来，也要弹回半空中。"

1958年7月号《奔流》杂志，曾发过两首诗，一首是东明县的《跃进带来大丰收》："金山银山山连山，俺社麦垛摩住天，摊到场上三尺厚，累得石磙直叫唤。金山银山山连山，打的麦堆堆场边，装成麦袋像座堤，装到车上车压翻。金山银山山连山，俺家麦囤触房檐，爷爷喜得咧嘴笑，跃进带来丰收年。"另一首是渑池县的《姑娘选种麦地里》："姑娘选种麦地里，沉甸甸麦穗打脸皮。手理头发怨自己，为啥长得这样低。"这两首诗，被选入到1959年河南省语文乡土教材中。

《鲁山报》1955年创办。1958年5月，毛主席亲题报头。这在全国县报中独一无二。我在县档案局，找出仅存的1960年1月、8月与10月这3个月的合订本仔细翻看，从中，竟也发现一个有趣的现象：那时候各地开展积肥运动，新闻报道中，引题、正题，多用诗的语言表述，新颖别致。例如"万头猪场包方　百头猪场包段　田头大建猪场　肥料基地成网""万亩千坑　大沤绿肥""向废烟要肥料　向肥料要粮食""讲卫生　多积肥　人增寿　地增产""绿肥是个宝　一定要抓好"。当年8月6日，该报头版头题，引题是"铲光大青山　刮净泚河滩　割完路旁草　田草消灭完"。

想当年，化肥短缺，增收的重要渠道，是往地里上粪。农谚：庄稼一枝花，全靠粪当家；种地不上粪，等于瞎胡混。所以，成立中华人民共和国，最令毛泽东主席牵挂的，一是钢铁，一是粮食。钢铁可以盖楼，可以造大炮；粮食，可以让人不挨饿。那一时期，鲁山诞生了不少积肥诗。那语言激情四射，那决心移山倒海。

1958年7月，《河南青年报》与河南人民出版社联合编选出版了一套4册、小开本的《大跃进诗歌选》，每册不足百页，定价一毛多钱。书中所收，主要是民歌民谣，其中录有鲁山作者多首诗。任羌歌的《雁儿雁儿排成行》，写的是送粪："雁儿雁儿排成行，青年妇女担粪忙；雁儿雁儿你别走，咱们一起渡长江。"程秀琨的《千军万马搞水利》，实际上写的也是往地里上粪："翻起千年土，挖出百丈泉，施入万斤肥，亩产达双千。"

在《鲁山县四棵树乡跃进诗歌选》中，收录诗歌占比最大的，有关治山治水、挖塘积肥诗有十多首。王芝亭《锄草积肥》："成千上万劳动兵，战斗绿色海洋中。苦战七天并七夜，消灭杂草干净净。积肥成山磅难称，底肥追肥三五层。男女劳动劲头大，争取丰收放卫星。"

兰庭《月下送肥》："初八九，月儿弯，俺社送肥在夜间，妇女抬，男子担，扁担压得忽闪闪，争取秋季大丰收，亩产红薯两万三。有的去，有的还，来来往往干得欢。"

还有未署作者姓名的《月下送肥》："七月十五月儿圆，好像明镜空中悬，社员晚饭吃过后，夜里送粪到田间，老幼个个劲冲天。亩施肥料五百车，秋季红薯产百万。担着筐，嘴不闲，行走歌唱总路线。鼓足干劲超先进，秋后北京去看看。社员心情如火热，干到月儿压西山。"

当年，夜里干活，似是常事。月黑头，伸手不见五指，也要干，有月亮的晚上，更要干。晚上最宜干的活，就是往地里送粪。送粪是粗活。赵村中学李逢昌，曾写了十多首积肥送粪的诗，他写《借月送粪》："古人借月用苦功，为的金榜中头名；社员借月把粪送，为的小麦放卫星。"这比喻，绝了。他写的《积肥谣》："雄赳赳，气昂昂，人马奔腾赛长江。镰千把，锄万张，今日出兵积肥忙。"积肥像出兵打仗。《粪山能变五谷山》："金山山银山山，不如俺的粪山山。金山银山死东西，粪山能变五谷山。"他写《万车肥料千车粮》："雨水多了树木旺，妈妈奶多小孩胖。庄稼全靠肥挂帅，万车肥料千车粮。"他写《土地就是聚宝盆》："粪是金来水是银，土地就是聚宝盆。勤浇水来多上粪，大地变成粮食囤。"他写《比粪山》："不比吃，不比穿，两个队长比粪山。这个说：'俺队粪堆像秦岭'，那个说：'俺队粪堆如泰山'，这个说：'块儿块儿上粪三尺厚'，那个说：'亩亩施肥三万三'。社员听了哈哈笑，异口同声开了言：'现在您俩比粪堆，秋后咱们比粮山。'"

好友蔺景伦，记忆力特好。十多年前，他就曾向我讲起当年农村积肥的事儿，说那时，到处堆的是青草皮、臭污泥。城东辛集公社有座山，叫鲁峰山，海拔近千米，孤峰秀出，为鲁山古八景之一，曰"鲁峰独秀"。一名教师创作《积肥》诗，曰："辛集有个鲁山坡，擩到天里一半多，要是和俺粪堆比，还得问俺喊哥哥。"

有味儿吧？！

当年城东的青年黄鑫，正做着文学梦呢，迷上了诗，先后写了百余首新体民歌，几十首发表在《鲁山报》。闻听我找写粪的诗，老先生专一搜罗出旧的剪报，让人把相关内容打印了寄我。我一看诗，主题鲜明，语言传神，句句夸张，算得好诗。如《桑木扁担溜溜软》："桑木扁担溜溜软，挑土担粪忽闪闪。挑的东方红日出。担的晚霞铺西天，挑的瘦田直流油，穷山变成金银山。担来富裕小康村，日子过得蜜样甜。"《它说弯月没它弯》："弯弯月儿爬上山，担粪社员如梭穿。扁担压哩吱吱响，它说弯月没它弯。"《送肥》："车子队，拧成绳，肥山一重挨一重。车子队，推的红，好似驾雾把云腾。车子队，迎寒风，一路小调唱不停。车子队，一条龙，龙头出村五里地，龙尾还在村当中。"

挑担送粪，真实的场景，可能并非如此壮观，但要从文学意境上看，这些诗，是否有点儿卢纶《塞下曲》（其二）"林暗草惊风，将军夜引弓。平明寻白羽，没在石棱中。"的味道？！而卢纶的诗，那可是千古绝唱呀！

想想当代的诗，句子长短不齐，也不押韵，诗人们都躲在象牙塔里，无病呻吟。抛开时代因素，像这些新体民歌诗，想象奇特，去芜存菁，令人忍俊不禁，的确值得我们学习呢。

# 第五辑　活态标本

　　把原本存在于人们口头上的，即将灭绝的民间故事用文字的、现代化的信息处理技术保存起来，这是一份弥足珍贵的文化遗产。这是一件惠及子孙、泽被后代的大好事。

# 中原农耕文明的活态标本

## 首批出版成果在京发布　平顶山故事卷荣列其中

2019 年 12 月 25 日，人民大会堂。中国民间文学大系出版工程首批成果发布会在这里隆重举行。

浩浩 12 卷本的大系首批示范卷成果，有云南的神话卷、黑龙江的史诗卷、吉林的传说卷、辽宁的说唱卷、河北的谚语卷、江苏的俗语卷等。其中包括《中国民间文学大系·故事·河南卷·平顶山分卷》。

出席发布会的领导与专家众多。故事卷主编、平顶山市民协主席姬书敏，执行主编、鲁山县文联主席郭伟宁应邀出席。

会上，出席专家与领导，向郭伟宁等为编撰首批成果做出突出贡献的专家颁发证书。

大系出版，是中华优秀传统文化传承发展工程重点项目，由中国文联牵头组织实施。其主要任务是以客观、科学、理性的态度，收集整理民间口头文学作品及理论方面的原创文献，编纂出版《大系》大型文库，完善中国口头文学遗产数据库，同时开展一系列以中国民间文学为主题的社会宣传活动，促进全社会共同参与民间文学的发掘、传播、保护，形成德在民间、艺在民间、文在民间的共识，推动民间文学知识普及与对外交流传播。

冯骥才在发布会致辞中介绍，大系出版工程首批示范卷的发布，标志着我国对中华民族博大恢宏、多姿多彩的民间文学遗产进行科学整理进入到了一个新的阶段。它所具有的原始性、原真性、文献性、整体性、系统性、资源性无可比拟。它是五千年来，农耕社会流传到近半个世纪的最宝贵的民间文化遗产之一，是中国文学和中国文学史的一半。同时它又是一片广漠无垠、无比深厚的中华文化的处女地，有待我们从中去认识我们民族固有的气质与精神，从中获得我们无可置疑的文化自信。它将是我们弘扬传统文化坚实的依据。

《大系》是真正意义的典籍。中华人民共和国成立后，为唤醒中华民族的文化自觉，摸清文化家底，国家对异彩纷呈的民间文学遗产，曾进行过 4 次拉网式田野普查。首次是 1956 年至 1966 年，以大规模收集民歌为中心的采风运动；第二次是 1984 年至 2009 年，"中国民间文学三套集成"的编辑与出版；第三次是 2003 年启动的"中国民间文化遗产抢救工程"；第四次为 2010 年至 2013 年，"中国口头文学遗产数字化工程"。相较于前 4 次，这一次出版大系，其呈现方式更加鲜活，承担的社会与文化使命更加艰巨，影响也更为深刻，国家层面的重视与投入也更强更大。

发布会前夕，中国民间文艺家协会官网与微信公众号，以"熠熠闪光的中原农耕文化明珠"为题，专门推介故事平顶山分卷。

推介中说道，这部书，折射着中原农耕文化的原色与光变。作为中原农耕文化的核心现场，平顶山地区民间故事蕴藏种类繁多，资源丰富。该卷依据《中国民间文学大系》故事卷编纂体例拟定的遴选标准，按照科学性、广泛性、地域性、代表性原则，在现在普查和已有资料选编的基础上，共收录在平顶山地区广泛传播的近 500 篇民间故事。篇幅短小精悍，语言朴实简洁，蕴含着独特而鲜活的地方性知识，充溢着一方水土所滋育的民间文学生态之美。

发布会之后，一场波及全球的疫情，打乱了人们的生活节奏，阻碍了人们的正常交流。读书，成了人们精神的慰藉。4 月 23 日，在第 25 个读书日当天，中国文联出版社向广大读者推荐 2020 年度第一批该社所出重点图书，在近 30 个书目中，《中国民间文学大系·故事·河南卷·平顶山分卷》赫然列在第一位。

5 月 20 日，平顶山市委常委、宣传部部长岳杰勇见到该书后，心情澎湃，挥笔作出批示：《中国民间文学大系》平顶山分卷，是一部有分量的力作，凝结着全市文学界的心血和汗水。它是传承发展我市优秀传统文化的一次具体实践，有效地推动了我市民间文学知识的普及和对外交流传播。

## 平顶山承担艰巨任务　工作人员夜以继日采录编纂

2018 年 5 月 26 日，中国民协在上海举办"中国民间文学大系出版工程'神话、传说、故事'专家组成立大会暨民间文艺调研系列活动"。大系出版工程负责人、专家组成员、来自全国 16 个省区市的代表近百人出席。大家围绕民间散文叙事文学概念的界定、分类、区别与联系、编纂体例等进行深入探讨。此间，中国民协副主席、河南省文联副主席、河南省民协主席程健君代表河南省民协，与中国民协签署了编纂《中国民间文学大系·故事·河南卷》的协议。

会后，河南省民协迅速行动，制订出编纂方案，并选定平顶山故事卷作为示范卷，先行一试。

为什么省民协会选定平顶山，来承担这么繁重而又艰巨的任务呢？当然，首先是平顶山的民协工作做得好，上级对平顶山民协所带领的民间文学队伍充分信任。截至目前，中国民协授予平顶山及其所属各县（市）的文化名片有"中国观音文化之乡""中国牛郎织女文化之乡""中国墨子文化之乡""中国汝瓷文化之乡""中国女娲文化之乡""中国孝道文化之乡""中国冶铁铸剑之都""中国水灯之城"等9个，鲁山、郏县的基层民协工作经验受到中国民协的表彰并向全国推广；近年来，鲁山汉字节、端午节、七夕节等活动，都由中国民协作为主办单位。中国民协、省民协的领导无数次来到平顶山调研指导工作。正因此，平顶山市民协被中国民协、河南省民协誉为是一支经得起考验的、能打硬仗、能打胜仗的队伍。

2018年6月13日，程健君莅临平顶山，主持召开《中国民间文学大系·故事·河南卷·平顶山分卷》编纂工作启动会议，要求平顶山在当年6月底前，拿出示范卷汇编稿。

面对如此紧迫的任务，启动会成了动员会。会议明确市文联主席李虹为总责任人，市民协主席姬书敏为总牵头人，成立以全市各级文联、民协相关同志参加的编纂工作领导小组。编纂工作确定以"省民协编纂方案为指导，以原有河南省故事卷为标杆，以各县卷本故事卷为基础，以征集整理的现有民间故事为内容"的指导原则。

为有效推动工作，市卷领导小组在会议结束的第一时间，便建立起"市卷编纂工作微信群"，以此为平台和抓手，形成工作通气、通报制。每天下午5点前，各县（市）区将征集情况，发至微信群，市卷组根据征稿进度和工作排序，准时在群内通报，日有进度汇报，周有碰头会议。省、市、县三级联动，承上启下，密切配合，相互鞭策激励。

示范卷工作全面有序铺开。省民协主席程健君，副主席乔台山、刘小江加入编纂微信群，随时对发现的问题，在微信平台上逐一点评，解疑释难；有时，他们亲自捉笔，具体修改文本。本卷概述由我执笔，我每修改一遍，立即传省专家审阅一次，稿子由长到短，再由短到长，连续增删修改了十遍，最后才交由中国民协审定。其间我多有抱怨，年近7旬的乔台山反过来劝解我：不要有情绪，咱们都是摸着石头过河，文章不厌百遍改吗！有一次，乔台山正坐着郑州市内的公交与我沟通，竟然坐过了两个站点，忘了下车。

2018年8月11日，中国民协分党组书记、驻会副主席、秘书长、大系出版工程领导小组办公室常务副主任邱运华带队，同中国民协副主席、北京师范大学文学院教授、大系出版工程故事专家组组长万建中，省民协主席程健君，辽宁大学文学院教授、专家级副组长江帆等莅临平顶山，召开编纂工作推进会，探讨示范卷编纂工作具体问题的解决办法。

此次编纂，鲁山始终走在前列，不但自身工作做得好，而且还承担了市卷的书前书后文件与市卷文稿的编纂汇总任务。汝州文联与民协提交故事数量多，质量也高。郏县两位老同志家居农村，不会操作微信与电脑，一边学一边干。市区同志年龄偏大，一方面在故纸堆中不停搜觅，一方面游走街巷采访记录。

参与同志奔波操劳，夜以继日，你追我赶；编纂人员心无功利，夙兴夜寐，遴选辑录。终于，改来删去，几易其稿，在 2018 年 11 月底前，基本完成编纂任务。

## 农村长大的孩子，哪个不是在故事的河流里泡大？

把示范卷放在平顶山来做，再一个重要原因，就是平顶山民间文学土壤丰厚。在这一地域，神话、故事、传说、歌谣、对联、谚语、谜语、笑话、寓言等民间文学口口相传，俯拾皆是。这里的每一条河流，每一座山梁，每一个村子都有美丽的传说故事，这些传说故事丰富多彩，它是千百年来一代又一代平顶山人民创造的成果，令人忍不住讴歌吟咏，赞颂不已。

在农耕文化的历史进程中，平顶山人民以农为主，听讲故事，是民众最为喜爱的一项文化娱乐活动，也是民俗文化的重要载体。闲暇无事，抑或忙里偷闲，人们三三两两聚在一起，听那些"故事篓子"们打开话匣子，吹妖说狐，讲古谈今。听的人聚精会神，讲的人神情专注。就这样，故事的河流一代代流淌着。

繁星点点的夏夜，月白风冷的冬夜，他们汇聚在故事篓子的家中，或者草棚瓜庵牛屋听讲故事，听得最多的，恐怕就是鬼狐精怪故事。若是在家中，故事讲述者多是老婆婆，若是在野外，故事的讲述者则多男性老者。男性老者，他们口中会叼一根烟，每讲到关键处，就有意识吸一口烟，无意识停顿一下，故意卖卖关子，吊一吊听众的"胃口"。讲得好赖不在于文化水平高低，主要在于兴趣和记忆力。当然，有文化或者文化水平高的人，讲得要雅致一些。事实上，一些没有文化且口才好的人，讲得也很生动有趣。

讲故事靠的是情节取胜。为了吸引听众，讲述者故意设置"扣子"，行话就是设置悬念，使听者萦系于怀，欲罢不能，像是用一根无形的绳子，把人拴住了一样，这节儿听了迫不及待还想听下一节，今天听了明天还想听。每一次讲到紧要处，听众把心提到了嗓子眼儿，大气不敢出一点儿，空气静得仿佛是一根针掉地下也听得清清楚楚。这些故事带给了听者无限的向往与恐惧，让他们喜欢，让他们感动，让他们夜不能寐，多少次瞪大眼睛到天亮，浮想联翩。虽然绝大多数的鬼怪故事，因为科学的进步而日显苍白，但不可否认的是，很多鬼狐精怪故事经受住了时间的考验，持久地感动着平顶山的百姓。这些花妖狐魅鬼怪神灵姹紫嫣红般的爱情，生生死死魂魄相从，比人间真情更可贵更有魅力。这些鬼狐妖精富有情感，喜欢和人类打交道，他们从天上，从鲁山、汝州、舞钢的大山里，从昭平湖、白龟湖的水中向百姓走来，献出一片赤诚，一腔热爱。这些妖仙没有什么不可逾越的鸿沟，倒似社会生活中的凡人。他们有凡人的喜怒哀乐，有凡人的穷通祸福，和凡人交友，通婚甚至共生死，他们都是净化了的人，是诗意化了的人，在他们身上，我们可以看到更多人类的道德思想观念。两者之间原本是两个不同的世界，却在恐怖和怪诞中，在神奇而美幻中，紧密地联系在一起，融合成一种虚构的理想化的境界。

## 生活故事 对美好生活的憧憬

由中国文联出版社出版的《中国民间文学大系·故事·河南卷·平顶山分卷》，8开本，硬壳精装，近800页，收录我市本地近500篇故事，100余万字。

为便于表述和呈现，卷中故事粗分为两大类，一为生活故事，一为幻想故事。

这些故事，各有其显著传承特点。

生活故事，即世俗的故事或写实故事，多取材于现实生活，约略加以虚构。在故事分布中，占比例最大，涉及面最广。从不同侧面，反映了平顶山民众的生产方式、生活习俗、处世道德。

平顶山地处嵩山南麓滍水与汝水流域，是华夏农耕文明重要起源地之一。这些故事发生在这一特定的地理环境下，讲述的是人们对生产生活的认识和经验，表现的是对美好生活的向往和憧憬。很多故事，主题并非单一的。看似讲的是诚实守信的善良品格，其中又不乏传统孝道、惩恶扬善。例如流传于鲁山县一带的经商故事《定制杆秤》，主人公恪守"公道经营、义中取利"的古训，看似大智若愚，却透出聪明睿智。这一类，工匠名医故事居多。他们技艺高超，专注踏实；他们扶危怜贫，解人之危；他们坚强热情，勇敢面对困难。

卷中收录巧女巧媳、傻儿傻婿故事30来篇。这些故事，多是控诉封建礼教和伦理观念给他们造成的痛苦，提出婚姻爱情自主的要求，有的甚至表现了敢于向封建皇权挑战的勇气。故事中那一个个才女"能媳妇"的丰满形象，向人们传递出敬老抚幼、夫妻恩爱的孝悌文化。

在生活故事里，最具特色者，当数戏迷故事。平顶山是戏剧曲艺之乡，被中国曲协命名为"中国曲艺城"，举办过两届中国曲艺节，演员们多次斩获全国"牡丹奖""群星奖"。宝丰县被中国曲协命名为"中国曲艺之乡"，马街书会传承了700余年。汝州是河南曲剧的发祥地。鲁山县剧团曾独树一帜，在郑州演出，出现过一票难求的盛况。

何以平顶山地区的戏曲这么繁荣？皆因为，数千年来，平顶山人民遭受了太多的磨难与挫折，其苦乐忧凄，人生七情，无处宣泄，就幻化作戏剧曲艺。

无论豫剧、曲剧、坠子、评书，都被平顶山这一方百姓誉为"秫秫稞"戏。田间地头，河道沟梁，人们在锄地时，却把锄头的起落作了简板，放牧时，又把"啪啪"炸响的鞭梢作了过门，蓝天白云绿树红花，则成了妙不可言的布景舞台与道场。晴空朗日，随便到平顶山的山野乡村走走，便可听到此起彼伏、"未成曲调先有情"的豫剧曲剧，便可感受到天空一样辽阔而旷远的戏剧音乐所营造出来的氛围。演尽人间酸甜事，唱出天地苦乐情。想当年，村村锣鼓响，乡乡办剧团，焉不有名角和戏迷故事产生？

生活故事中，还有一个脍炙人口、长盛不衰的类别——机智人物故事。在长期的传承过程中，常常是，多个人的聪明智慧，被具体集中到某一人物身上，看似情节简单，语言诙谐，艺术感染力却很强。本卷所列，以宋三才子最具代表性。宋三才子是中原的"阿凡提"。

平顶山人常说，我们这个地方歪才子多。在这里，"歪才子"的含义，并非全贬，应是褒贬各半。人们喜欢宋三才子，映射出平顶山人民具有尚智崇慧，心胸豁达，性格开朗的特点，是平顶山人民处世态度的一种体现。

## 幻想故事情节离奇　富有浪漫主义理想化色彩

幻想故事，是民间故事中，最富有理想化色彩的一类。它把现实生活中，不可能发生的现象进行形象化的构思，展现在人们面前；它通过离奇的情节，把平顶山民众发自内心的渴望和期盼的生活目标，变成艺术现实。这些故事，具有浓厚的浪漫主义色彩，虽然不切实际，但并非毫无规律的胡思乱想，而是扎根现实的生活土壤，让哲理与诗意完美地结合。这些幻想故事，具有强烈的道德使命感，它将那些具有永恒价值的道德观念，融入生动的故事情节中，让听者在潜移默化中受到灵魂的洗礼。

平顶山位居南北气候的分界线上，山区面积占了一半，各类动物，飞禽走兽，狼虫虎豹几乎都有过。平顶山光带龙的地名就约百处，是龙文化的故乡。农耕时代，人们对大自然中很多现象解释不清，冥冥之中，一直以为有鬼神在掌管并支配着人类。世间万物生灵可以成鬼神。平顶山地区有很多庙、观、寺、祠、坊等，里面塑了各种各样的鬼神。这是一种民间信仰。自然而然的，平顶山人就会以自身的思想行为去揣摩仙人、精灵、鬼怪、宝物等，去编撰故事，去想象它们的生活及其性格与心理，或同情弱小、赞美智慧，或反对强暴、妄自尊大，或说明动物或仙怪的习性、特点、声音、形态，赋以趣味。

幻想故事里，皮狐子故事占一定分量，也最有趣。皮狐子也即狐狸，为豫西山区常见动物，遇到危险时非常凶残，是一种复仇性极强的动物。它体小身长，狼耳朵、猴脸型、猫眼睛，能直立行走，智商极高，可与人和谐共处。故事中，这些皮狐子幻化得机巧调皮，懂得感恩，善良可爱，无所不能。类于《聊斋》中狐妖精怪。

在历史的长河中，平顶山人民虽然遭受磨难太多，但他们有自己的理想与愿望，对人生又充满着无限希望。这种理想与愿望并非高不可及，无非就是丰衣足食，娶一个貌比天仙的妻子，幸福地生活而已。于是，也像喜欢唱戏听戏一样，他们就结合自然界中的生灵，来幻想实现自己的理想和愿望。这就有了打柴为生、充满奇遇的王小儿的故事；就有了不畏强暴、惩恶扬善的神仙与人的故事；就有了颇具奇秉异能的精灵与人的故事；就有了仙人所赐，让贫困、诚实的主人翁可以随心所欲实现愿望，使贪心者得到惩罚的宝物的故事……

　　幻想故事中，还有一类异类婚姻故事。本来面目神奇乃至于可怖可憎的动植物或鬼狐精怪，却以美丽善良、聪明机智、本领超强的少女形象出现，她们有人的喜怒哀乐，她们爱上了人间贫穷善良的小伙子。其情感也是一方民众爱情心理的体现。

## 平顶山故事卷　体现了《大系》的编纂原则

　　卷中所收故事，其显著特点是风格淳朴豪放，乡土气息浓郁。尤其都是口语化的语言，更显出故事的明白晓畅，通俗易懂；平顶山所属的几个县，历史上归过南阳，归过洛阳，归过许昌，加之地处中原，通达南北，语言的发音吐字，不仅隶属北方语系，也带有南国韵味，语汇丰富多彩，发音清晰全面。拟景状物，描景叙事，措词格外简练。《王小儿钓鱼》《大孩子降妖》《獐姑娘》《白驴滚儿》《隐身帽》等语言更是独特鲜活，夸张有味儿。这些原汁原味的、只有平顶山人民所独有的语音方言，体现了一方水土所养育出的民间文学的原生态的粗犷浑厚之美，让人感佩这一方水土的神奇与瑰丽。慧心的读者从《附录——平顶山地区常用方言对照表》中可以体会到。

这些故事，无论荒诞演绎，还是奇幻情事，无不是在特定的时空里，平顶山人对理想、情感、知识、审美情趣的寄托，有着传统文化的深厚积淀。这些有着不同情愫的民间故事，依靠奇妙的想象，连接天地人三界，或滋养美好心灵，或鞭挞顽劣世态，给人以无限的启迪和警醒。它似细流涓涓，将质朴的人生哲理，浸入一方民众的心田，培养优良品质，提高艺术修养，激励斗志，鼓舞人们积极地看待社会，善待身边的人和事。更重要的是，它让我们的生活充满着无限的情趣。

这些民间故事，是整个社会发展进步的重要印记与缩影，它既具有实用价值又具有科学价值，还具有艺术欣赏与借鉴作用，其审美与文学价值更是不可低估。

另外，本卷编纂和以往不同之处在于，不仅是编选民间故事的文本，更特别注意故事要素的汇集、故事流传背景的介绍。每篇故事，基本上都有讲述者和采录者的名字及其简历，大部分有采录时间与地点，有的在附记中还有采录时的场景介绍以及收入该卷时的出处。

按照中国民协在推介该卷的表述，平顶山故事卷在内容、类目设计上，没有将编纂主体局限于文本整理，而是力图充分提炼其所蕴藏的"文本形态特征"，尽力彰显科学性、广泛性、地域性、代表性的新时代特色。文本内容包括平顶山地区示意图、目录、前言、凡例、本地常用方言检索表、故事讲述者简介、故事采录者简介、图书和资料图录、未收录故事目录、本地常见故事类型索引、本地与故事有关的重大事项、故事视频和音频等内容。特别是部分故事还附有二维码，读者阅读时只要用手机扫描二维码，便可浏览与该故事相关的视频与音频。可以说，平顶山故事卷在选编、分类、体例等方面都较好地体现了《大系》的编纂原则。

平顶山故事卷的出版，可谓意义深远。把原本存在于人们口头上的，即将灭绝的民间故事用文字的、现代化的信息处理技术保存起来，这是一份弥足珍贵的文化遗产。这是一件惠及子孙、泽被后代的大好事。

# 盘根究底话墨子

## 多"家"桂冠　百代尊崇

一个人，盖棺定论，能称之一个"家"，就够荣耀了，而墨子，却是可以冠无数个"家"的，诸如思想家、哲学家、教育家、政治家、科学家、军事家，还有诡辩家、纵横家、发明家。占全了，几乎没有出其右者。

我原以为，把墨子列入到文学家中有些勉强，可是，2007年3月30日的《河南日报》，颠覆了我的认知。当天，通版文章《厚重河南·解读中原》编辑组织的是一篇《诗文文化：中国文学的源头和高峰》的文章，左首竖排6幅河南古代作家像，右首竖排6幅河南现代作家像，墨子名列左边首位。这绝非编辑的无意识编排。我们阅读《墨经》，不但可以感受到文采斐然，且篇篇都充满智慧和悬念。如果把老人家归类的话，似可归入到小小说作家或散文作家行列中。我不敢说墨子是中国最早的作家，但他是我国第一个用方言写作的作家，这是确凿无疑的。

这个博通六艺的智者，是在典籍中生辉的，偏偏他出身贫贱，养成了注重节俭、劳身苦志的作风，其十大主张，兼爱、非攻、尚贤、尚同、节用、节葬等，无不为平民代言，所以，他又被誉为"百工圣祖、平民圣人"，连毛泽东也赞他，说："墨子是一个劳动者，他不做官，但他是比孔子更高明的圣人。"

伟人的话一语中的。墨子所主张的，正是当今社会所提倡的科学民本、人才节约理念，换句话说，他的思想与理论拿到现在，依然新颖、实用。

这也正是两千多年来，墨子受到尊崇的原因。

换言之，学问无论深浅，社会各层人士，都记着墨子。无时无刻，墨子就活在我们面前，他慈爱亲切，他侃侃而谈，他指导我们兼爱和平、创新奋进。

理所当然，墨子的思想，就成了中华文化的精髓。解读墨子的书汗牛充栋。而墨子其人，在平顶山的地域历史文化资源库中，更是瑰宝。鹰城十大历史名人评选，墨子名列前位。

2016 年，文化部立项，把中国墨子文化数据库建在了平顶山。

# 墨子之鲁　并非东鲁

国人最爱盘根究底，究的就是里籍。

太史公为那么多人物立传，却未能为墨子立传。他只是在《孟子荀卿列传》中简单叙述道："盖墨翟，宋之大夫，善守御，为节用，或曰并孔子时，或曰在其后。"

寥寥数语，为我们留下一道选择题。

这不能不说是个遗憾。

晚于墨子 300 多年的司马迁，致力于探幽访古，追根寻源。他在齐鲁，特别是以滕州为中心的鲁南一带活动丰富，而且是"厄困蕃、薛"。如果墨子是山东滕州人，他不会不听说墨子的一点点传闻轶事的。

不是太史公遗忘了墨子，也并非太史公对墨子不感兴趣。合理的解释是，孔墨虽同为显学，但两种学说对立。其后的数百年间，尊孔而抑墨，到了西汉，墨学衰微，墨子遗事已莫知其详。

找寻里籍，最具说服力的还是史志。

最先定论墨子里籍的，是东汉文献注释学家高诱。他为《吕氏春秋》作注，在《当染》《慎大览》篇皆云："墨子名翟，鲁人也。"

高诱以为，我说的"鲁人也"，那是再明白不过，指的就是周初先称鲁国，"俾侯于东"后，称鲁阳，楚曾称鲁阳国的"鲁人";是"西鲁"之鲁阳,也就是张衡所说的"鲁县"。而绝非"俾侯于东"的"东鲁"鲁国人。

《诗经·鲁颂·閟宫》,讲述了周公两次就封的经过。先是"建尔元子,俾侯于鲁"。封立的长子(伯禽),使他成了鲁侯(初封。今之鲁山)。再是"乃命鲁公,俾侯于东"。王又授命鲁公(再封。今之山东)去做东土的诸侯。

早于高诱百年,发明了地动仪的天文学家张衡,在其《南都赋》中记述,刘累"视鲁县而来迁"。

刘累是刘姓始祖,曾为夏帝孔甲养龙。鲁山正为夏人居住地。墨子背周而法夏,是楚文化的结晶。

高诱为什么不直接称墨子是"鲁阳"或"鲁阳国"人呢?学贯天下的史学家难道语法不严谨,用词不准确?否也。只因楚国占领鲁阳和称鲁阳国的时间相对较短,鲁阳和鲁阳国的称谓,根本反映不出西鲁鲁国远在夏商时期已经称鲁的历史蕴涵。

近千年的历史风云过去,没有人对高诱的"鲁人"提出疑义。

到了南宋,史学家罗泌博采各种典籍,撰《路史》47卷,在其《路名记》中,对高诱的"鲁人"作出进一步解释:"鲁,汝之鲁山,非兖地。"

到了清代,方志学家毕沅,在所作《墨子叙·注》中再作说明:"高诱注《吕氏春秋》以为'鲁'人,则是汉南阳县,在鲁山之阳,本书多有鲁阳文君问答,又亟称楚四境,非鲁卫之鲁,不可不察也。"

　　清代考据家武亿，在其《跋墨子》和主纂之《鲁山县志》中记道"《吕氏春秋·慎大览》高诱注'墨子名翟，鲁人也'。鲁，即鲁阳，春秋时属楚。古人于地名两字或单举一字，是其例也"。

　　武亿并把墨子正式记录在他主纂的嘉庆元年（1796）《鲁山县志》集传篇。又在艺文志篇中，详细论证了《墨子》一书的版本源流，录载了毕沅的《墨子叙》。

　　武亿原籍山东聊城，后迁河南偃师，曾任山东博山知县。他精通经史，主修过多部县志。

　　离墨子生卒年虽然稍晚了些，但毕竟墨子落户到了《鲁山县志》中。

　　晚于武亿一个世纪的孙诒让，在这个时候突然提出了墨子山东"鲁国说"，根本不值一驳。

　　时间推移到1982年8月，河南省《中州学刊》第4期，刊载了时任山东社会科学院院长刘蔚华的文章《墨子是河南鲁山人——兼论东鲁与西鲁的关系》，论证墨子里籍在鲁山。

　　这篇文章超越古人，论点论据更为新颖、独到、充分。在兼论东鲁与西鲁关系的同时，更加响亮地提出：墨子里籍，并非东鲁山东，乃西鲁鲁山也。该文被收入1994年版新编《鲁山县志》中。

# 与鲁阳公　关系密切

墨子摩顶放踵，交结的多是各国要人。在家乡，他与鲁阳公接触频繁，交往极深。仅《墨子·鲁问》篇中，他与鲁阳文君对话 5 次，《耕柱》篇中，对话 2 次。而与鲁国国君对话少之又少。

鲁阳公即鲁阳文君公孙宽。墨子与鲁阳文君，两人反复交谈，相处融洽，讨论问题涉及对外战争、仁义治国、忠臣识别等。正是鲁阳文君见识了墨子的才智，才把墨子荐于楚惠王，要惠王重用墨子。

《墨子·鲁问》中，两人有一段对话："鲁阳文君欲攻郑，子墨子闻而止之。谓鲁阳文君曰：'今使鲁四境之内，大都攻其小都，大家伐其小家……则若何？'鲁阳文君曰：'鲁四境之内，皆寡人之臣也。今大都攻其小都，大家伐其小家……则寡人必将厚罚之。'"

这段话至少可说明三点：

一、鲁阳文君准备攻打郑国，墨子听说后，马上赶到制止。"闻而止之"，可以想象速度之快。两人必是住得很近。那时传递信息唯靠信件。如果墨子远在山东，没有个把月，是绝不可能赶来。那也就不是"闻而止之"的概念了。

二、当时，鲁阳是可以简称为"鲁"的，否则，鲁阳文君不会说"鲁四境之内"。这和高诱所注墨子"鲁人也"一致。

三、墨子是鲁阳文君的臣民。因为君王称"寡"是相对他的臣民而言，如果墨子不是鲁阳文君的臣民，他不会说"寡人必厚罚之"。

同样，《墨子·鲁问》篇中还有话："鲁之南鄙人，有吴虑者，冬陶夏耕，自比于舜。子墨子闻而见之。"亦是把"鲁阳"直接简为"鲁"的。

正是因此，武亿在纂修清嘉庆《鲁山县志》时，在集传中，亦把吴虑列入，且排在墨子之后。

《墨子·鲁问》篇既载有鲁国国君之问，又载有鲁阳文君之问，应该说，在当时，东鲁与西鲁是很容易分清楚的。

按照周礼，国与国间，王公卿士相聘，宾客一般称主国之君为"主君"。《墨子·鲁问》中，墨子同鲁君谈话，两次称"主君"，完全以宾客的口气，对鲁君提出建议。而对鲁阳文君，则不称"主君"，而单称"君"。

墨子不称鲁阳文君为"主君"，不是鲁阳文君地位不够，而是墨子本就是鲁阳人，不必以宾客之礼相待。


## 自谦"鄙人" 自谓"北方人"


尽管墨子善辩，自己却十分谦虚。

鲁阳文君宾服墨子。《诸宫旧事》载，鲁阳文君向楚惠王介绍墨子："墨子，北方贤圣人。"

但墨子见了惠王，却谦虚地说：臣，是北边的一介平民。《吕氏春秋·爱类》载："公输般为高云梯，欲以攻宋。墨子闻之，自鲁往，裂裳裹足，日夜不休，十日十夜而至于郢。见荆王曰：臣北方之鄙人也，闻大王将攻宋，信有之乎？"

《墨子·公输》中也两次提到"北方"。墨子为止楚攻宋至郢，见公输般曰："北方有侮臣者，愿藉子杀之。""吾从北方，闻子为梯，将以攻宋。宋何罪之有？"

北方，是相对于楚国来说靠北。指楚国的北部边境。不属同一国度，是不合适用"方"的。鲁阳，正居楚国北部边境。"鄙"，在这里，既含边鄙、边陲、郊野之意，也有粗俗，浅陋之谦。

墨子用"臣""北方"表述里籍，楚王马上会意，墨子是自家人啊。而墨子与公输般，两人原本就是好朋友，且同为鲁阳人，两人还有多次比巧的故事呢。

如果墨子是楚国以北的鲁国人，那他应当说自己是"北国人"或"鲁国人"。

《墨子·公输》中，"墨子起于鲁，行十日十夜而至于郢。"《吕氏春秋·爱类》《淮南子·修务训》《世说新语·文学篇》"自鲁往"。亦有说起于齐。鲁阳至郢都约千里，十日十夜不停歇勉强能够到达，而若从山东齐鲁至郢，则两千来里地，十天十夜步行，那是根本到不了的。可见"起于齐"为讹误。

《墨子·鲁问》中，墨子两次谈到自己是"中国人"。

一次是，鲁阳文君告诉墨子，楚国南方，有个国家，风俗是吃人。生了长子就吃掉，味美就献给国君，国君吃得高兴，还要赏赐孩子的父亲。墨子说："虽中国之俗，亦犹是也，杀其父而赏其子，何以异食其子而赏其父者哉？"

这里"中国之俗"，意即中原各国之风俗。在古代，中国指的就是中原。鲁国原是不属于中原范畴的。

显然，墨子比喻自己是"中原人"。

同篇中，越王请墨子入越做官，并以土地相封。墨子对其弟子公尚过说：只要越王肯用我的道，我去越国，和群臣一样就行了，何必要封地呢？假若越王不用我的道，我去那里，不等于把义卖了吗？同样是出卖义，我卖给中原各国就行了，何必要卖给越国呢？

墨子原话是："均之粜，亦于中国耳，何必于越哉？"

"粜"亦为典型的鲁山方言。鲁山人把卖粮食都说成是粜粮食。

## 桑梓情怀　方言写作

《墨子》一书，不是墨子一人所写，大部分是墨子亲著或口授，少部分乃其弟子收集整理。

鲁山原属夏地，后为楚之北陲。一方水土养一方人，墨子呱呱坠地在楚之鲁阳，并长期生活于此，说的当然是鲁山话。我们读《墨子》一书，还是能感受到浓厚的、纯粹的鲁山方言的味道。

譬如"饥""安生生"。《墨子·尚贤》中，王公大人问墨子："为贤之道将奈何？"墨子曰："有力者疾以助人，有财者勉以分人，有道者劝以教人。若此，则饥者得食，寒者得衣，乱者得治。若饥者得食，寒者得衣，乱者得治，此安生生。"

饥也即饿，鲁山人常说饥而不说饿，说饥不饥而少说饿不饿。

"安生生"含安定、安宁、安全、安静意。"安生、安生生、安安生生"几乎是鲁山民众的口头禅。人畜温顺喻之"安安生生"，社会动乱，民不聊生，叫百姓"不得安生"。旧社会战乱频仍，一方百姓常感叹："啥时候，咱们才能过上安安生生的日子呢？"

已故鲁山籍在台墨学专家冯成荣，有一首打油诗曰："墨子兼爱又非攻，席不暇暖为苍生；游说诸侯别打仗，希望人民安生生。"

《墨子·备悌》中，记述这样一件事：禽滑厘像仆人一样侍奉墨子三年，手脚都磨出了老茧，却不敢问墨子自己想要知道的东西，墨子心里过意不去，"乃管酒块脯，寄于大山，昧茅坐之，以樵禽子"。

很多墨学专家们，面对这几句话一筹莫展。他们万般想象，不解其意。若要懂得鲁山方言，却是再简单不过的事了。

"管"同"灌","管酒"也即"打酒";"块"同"扪";"寄"即"来"也;"眛"作动词,是把茅草(用手或胳臂)抿倒;"樵"非砍柴之樵,应为瞧人之"瞧",乃携礼探望慰问之意。逢年过节,走亲访友,拜望长辈,抑或求人帮忙,登门造访,带着礼物,鲁山人都叫"瞧"。

这几句话的意思就是:墨子带着打来的酒,扪着盛肉的篮子,(与禽滑釐一同)来到大山上,把茅草抿倒,两个人坐下来,边吃边喝地拉话。

《墨子》中还有"待客""宾服""将养""强梁""不才""阴暴"等诸多鲁山口语。"待客"是高规格、尽己所能招待客人;"宾服"即服气、臣服、佩服;"将养"多指调养、赡养、抚养;"强梁"鲁山话多含蛮横霸道的成分;"不才"则是说一个人没能耐、没出息,毛病太多,才能平庸,不可造就;"阴暴"有暗里欺凌、糟蹋、害人之意。

粗略计,《墨子》一书,鲁山方言有百多之处。

方言是语言的活化石,说方言那是自小的事,长大了再学,只能学到皮毛,更别说能生动地用到文章中了。

墨子用方言写作,充分体现了他的桑梓情怀。

研究《墨子》方言的,有一位权威人士,叫萧鲁阳,也土生土长在鲁山。他原是河南省社会科学院研究员、省墨子学会副会长。萧老一生倾情墨学,著了5部研究墨子的书,其中一部《墨子元典校理与方言研究》,是从河南方言,尤其是鲁山方言角度,对《墨子》诸篇文章予以考订注解。

# 平民圣人　民俗传承

作为圣贤文化，墨子是活在典籍中的；作为平民圣人，墨子是在民间被记忆的。

而作为墨子故里的鲁山，对墨子，当然更有着根深蒂固的眷念。

鲁山8个乡镇有墨子文化遗迹遗存，略为尧山镇墨子故居、相家沟板房；赵村镇红佛寺、中汤墨子坊、墨子种莲处、染布晒布处；团城乡墨鲁棋盘石；四棵树乡墨灵学馆、千年古银杏树抽中心板处；辛集乡穷爷庙、墨子井；库区乡救鲁阳文君放火台；瀼河乡茅山遗址、墨子聚徒学艺处；熊背乡土掉沟、黑隐寺等。

从平民到神圣，少不了传说故事的演绎。鲁山墨子故事涉其出生、宦迹、隐居、归葬。既有墨子教授弟子们生产技艺的，又有归隐著书立说的；既有与鲁班交往，两人对弈、合抽银杏板、比巧放风筝的，又有周游列国，推行兼爱非攻学说，受到鲁阳文君重用，多次向其问道问计，日返三舍，抗拒外敌侵略的。

这些传说故事体系完整，相互印证，共同组成了墨子奔波劳碌，为天下兴利除害的一个个画面。

鲁山对于墨子的纪念，莫过于民风民俗的融入。

在农耕时代，鲁山广大山区，都有"堂匠班""成义堂""劝善居"等组织，他们敬奉墨子，纪律严明，讲究仁爱互助，传承的是墨子的侠义之风。

鲁山百姓把墨子当作万能的神仙，建了巨型墨子石雕像 7 座，墨子祠、坊、庙 13 处。这些祠庙里，也是少不了墨子像的，有事无事，当地百姓就去祈祷许愿，烧香祭拜，纪念墨子。

辛集乡徐营村，还建了一座穷爷庙，敬的也是墨子。老百姓解释，墨子是为穷人办事的！

农历九月初八是墨子生日，鲁山中汤村、尧山相家沟以及墨子古街一带的群众都自发集会，给墨子过生日。

人们敬奉墨子，但年年祭拜的，只有故里鲁山。

鲁山人有着黑衣习俗，其源亦在于墨子法夏，着黑衣。

鲁山民间有"桐棺三寸，守孝三日"的丧葬民俗。民国年间县城还开设有白衣堂，倡导节俭节葬。

鲁山的这些风土人情，不正是墨子精神在故里的入骨入髓吗？

2013 年 1 月，"中国墨子文化之乡"花落鲁山。中国民间文艺家协会的命名文件十分简略，表述却掷地有声："鲁山县是中国古代伟大思想家墨子的故里，鲁山县墨子文化历史背景独特，遗迹遗存丰厚，民间文化厚重鲜活，具有历史的根源性和群众集体传承的普遍性特征。"

中国民协同时决定，在鲁山建立"中国墨子文化研究中心"。

国家在赋予鲁山一份荣耀的同时，更是把一份沉甸甸的责任交给了鲁山。

# 结　语

2012 年 3 月，"中原经济区高层论坛"在郑州召开，外交部原部长李肇星应邀莅临。

李肇星对墨子感情深厚，对平顶山印象深刻。他在会上说道："我曾几次去过莎士比亚的故居，那里的风景比河南的风景差远了，但是那个地方就因为有了莎士比亚，而产生了巨大的经济利益。墨子的许多思想值得我们进一步挖掘，至少在外交上对我们帮助特别大。平顶山如果能把墨子思想加以发扬，让越来越多的中国人、外国人知道，不仅会成为工业基地，还会成为不亚于莎士比亚故乡的名胜之地。"

李肇星对我们寄予了多么深切的希望啊！

2020 年，我们迎来了墨子诞辰 2500 周年。鲁山县举行了盛大的纪念活动，并评选出 19 位中国最美墨子文化传承守望者。

唯愿墨子文化在平顶山绽放出更加绚丽的光彩。

# 屈原文化在鲁山

## 鲁山屈原文化薪火相传

屈原是我国文学史上第一位伟大的诗人，其作品以崇高的理想、驰骋的想象抒发了他热爱祖国，同情人民，向往光明，憎恨黑暗的炽烈感情，他所标示出的人格和风骨，精神蓬勃，气象光辉，雄浑博大，刚健清新，体现出中国人崇尚的侠义刚烈之气。难怪诗仙李白评其诗曰：“屈平词赋悬日月，楚王台榭空山丘。”高度肯定了屈原辞赋的万古不磨。

屈原以其独特的魅力影响和引领着一代世风，感召一代又一代世道人心，成为华夏民族的文化精髓。故而，1953 年，世界和平理事会通过决议，公布屈原为世界四大文化名人之一。

楚风遗韵。屈原文化、端午民俗在鲁山薪火相传，绵延而不绝两千余年。清嘉庆《鲁山县志》载："端午戴艾，食角黍，饮雄黄酒，以彩丝系小儿腕。"尤其 2017 年，鲁山瞻城又新发现清代所立"屈原之寺"碑，更加说明历代鲁山人对屈原文化的记忆传承有序。

在鲁山的节日文化中，每当端午节到来时，家家门前插艾草，饮雄黄酒，儿童身佩香袋、五色线。当天早上，家家户户要吃粽子、槲坠，吃煮过的大蒜和鸡蛋，吃炸油馍，喝米汤。小孩儿们都会唱端午歌谣。

近年来，在中国民间文艺家协会、中国屈原学会，以及省、市宣传、文联、民协、炎黄文化研究会等相关部门与单位的大力支持下，鲁山县围绕"我们的节日——端午节"与屈原文化，举办了不同规模的纪念活动，在全国产生了广泛而又深远的影响，先后召开了"中国瞻城屈原文化""屈原与当代文化价值""屈原与端午民俗"3 次高规格研讨会，举办小型研讨与座谈会不计其数。为充分演绎传统节日"端午节"的深厚文化内涵，文艺演出与祭祀活动更是年年举办。鲁山数万民众欣赏了汉舞《礼仪之邦》、舞蹈《快乐的端午》、民谣《端午谣》、歌曲《上下求索》等精彩节目。

2018 年，鲁山县举办了"我们的节日——端午节民俗与屈原文化"大讲堂与研讨会、《屈原》特种邮票首发式、万人诵《楚辞》等系列活动。书声琅琅的恢宏画卷，颂扬出屈原的美好品德。包槲坠、插艾叶、射五毒、兰汤被禊、系五彩线等传统端午民俗体验活动同步进行。这些活动的开展把鲁山的端午节与屈原文化推向了高潮。

中国民间文艺家协会组织专家组莅临鲁山考察，同意在鲁山县建立"中国屈原文化传承基地"，于 2019 年 6 月 7 日，在鲁山举办端午纪念活动时，举行了隆重的授牌仪式。

## 新时期鲁山屈原文化研究与弘扬的缘起

最早关注鲁山屈原文化的是市政协原副主席、市历史文化中心教授潘民中。早在 1997 年 8 月，潘民中老师即撰写了一篇《屈原游汉北与犨城屈原庙》的文章在《平顶山日报》发表。潘老师一直惦记着到犨城遗址实地考察一下。当年 10 月 4 日，潘老师与其妻坐班车专程去到犨城遗址察看走访，弄清楚了古犨城为一方城，城西北角高台地，乃内城之所在。2012 年 9 月 25 日，潘老师又专程前往张官营镇。潘老师是在看了 2012 年 6 月 18 日《光明日报》国学版，中国屈原学会会长方铭发表的有关犨城屈原庙为见于正史记载的最早屈原庙的文章，欲将此信息告知乡里，以引起重视，遂又专程去到鲁山县张官营调研犨城遗址保护情况。当天因我有事，由时任鲁山县文联党组书记周保全、镇党委张副书记和乡文化中心主任陪同。潘老师把他发表于 2012 年 9 月 12 日《平顶山日报》上《寻觅屈原在鹰城的游踪》的文章复印了一份转交乡里，特别提出应重视屈原文化的研究，把鄤城遗址好好保护起来。

对于鲁山屈原文化研究与宣传有巨大推动作用的首推鲁山县人大副主任王三槐，还有中国屈原学会常务理事、安徽省池州市屈原学会会长钱征。

2013 年 8 月 16 日至 20 日，钱征在参加在南阳市西峡县召开的"屈原及楚辞学国际学术研讨会暨中国屈原学会第十五届年会"后产生动因，想到古鄤人居住的地方走一走。2015 年 4 月 24 日，钱征先到平顶山与潘民中见面叙过，在王三槐副主任的陪同下，实地考察了鄤水，他眼望鄤水，心潮澎湃，思绪万千。在离鲁前，钱征建议鲁山要重视鄤城屈原文化的研究。

钱征回去后，在很短时间内，就撰写出了洋洋万言的《最早的屈原庙在鲁山境》的文章寄了过来，并直接向中国屈原学会建议，应该像支持安徽池州市屈原学会那样，支持平顶山的延笃与屈原庙研究。这中间，我也曾多次与钱征通信并电话联系，每次，钱征词语恳切，言之谆谆。

随后，我受命，利用不足两个月的时间，征集了近 30 篇 10 万余字的文章，结集为《屈原文化在鲁山——鄤城屈原庙与屈原文化论文汇编》，在其后召开的研讨会上发放交流。

2015 年 6 月 18 日，农历五月初三，由河南省民间文艺家协会、平顶山市社会科学界联合会、平顶山市炎黄文化研究会、鲁山县政协、中共鲁山县委宣传部主办，鲁山县炎黄文化研究会，鲁山县人大教工委，鲁山县文学艺术界联合会，鲁山县文化局，张官营镇党委、政府承办，平顶山市图书馆协办的"犨城屈原庙与屈原文化研讨会"在鲁山隆重召开。

中国民间文艺家协会顾问、河南省文联原副主席、省民间文艺家协会主席夏挽群，中原文化资源与发展研究中心主任、郑州大学文学院副院长、教授罗家湘，河南大学教授彭恒礼，河南省历史学会理事、河南省墨子学会副会长、教授潘民中，平顶山学院文学院教授陈富志、郝二旭，以及平顶山市和鲁山县的民俗专家学者等 60 余人，就传承与弘扬屈原精神，犨城屈原庙何以是中国最早的屈原庙，东汉硕儒延笃的画像何以会被放置在屈原庙，像屈原一样受到乡人的祭祀纪念，这座中国历史上有记载的第一处屈原庙为何会在鲁山，如何打造鲁山屈原文化品牌等课题进行了深入的研讨。

其后，随着学界的深入挖掘呈现，鲁山屈原庙与屈原文化的重大价值引起官方的高度重视。同时，也激发了民间屈原文化传承人高涨的热情与积极性。学者、官方、民间三者融为一体，终于唤醒了沉睡在史书中的上千年的记载与记忆。

## 屈原研究专家考证 鲁山为屈原故里

2016 年 7 月 29 日上午，以中国屈原学会会长、北京语言大学博导方铭，副会长、中国传媒大学博导姚小鸥，副会长、副秘书长、中央民族大学博导黄凤显，副会长、副秘书长、中国政法大学教授黄震云，北京大学博导卢永璘，《光明日报》国学版主编梁枢，中国屈原学会屈原文化高级研究员，清华大学博导廖名春一行 7 人莅临鲁山，到张官营镇犨城遗址考察屈原文化。下午，在鲁山县城崇汇大酒店 6 楼会议室召开报告会。专家们就中国历史上正史记载的第一处屈原庙为何会在鲁山；东汉硕儒延笃的画像何以会被放置在屈原庙、像屈原一样受到乡人的祭祀纪念；平顶山如何打造鲁山的屈原文化品牌等问题进行了较为深入的揭示与分析。专家们综合考察情况与史书资料，共同认为，犨城屈原庙是我国北方纪念伟大爱国诗人重要祭奠场所；屈原和鲁山犨城有着割舍不断的非同寻常的关系。

座谈会上，黄震云教授在谈过犨水、犨县、犨邑后说道：鲁阳是楚文化的发展地，乡里把延笃的画像放在屈原庙，早已说明他们都是乡里人，这里可以看出来鲁阳是屈原故里。

一语激起万波澜。

提出屈原故里地在鲁山，非黄震云一人。湖北黄冈师范学院教授黄崇浩在 2015 年第 5 期《黄冈师范学院学报》，以正题《河南平顶山市鲁山县是屈原故里——"屈原生于南阳说"的一个新结论》发表论文，确认屈原故里是在鲁山。

文中摘要写道："笔者首倡'屈原生于南阳说'，但没有确认屈原生于南阳何地何处。今据新消息，结合《后汉书·延笃传》的记载，补足'屈原生于南阳说'，确认河南平顶山市鲁山县是屈原故里。"

黄崇浩教授年逾花甲，曾长期担任中国屈原学会常务理事、湖北省屈原学会副会长、《黄冈师范学院学报》主编、《中国楚辞学》编委，并曾著《屈原：忠愤人生》《屈子阳秋》等书，其治学是非常严谨的。他在《中州学刊》1998年第5期发表《屈原生于南阳说》论文，当时轰动了整个学术界，使争论了两千多年的屈原故里地问题研究升温，成为新时期屈原文化研究关注的焦点。

黄崇浩所提屈原故里南阳说并未坐实南阳何处。经过十几年的考证与反思，2015年，黄崇浩敢于否定自己，撰写出"河南省平顶山市鲁山县是屈原故里"的文章。其及时纠正自己研究错误的治学态度令人钦佩。

2020年至今，黄崇浩教授先后两次给笔者来信并无数次微信联系。2017年4月11日，我并同县炎黄文化研究会执行会长邢春瑜和鄪城所在地张官营镇党委、政府领导一起，又专程远赴湖北红安县拜望黄崇浩，黄崇浩老先生多次谈到，他的这一最新研究结论，虽实在具有颠覆性，一时却又难以成为公论，不易为社会所接受，更难以为楚辞学术界所接受；因此，需要学界、文化界与地方政府鼓呼。黄教授并建议平顶山学院与黄冈师范学院联合召开研讨会推动屈原故里在鲁山的深入研究。

# 中国最早的屈原庙在鲁山

说鲁山为屈原故里，其中，重要依据是《后汉书·延笃传》的话："延笃，南阳犨人也……永康元年（167）卒于家，乡里图其形于屈原之庙。"意思是，延笃为南阳郡犨县（犨城）人，永康元年死于家，乡里画其像（或塑其像），放入屈原庙中，与屈原一同受祀。

这就说明延笃的家乡在延笃死前就已经有屈原庙了。

《水经注》："滍水又东，迳犨县故城北。"《左传》："昭公元年冬，楚公子围使伯州犁城犨。"《通典》："鲁山县，汉鲁阳县，有汉犨县故城，在今县东南。"《太平寰宇记》："犨故城，汉县也，在今县东南存焉。"《明史稿·地理志》："汝州鲁山县东南，有废犨城县。"《方舆纪要》："犨城，县东南五十里，春秋时楚邑。昭公元年，楚公子围使伯州犁城犨。"

清嘉庆《鲁山县志》："东汉建武二年，置犨县，属南阳郡。晋仍为犨县，属南阳国。"按该志沿革篇，晋后犨县撤了又置，置了又撤，唐代至今一直是鲁山县的领地。今鲁山县张官营镇古犨城遗址，出土有汉代以前文物。犨河距犨城遗址不远，河两岸几个村庄产的萝卜，生吃熟食味道极好，药用润肺止咳，素有"犨河萝卜名天下"之誉。

以上资料说明，古代犨城、犨县在今鲁山县张官营镇境内。鲁山县张官营镇西北，春秋周景王四年（前541）在这里建犨城。其规模之大，今前城、后城、紫金城自然村，皆在其范围之内。

嘉庆《鲁山县志·古迹》："乾隆《鲁山县志》引《延笃传》文云，按此则鲁阳有屈原庙矣，但不知废于何时耳。"《延笃传》与县志均未说明屈原庙始建时间，就按永康元年，也是当今发现的中国最早的屈原庙。

近年来，有学者在研究考证屈原庙和屈原籍贯中，引用《后汉书·延笃传》，但把"南阳犨人"的"犨"字割去，变成了南阳人。说："《后汉书·延笃传》关于南阳屈原庙的记载，是已知见于正史的最早的关于屈原纪念建筑的记录，这说明最迟在东汉时，南阳就已建立了屈原庙。"抛去"犨"字，说"最迟在东汉时南阳就已建立了屈原庙"就不确切了。

历史上犨地确实归属过南阳，但自唐以后就不再隶属南阳，现属平顶山市鲁山县。

世间供奉屈原的祠庙并不多，人们熟知的屈原祠庙一在湖北秭归，一在湖南汨罗。与秭归、汨罗屈原祠庙相较，犨城屈原庙是见于正史记载的最早屈原庙，这已成为当今屈原研究界的共识。中国屈原学会会长方铭教授在《光明日报》2012年6月18日国学版《屈原故里：倾听学者的声音》里讲："根据《后汉书·延笃传》记载，在东汉时期，南阳地区即有屈原庙，这是现存历史文献中关于屈原庙的最早记载。"2013年2月18日，他又在《光明日报》国学版发文《屈原与时代的连接点》进一步强调："延笃家乡南阳犨县的屈原庙，是我们今天所知正史中最早记录的屈原庙。这说明最迟在东汉时期，就已经开始修建永久性的以纪念屈原为目的的庙宇祠堂了。"中国屈原学会副会长兼副秘书长黄震云教授在《屈原的故里和籍家》称："以理恒之，（鄢县）屈原庙建成的时间应该很早，最迟在东汉。"

鄢城屈原庙是我国北方纪念伟大爱国诗人的祭奠场所，是平顶山市可能为屈原故里的最有力证据。这也充分说明屈原曾经和鲁山有着割舍不断的特殊关系。

# 鲁山何以为屈原故里

从故里唯一性上看，屈原故里只有一处，但若从现实文化认同的习惯上看，能称为屈原故里的或不止一处。中国人对久居之地称为故乡，而一个人往往一生中会因生活变迁有多个故乡的称谓，如第二故乡。但以祖居地为故里的文化认同概念始终是第一位的，有时即便是出生地也不能称谓故里。

何为故里？故乡、家乡也。故里与故居、故地是有区别的。住过的地方应称"故地"，住过的居室应称"故居"，都与"故里"无关。屈原辗转流寓之所，多故地、故居，均不能称屈原故里。只有当祖居地与主要生活地基本契合时才能称之为家乡、故乡、故里。

近年，屈原故里西峡说，将《后汉书·延笃传》中关于屈原庙的记载作为主要证据支撑，并得到外界广泛支持，有相当强的说服力。清末学者、学界泰斗、曾任岳麓书院院长的王先谦对《后汉书·延笃传》中的延笃"遭党事禁锢。卒于家,乡里图其形于屈原之庙"作注释云,楚大夫抱忠贞而死,笃有志行文彩,故图其像而偶之焉。

屈原庙当属家庙性质。古代帝王诸侯等奉祀祖先的建筑称宗庙。贵族、显宦、世家大族奉祀祖先的建筑称家庙或宗祠。屈原庙不可能建于楚、秦。屈原作为战国后期楚国反秦代表,他死节时楚国大片国土已沦丧于秦国,楚北故国丹阳包括"方城之外"的犫城就在其中。秦国是不可能允许建楚国大夫屈原之庙的。从庙制看,屈原庙也很难建于西汉初,因为那时盛行黄老之术,圣贤庙祀建之风没有形成。但如果从民间奉庙规律看,屈原庙形成于汉初也是极有可能的。秦亡之际,战国诸侯后裔纷纷反秦,重新建立正统家庙以承庙祀是非常有可能的,屈原作为楚国大夫,其后裔在故里犫城建庙奉祀理所当然。

鲁山犫城位于中原腹地,黄帝、炎帝、仓颉、蚩尤、高阳、尧帝、墨子等活动于此,为楚文化发祥地。屈原《离骚》自称"帝高阳之苗裔",而高阳部落就曾活动于平顶山境域,今平煤八矿后有高阳山。屈原乃芈姓,现鲁山文物仓库即藏存有芈凤壶也。丹阳公认为南阳淅川一带,古鲁、古犫城一带该属楚都丹阳范围,至少属毗连区域。今鲁山、叶县、湛河区属早期楚族居住地,乃楚文化发祥地域。屈原作为芈姓族人,其始祖地在中原古丹阳一带在情理之中。

鲁山长期属于楚国。著名的方城现在谓之楚长城都是楚国修筑的。为什么楚国会在这一时期修筑大量城池，直接原因应该就是与中原诸侯争霸的需要。在楚国整体方位上，犫城一带处于楚北、大汉北区域，即所谓屈原《抽思》诗句"有鸟自南兮，来集汉北"所言。南阳是屈原流放之地，那么犫城一带也属于屈原流放游历之区域。秦汉郡县制设置以来一直到清末，叶邑、昆阳、犫城、鲁山等地长期属辖南阳郡，这应该是对楚文化区的承继。屈原祖居地大范畴应包括西峡、淅川、犫城、叶县、鲁山一带。

现犫城不存，但遗迹并没有消失，其故址就在今鲁山张官营镇前城、后城、紫金城之间的田垄间。能看到一处长方形隆起土岭，高约 2 米，宽约 50 米，长约 300 米。土层中可见夯土痕迹，其间碎砖瓦随处可见。这当是犫城中心区域。犫城虽消失于历史长河中，但从前城、后城和紫金城三座村落名字中仍可窥其历史踪影。

平顶山一带有多个屈姓村落分布。鲁山原犫城附近就有屈庄行政村，但屈姓居民不多。今张官营镇东毗邻叶县的任店镇有屈庄，而叶县东部水寨乡有东屈庄，有屈姓族人千人左右，而叶县北部原遵化店镇有北屈庄村，舞钢市也有小屈庄。这些屈姓村落不是无缘无故形成的，很可能与屈原都有着远祖关系，属于本地原始型居民。

在张官营镇杨孙庄村北头，有一棵古柏，树龄达两千多年，树枝遒劲，干围三抱之多，属国家一级古树名木。当地村民口耳相传，说古柏处过去有一座古庙，古柏就是庙内树木。古庙很可能就是屈原之庙。

综上，平顶山境域上古时期是高阳部落主要活动区域，是早期楚族中原楚人居住地，位于楚都丹阳范畴；春秋战国时期长期属楚，犨城一带均是楚人先祖主要生活区域。作为芈姓同族的屈原早年生活于此，甚至出生于此，至少是其先祖居住地或活动地。该屈原庙因屈原的先人或后人曾在此居住，或屈原两次出使齐国在此驻节及屈原被放逐汉北5年间寓居于此，留有遗迹，而得以建立。因此这里屈原裔孙大约于汉初修建屈原庙予以奉祀。

根据史实，综合犨城一带历史文化遗存，犨县可能是屈原故里，屈原庙就是屈原故里裔孙供奉他的家庙。

## 延笃何以会享配供奉于屈原庙

延笃何以会享配屈原庙？乡人为什么会把延笃的画像供奉于屈原庙？

根据《后汉书·延笃传》的记载，东汉末年的延笃是一位铮铮傲骨的官员。延笃（？—167），字叔坚，南阳郡犨县人。少时随唐溪典、马融学习，博通经传及百家学说，能写文章，很有名气。延笃初以博士身份受到汉桓帝征召，担任议郎，从事著作之事。历任侍中、左冯翊、京兆尹。延笃为政主张宽松仁爱，爱惜百姓。选用有道德修养者，参加政事，郡里和爱，三辅赞其政绩。后因得罪大将军梁冀，朝廷官吏秉承梁冀意旨，想借此生事，延笃遂以有病而免职回家，以教书维持生计。永康元年（167），延笃去世。

延笃一生可谓少从贤师，名动京城；重视教化，冰魂素魄；德贤能廉，一时重臣；帝王股肱，百姓交赞；刚直不阿，罢归故里；仁孝辨义，辩证统一；决意隐居，信以明志；配享屈庙，誉披千载。

作为屈原之后的文人，延笃定然熟读《离骚》《九章》《九歌》《天问》等传世文章，深受屈原政治思想和写作风格的影响。细细品味，他和屈原有太多相似相通之处。

成长经历方面，屈原和延笃都可称得上系出名门。屈原为楚王同宗，文采飞扬，延笃是名师高徒，有名京师。

政治上，两人都生活在政治环境黑暗的王朝末期，都有着高尚的道德品质、坚贞的政治操守、远大的政治抱负。仕途前期，两人的官都做得很大，屈原做到左徒、三闾大夫；延笃身历数职，先后在地方和首都担任过一把手，做过皇帝的贴身顾问和史官，既有正言直谏，也曾秉笔直书。历史都曾为他们搭建起施展才华的广阔空间。屈原"博闻强志，明于治乱，娴于辞令"，延笃"政用宽仁，忧恤民黎，擢用长者"；屈原诤谏楚王，遭两次放逐，自沉汨罗；延笃秉公执法，被借故罢免，又逢党锢，老死乡野。

学术上，造诣都极深。屈原是中国浪漫主义诗歌的奠基人，创造了新的诗歌体裁楚辞，其辉煌诗篇丰碑不朽；延笃精通儒学、经学、史学，是一代大儒。

人格上，延笃文风有屈原的烙印，形容读书为自己带来快乐时说"洋洋乎其盈耳也，涣烂兮其溢目也，纷纷欣欣兮其独乐也"，这分明是屈原的骚体；他对自己的定位是"为人臣不陷于不忠，为人子不陷于不孝，上交不谄，下交不黩"，思想明显受屈原影响；屈原在《离骚》中谈自身定位时说："瞻前而顾后兮，相观民之计极。夫孰非义而可用兮？孰非善而可服？阽余身而危死兮，览余初其犹未悔。"一个说："自打读书识字，我就明白一个道理，绝不能不忠不孝，对上谄媚，对下轻慢。"另一个说："回顾过去，瞻望将来，我看到了做人的真理。哪有不义的事可以去干，哪有不善的事应该去做？虽然面临死亡的危险，我也毫不后悔自己当初志向。"两者誓言坚守的人生底线何其相似！延笃说"从此而殁，下见先君远祖，可不惭赧"，语重心长，我不能愧对先祖啊；《离骚》开篇，屈原说"帝高阳之苗裔兮，朕皇考曰伯庸"。他们不约而同，表现了中国人传统、朴素的祖先信仰。

　　归宿方面，两人都是精准的预言家，他们没有目睹国家的灭亡，却都观察到了政权崩塌的前兆，他们的智慧使他们有敏锐的预见性，他们的人格使他们不甘于这样的未来，他们的处境又使他们无奈于此，陷入深深的无助和痛苦。屈原彷徨："举世皆浊我独清，众人皆醉我独醒！"延笃呐喊："夫道之将废，所谓命也！"一个一头扎进汨罗江，用一种极端的方式获得解脱："又安能以皓皓之白，而蒙世之温蠖乎？"一个一头钻进故纸堆，用沉湎经典的方式麻醉自己："渐离击筑，高凤读书，方之于吾，未足况也。"相

较而言，屈原似乎更不幸，自沉汨罗之前，他已获悉秦兵
攻破郢都，家园沦陷的消息；然而延笃却也并不幸运多
少，他身后不久，农民起义与军阀混战此起彼伏，皇统崩
裂，社稷倾覆，以至于"白骨露于野，千里无鸡鸣"。正
是：一腔忧国爱民心，相隔四百春；两位宦海浮沉客，同
是沦落人。

　　把延笃比作屈原。所以人们才会像把孟子、曾子、颜
回、冉求的画像挂在孔庙那样，把延笃的画像祭祀在屈原
庙中。

# 唐《难元庆墓志》的发现与研究

## 《难元庆墓志》在我老家出土

　　窃认为，在鲁山出土的见于记载的 50 余方墓志中，以《难元庆墓志》最具史料价值。该志现藏鲁山县文化馆，志文首题"大唐故宣威将军左卫汾州清胜府折冲都尉上柱国难君元庆墓志铭并序"，为唐开元二十二年（734）十一月三日书。志石长宽各 56 厘米，厚 9 厘米，志文共 29 行，每行 30 字。正书。志上未记载撰、书者何人，但读之文采溢美，堪比韩（愈）柳（宗元）。透过铭文中"君子所居，贤人之里；鲁阳挥戈，唐尧立祀"，知其当是熟稔鲁山历史文化者所撰。志字秀润舒婉，非俗家所书。志有盖，现藏于鲁山县小河张村一农家。盖周饰龙凤缠绕图案，精工细雕，线条生动传神。志盖上篆字，为"大唐故宣威将军左卫汾州清胜府折冲都尉上柱国难君元庆墓志铭"。

让我引以自豪的是，该志恰出土于我的老家，今露峰街道办事处上洼村张飞沟组。村上多位老人向我介绍，该志是 1960 年，在修挖昭平台水库北干渠时，由我本家六爷袁聚成，在村东 300 米处挖土时挖出，后被他运至家中，一直放在院中一棵槐树下，作石桌用。树荫密匝匝遮地，六爷一家并村人常聚在石桌上吃饭；有时，我六奶还在石桌上捶布。志出土处，原为一大土丘，土丘前方 30 米处，大浪河由东北方蜿蜒而来，又迤逦向东南方而去。此处背风向阳，山水环绕，笨眼人即能看出乃风水宝地。河上有桥，桥称八里桥，意即此处离县城八里也。

我家紧挨六爷家，无事即在志前玩耍，每每于志前端详。到高中，仍对铭文断不开句子，莫知其意，却曾仿作散文诗抒怀。对此石，村人最初甚以为奇，雅称"字方儿"或"石字方儿"，有识其三五字者，亦未解其义，久而久之，也没人再认为是宝物了。1984 年夏，鲁山县文化馆文物工作者王忠民先生深入农村调查走访，发现此志。我因对此志深感兴趣，中午，遂邀王忠民到家吃饭，询问情况。饭后，王忠民嘱托我六爷的儿子砖头叔用架子车把志拉到县文化馆，付给 5 元运费。年底文化馆又奖励我砖头叔一把雨伞。就这样，志就算是捐献给了国家。那时人的觉悟都高，我本家叔这么多年来从未说过捐献吃亏的话。在王忠民调访之前，志盖被小河张村我本家叔的一个亲戚拉走作日常之用。

为保存该志石，县文物所将该志石与其他十几块志石一同镶嵌在墙壁上。2009 年，县文物所喜迁新址，该志石连同其他文物一同被移入新的文物仓库保管。

然该志出土了几十年，再加上嵌在墙壁上日晒雨淋，30 余字已漫漶不清，不可辨识。又缺乏对志石深入研究者，致使其孤寂冷落几许日月。

## 《难元庆墓志》引起韩国史学界重视

该墓志经当时县文物工作者王忠民细心整理上报，拓片照片首先收录于 1991 年天津古籍出版社出版的《隋唐五代墓志汇编·河南卷》，1994 年又被录入文物出版社出版的《新中国出土墓志·河南壹》卷中，其后又见于 1999 年《全唐文补遗》第 6 辑以及《唐代墓志汇编续集》等。

最早关注并研究该志的是陕西师范大学历史文化学院唐史研究所教授，曾经担任过中国唐史学会副会长、秘书长的马驰先生。马教授是唐史研究，尤其是唐代蕃将研究的权威，其编著的《唐代蕃将》一书对唐代蕃将的含义、分类、历史作用、汉化过程作了全面论述和介绍。马教授曾在日、韩等国举办的国际学术会议上发表学术论文多篇，对唐代"三韩"史有独到见解，韩国电视台等传媒机构曾 6

次专程对其采访。

马驰教授原籍鲁山耿集镇。16 岁时，耿集镇因建昭平台水库被水淹没，马教授随父迁住西安，直至 2019 年 5 月终老。我在县政协文史委任职时，因征集鲁山籍在外人员的文史资料，与马教授建立了联系。马教授对家乡感情深厚，曾多方搜求该志拓片。当他得知该志石出土之地即在我老家时，甚感意外，嘱我抄录寄赠。他结合铭文撰写出《〈难元庆墓志〉简介及难氏家族姓氏、居地考》与《〈难元庆墓志〉简释》两篇论文，对志主的民族、姓氏由来，父祖仕唐，志主本人在唐的生平事迹、居地、卒地、与夫人合葬地等诸多情况作了较为详尽的考据论述。

马教授的论文首先在韩国《亚洲大学学报》上发表，随之引起韩国文化界、史学界高度重视。2000 年 7 月 9 日，马教授陪同韩国亚洲大学教授卞麟锡及韩国研究中国历史文化的专家李凤远先生一行 4 人莅鲁，先后到墓志出土地、县文物所、志盖存藏地小河张村以及昭平台水库考察。2005 年 11 月，经国家广播电影电视总局主管对外宣传部门的批准，卞麟锡教授随同韩国僧侣，大韩佛教曹溪宗、雪华山月净寺住持性照，以及韩国 KBS 电视台工作人员，专程赴鲁山实地拍摄《难元庆及隋、唐文化》电视专题片，作为韩国对外文化的交流节目，在韩国国家电视台播放。2017 年 8 月，又有两名韩国学者到鲁山考据。这 3 次考察，我都有幸陪同。

这期间，韩国学者卞麟锡、李文基、金荣官、崔景善分别撰写了《唐长安的新罗史》《百济遗民难元庆墓志铭介绍》《百济遗民入唐经纬及其活动》《难元庆墓志铭》等论文，在《韩国学术情报》《庆北史学》《韩国史研究》《木简与文字》上发表。另，在陕西师大拜根兴教授所撰《入乡随俗：墓志所载入唐百济遗民的生活轨迹——兼论百济遗民遗迹》，洛阳大学教授董延寿、洛阳古代艺术馆研究员赵振华合撰的《洛阳、鲁山、西安出土的唐百济人墓志探索》等十余篇论文中，对该志均有不同程度涉及。

## 一代宿将，家族显赫，屡立战功

马驰先生以《新中国出土墓志》的图版和个人点校的《志文》同我寄予的抄件对照，又订正和填补了个别不易辨识的阙字，整理出志文如下：

大唐故宣威将军左卫汾州清胜府折冲都尉上柱国难君墓志铭并序

君讳元庆，其先即黄帝之宗也，扶馀之尔类焉。昔伯仲枝分，位居东表，兄弟同政，爰国臣韩。妙以治民之难，因为姓矣；孔丘序《舜典》，所谓历试诸难，即其义也。高祖珇，仕辽任达率官，亦犹令宗正卿焉。祖汗，入唐为熊津州都督府长史。父武，中大夫，使持节支浔州诸军事，

守支浔州刺史，迁忠武将军，行右卫翊府中郎
将。并仁明识远，在政□闻，德□词宏，邦家共
达。君幼而聪敏，无所不精。寻授游击将军，行
檀州白檀府右果毅，直中书省；难司雄卫，恒理
文轩。俄转夏州宁朔府左果毅都尉，直中书省内
供奉。属边尘屡起，烽火时惊。以君宿善帷筹，
早参师律，文乃□□□□□□□□□□军□弓
旌□重，要之绥抚，倒载干戈。遂授朔方军总管。
君以□□□□命□建奇，□九姓于□歼夷，三军
晏然无事。凯歌旋入，高会星楼。天子以禄不足
以酬能，特赐紫金鱼袋、衣一袭、物一百匹。俄
属羌氏□□，河西胡亡，俾君招征，降如雨集。
□俘操袂，内宴褒功，特赐口六、马十、物一百
匹。授宣威将军，迁汾州清胜府折冲都尉，勋各
如故。君植姓温恭，□神道德，无□官赏，恒怀
耿洁。恐量不克位，能不济时，坐必俨然，目以
定体。□人所利，□惠□□永乎。积善无微，莫
楹遄效，露稀朝薤，魂敛夜台。以开元十一年六
月廿八日终于汝州龙兴县之私第，春秋六十有一。
夫人丹徒县君甘氏，左玉钤卫大将军罗之长女也。
婉娩冲华，柔闳辅态。柳花浮吹，驻琴瑟而题篇；
□色开颜，写文章于锦绪。作配君子，宜其室家，
礼甚梁妻，贤逾班女。妆楼遽掩，桂月□□。以
开元廿二年五月十八日终于鲁山县之私第，春秋

六十有七。男□□□□极昊天，衷深触地，屠心叩臆，若坏墙然。粤以大唐开元廿二年十一月四日，合葬于汝州鲁山县东北原，礼也。呜呼！楚剑双飞，俱没沉碑之水；殷□俄合，同坟挥日之郊。乃为铭曰：玄黄肇泮，家邦遂兴；四方岳立，万物陶蒸。其一。达率腾华，辽阳鼎贵；德迈将军，汾州冲尉。其二。气盖千古，誉重三韩；子孙孝养，恭维色难。其三。国籍英灵，作固邦宁；自君执节，扫孽边亭。其四。振旅犹饥，摧凶如渴；以寡当众，志不可夺。其五。还宴龙筵，陪嬉鸳沼；赏赐虽多，酬恩不少。其六。日月徒悬，金玉俱捐；痛缨紫绶，永置黄泉。其七。夫贵妻尊，鸾潜凤奔：楹间撤奠，松下埋魂。其八。君子所居，贤人之里；鲁阳挥戈，唐尧立祀。其九。烟云共暗，山川俱夕；辒幕清风，敢铭玄石。其十。以开元二十二年岁次甲戌十一月戊午朔三日庚申书

根据马驰教授的考证，难元庆 61 岁时卒于开元十一年（723），由此，推断其当出生在公元 663 年。查汉文史籍，唐朝和百济无难姓者。据《后汉书·乌桓传》载：东汉末灵帝时，"乌桓大人上谷有难楼者九千余落，辽西有丘力居者众五千余落，皆自称王"，可知徙居辽西的某些上谷乌桓部人，当以难氏为姓。这个家族在汉武帝时归汉，后归化

于百济。百济，是原本居于古代中国东北的扶余人南下在朝鲜半岛西南部建立的国家，统治范围在朝鲜半岛西南部，北与高句丽接壤，东与新罗为邻，公元 660 年被唐联合新罗攻灭，经历过汉化—百济化—再汉化的过程。所以，志文介绍"其先即黄帝之宗也"。而应特别指出的是，志主对于难姓的由来则有自己的说法："妙因治民之难，因为姓矣。"此种牵强附会的说法，实质上是为了掩饰其祖上出自东胡民族的真相。由于受"中华为根本，四夷如枝叶"传统大汉族观念的熏染，久居中土且汉化极深的难元庆家族，不愿承认自己的远祖来自乌桓。

难元庆的高祖难珇为辽阳鼎贵。难珇任百济达率官。达率为一方的最高领兵长官，近似唐代都督、大都督或节度使。自难珇至难元庆应为五世。以一世 30 年计，自珇至元庆卒年约 150 年，也就是说，难珇应为北周、杨隋时代人，至少经历了百济历史上威德王扶余昌、惠王扶余季明、法王扶余宣三朝。难珇为百济之臣，在唐初应已谢世，同唐不应有瓜葛，而其孙难汗、曾孙难武则因唐灭百济，难氏转而仕唐，任蕃州（即唐于百济故地羁縻府州）高官，与唐结下了荣辱与共的关系。难汗、难武父子在蕃州体制下被擢熊津州都督府（治今韩国忠清南道公州）长史和支浔州（在今韩国道罗州一带）刺史的。难武后迁忠武将军，行右卫翊府中郎将。该职为唐高祖武德五年（622）置，相当于京师禁军头领，说明其父难武此时已迁入唐土，抑或已由在蕃蕃将转为在朝蕃将。

　　难元庆出生地应在百济，童年时随父母或祖父历经颠沛流离之苦。少年时代极有可能与祖父难汗生活在一起。故起家能于居地（建安故城）就近授行擅州（治今北京密云区）白檀府（在密云区东北）右果毅。右果毅为府兵制下外府副将，其主要任务一是协助长官折冲都尉于冬闲操练府兵，二是率府兵宿卫京城，三是被征发打仗。也许因其父难武为京城中郎将府（即内府）的长官，元庆更多的时间是在中书省（为天子草拟诏敕的中央最高机关之一）内当值，即所谓"虽司雄卫，恒理文轩"。这种情况在其迁转夏州（治今陕西靖边县东北白城子）宁朔府（在今靖边县东）左果毅都尉后仍在继续。

　　但难元庆的职守并不单纯是"直中书省内供奉"，50 岁以后，他还多次参加征战活动，并因此屡建奇功。

　　难元庆生活在一个多事之秋。在元庆只有十六七岁时，东突厥 24 州同时造反，经过多年战乱，终于建立起强大的后突厥汗国，并成为武周政权来自北方最大的威胁。因后突厥阿史那默啜可汗等几乎年年季季侵犯边境，所以《难元庆墓志》中称"边尘屡起，烽火时惊"，一些在唐做官的"三韩"名将，都曾统军守边并与后突厥鏖战。难元庆也曾参与对反叛的后突厥降户的征讨，并且表现出色。他"宿善帷筹，早参师律"，擅长于攻心战，敌人在他的"绥抚"下"倒载干戈"，并以"奇"取胜将叛逃的"九姓""歼夷"。因战功卓著，天子对元庆赏赐丰厚，并授朔方军总管。

难元庆的最后一次征战是开元九年（721）参与平六胡州之叛。六胡州之夏州境正是朔方军总管难元庆的驻防地，于是元庆积极配合朝廷派遣的数路大军，仍采用征讨与招安的办法，取得"降如雨集"的辉煌战果。天子褒功，"授宣威将军，迁汾州清胜府折冲都尉"。宣威将军为从四品上武散官，上府折冲都尉为正四品上的职事官。

难元庆的铭文给予了他很高评价。

## 尘封的历史中，蕴含无限的文化价值

难元庆勋级为"上柱国"。上柱国源于旧制，原为保卫都城安全的军将，后为中央最高武官或勋官。唐代勋级分12等，最高等级即"上柱国"，其次是"柱国"，从士兵到将领都可以获得各种勋级。荣获"上柱国"勋级的人，不论官职多大，都可以享受正二品待遇，换成现代名词，大概就是"特级战斗英雄"！这是对作战有功人员的特别表彰。

难氏父祖对唐王朝贡献大。唐代的繁荣昌盛与蕃将关系密切。有唐300年，其盛衰、安危、荣辱莫不系于蕃将。蕃将之所以有如此大的能量，首先是因为他们有赖以活动的强大而又雄厚的社会基础，故而，唐朝诸帝对他们不得不另眼相待："置州府以安之，以名爵玉帛以恩之，以威惠羁縻之。"难氏父祖和其他入朝蕃将一样，以国家主人翁的姿态，用自己的血肉之躯参与唐朝的缔造、发展和捍卫。

他们也是中华民族的优秀子孙。

史书关于百济遗民入唐的记载，只是零星间断的，我们很难了解这些人入唐前后的具体活动。2013 年出版的第 159 辑《韩国史研究》，记载迄今出土的百济人墓志共 9 方，有扶余隆祖孙墓志、黑齿常之父子墓志、祢进墓志、孙子法墓志等，其中之一即《难元庆墓志》。这些墓志数量虽然不多，但价值很高，我们通过这些墓志，可追踪到百济遗民的活动轨迹。从百济人难氏的入唐，以及元庆父、祖的担任熊津都督府高官，我们可以感受并佐证唐朝国力的强大。

百济灭亡之后，遗民至少有 4 次入唐。前 3 次时间分别为 660 年 9 月、664 年 3 月、668 年 9 月。这 3 次都是以战争俘虏的性质被强制迁往唐朝的。而第 4 次大约是 671 年至 675 年间，唐在百济故土设置的熊津都督府解散以后，名义上的熊津都督扶余隆无力在原百济故地立足，百济遗民进入唐朝。这一次当为自发性移民。4 次移民，每次人数普通百姓万余人，王公贵族不足百人。这些王族与大小臣僚多被安置在洛阳、长安，而难元庆最终落脚在了离洛阳不远的鲁山。

马驰教授认为，难元庆的祖父迁居建安故城，其中土的籍贯地当然应与祖父相同。若追得更远的话，辽阳则当为其郡望。其父在京城做官，当然唐都长安也为其家族所在。由于唐高宗晚年和武则天当政时期以东都洛阳为政治中心，故不排除其父祖又迁居洛阳及洛阳附近。而难氏家族的最终居地应为今之鲁山县。

两《唐书》无朔方军建置记载，难氏墓志可补正史之阙。难元庆因战功卓著，天子赏赐丰厚，并授为朔方军总管。朔方军当于唐初在河东道所置朔方经略军和以后由朔方行军大总管改置的朔方藩镇有别，疑朔方军置于夏州朔方县（今靖边东北），当系为边将屯防者所设。唐代官职设置复杂，新旧唐书均无朔方军建置记载，难元庆墓志可补正史之不足。难元庆转为边将，是朝廷对他倚重的最好说明。

难姓源出难元庆一族。难姓为中国最小姓氏，应源出难元庆一族。经历了汉化、百济化、再汉化的过程。

百度上介绍，今武陟县有难氏小村。然由于我国民政部门和当地户政管理人员对历史文化知识掌握不多，认为这个难氏是笔误，不具有姓氏和人口统计意义，因而，在多次人口普查过程中，皆将难氏这个姓氏群体归类于字讹、笔误等"别姓"中。后来，韩国文化署听说此消息，专程组织了一个"寻根访问团"来到中国进行考察核实。

难氏，在许多源出鲜卑民族的韩国人看来，就是自己的血缘姓氏根源，难元庆乃其先祖一脉。

2014年5月，中州古籍出版社出版新编《鲁山县志》，把难姓列入源于鲁山的姓氏。

"君子所居，贤从之里。"铭文其九曰：君子所居，贤人之里；鲁阳挥戈，唐尧立祀。鲁山地灵人杰，自古人才辈出。难元庆所居住的地方，自古就是贤人的故里，这个"之里"包含的人多了去了，应该是有墨子的。而战国时

"鲁阳挥戈日反三舍"的成语人尽皆知。唐尧立祠指的是刘姓的始祖刘累立尧祠于尧山的故事。尧帝的裔孙御龙氏刘累避居于鲁,鲁山并因此荣誉"豢龙故里"之雅称。可以说志文撰写者对鲁山这块风水宝地知之甚详,赞不绝口。

难元庆是一位家乡远在朝鲜半岛百济国的唐朝蕃将,最后终老鲁山。《难元庆墓志》见证了唐朝时期朝鲜半岛百济国与鲁山县的密切关系。

# 鲁山温泉蕴古风

鲁山温泉，沸如热浪喧腾，喷珠溅玉；温似煦暖三春，香润宜人。它濡染出悠久的文化，返照出厚重的历史。

## 五大温泉　一线牵行

鲁山之美，在于山水。山，有无数的山，水，不单是溻水，还有温泉。泉之有温，那是水之血液。那水，虽依然是泉溪所幻，却分明自西往东，九曲潜流，于沙河两岸，地心深处，斗折蛇行，一线牵走。每隔7.5公里许，或从土缝里浸出，或从石裂中探身，悄无声息的，就汪起莹莹一瓢泉，汩汩一脉溪，腾腾冒着一团热气，触之烫手。这泉口水体，天然出露于地表，先后共探出 5 处，分别为赵村镇的上汤、中汤、温汤，下汤镇的下汤，瀼河乡的碱场。泉温递减，上汤 63℃，中下汤 61℃，温汤 49℃，碱场 37℃。每泉群出水点，少则十余眼，多则百眼。

其分布特点，具有条带性和集群性。

所谓的温泉，宽泛讲，自溢地面，水温只要高于 20℃，即可称之。而地处北暖温带的鲁山，年平均气温 14.7℃。这泉温，竟高于平均气温数倍，该叫热泉的好。

鲁山温泉怎么形成？古人只惊诧它"神奇"，但到底神在何方，奇在何处，语焉不详。

1994 年版《鲁山县志》，这样解释道：2.7 亿年至 2.2 亿年的印支运动，结束了海浸，地质构造抬升，鲁山形成陆地。1.8 亿年至 0.7 亿年的燕山运动，奠定了地貌格架，形成了尧山区的中高山地形。自嵩县车村至鲁山下汤，出现 50 公里长的地壳深大断裂，形成沙河。沿断裂线岩石，被强烈挤压而破碎，出现 4 至 6 公里构造破碎带，深处在 37 公里以上。沿断裂线有上汤、中汤、下汤、温汤和碱场温泉上升。

鲁山温泉，当属断裂裂隙型温泉。

我们可以想象，这条深断裂带两侧，定然有无数小断层和裂隙。地下深层岩浆，无限热能，沿着断裂带间裂隙，向上辐射，将渗入地下、储于裂隙中的雨水循环加热，最后，从地层薄弱地方出露地表。

那地壳深部循环水，汇聚了多少平方公里，才找到这么几个出口。是被迫挤压涌出也好，是心情急切冲破也罢，终见天日。

它日夜不竭，旱涝不枯。

说到底，这水由大气降水补给。八百里伏牛山，山山相连，瀑流飞溅。鲁山西部山区，是河南暴雨中心，年降雨量在千毫米左右，可谓丰沛。山区植被又好，腐质层厚，涵水力强。水源补给充分，常年的自涌量也就稳定了。

这温泉水，清澈碧透，表面上，看不出有什么奥妙，实际上，它吸纳了地心深处的精华，含几十种微量元素，诸如铁锌钙钠，硼氟镁钾，都对人体有益无害。

更奇的，这水稍带硫磺气，属低矿化度，中到弱碱性，含放射性元素氡。还有苏打、硫磺、碳酸等。低含量的硫磺苏打，可杀菌消毒，清洁止痒，软化角质，改善代谢。碳酸可美白肌肤，排毒养颜，扩张血管。尤其放射性元素氡，皮肤与之接触，形成保护薄膜，可减肥，抗衰老，促进生殖。

这水，治得疮痒癣疥、风湿疾病……按古书说，厉害到"三虫死，百病愈"。

温泉水功用多。可育种促苗；可养热带鱼；可作地震预报参考；可泡穰蒸穰，用于造纸。一度，下汤镇造纸业、柞蚕丝绸业繁荣兴旺，即得之于温泉水也。

泉区群众爱这一脉沸水，勿言爱得死去活来，却是变着法的用它。在各个出溢处，建起无数汤池，忙人五日三洗，闲人一日两洗，随意出入。早上睁开眼睛，穿个裤头，手掂衣服，趿了拖鞋，扑通一声，把自个儿丢进池中，一天里神清气爽；晚上，又先拐进去，打一个轮回，光膀子回家，就势顺进被窝。得天独厚，小康之户，建个洗澡间，一根水管，引热水至家中。温泉水滑，姑娘媳妇，个个洗得鲜肤丽质，赛比贵妃。

早几十年前，年来节到，温泉旁边，杀鸡宰羊，家家热水煺毛；一条热溪，棒槌声声，笑语盈盈，冬日的和暖，恍似春日的风景。遗憾今已不复存在。今人移步，入的是汤池，少的是野趣。

鲁山旅游宣传，叫得响的，是尧山，是汤泉。然中汤、温汤、碱场，位置稍偏，泉池稍简，车马稀少；而上汤福泉，下汤皇姑浴、玉京，库区森林温泉等，设施新潮，交通便利，泡泉人盈门。

游得累了，恋一恋温泉，的确是享受。

人说，鲁山温泉瑰丽神奇，不愧"聚宝盆"也。

2016 年 12 月，鲁山县被中国矿业联合会命名为"中国温泉之乡"。

## 温泉神韵　古风承传

古邑沧桑在，神汤千古流。

鲁山温泉，今人誉之"华夏第一汤""大陆第一汤"，听似高大上，实不知所云。倒不如古人叫得好听，又有味：

"皇泉""神汤""皇女汤"。

风雅古韵，韵在史书早有记载。

《尚书·大传》云："桀与其属五百人徙于鲁。鲁士民复奔汤。"

《逸周书·殷祝解》亦有类似话语。

专家说，这段话意思是，商汤在灭夏的争战中，夏桀带着随从，逃到鲁山躲避。商汤追到这里，发现了温泉，并在泉中洗浴。

正因此，后人把"商汤"奉为"温泉神""汤神"。温泉文化追溯到商文化。

明嘉靖《鲁山县志》所载，亦是佐证："去县五十里，旧名汤谷温泉，今按《水经》名皇女汤，乃商后良夜常浴之其所。发于山之石中，热如鼎沸，里氓引以为淋浴池，疮疾濯之即愈，有骊山神出之验。"

文中所提"商后"，非指帝王夫人，实是商王本人。

东汉傅毅，在《洛都赋》中描写："鲁阳神泉，不爨自沸，热若焦然，烂毛纶卵，煮绢濯鲜。痿瘵痹痼，浸之则痊。功迈药石，勋著不言。"

四言排句，形象生动。

傅毅是在什么情况下，写的《洛都赋》呢？

传，东汉永平十八年（75），京师与兖豫大旱，饿殍遍野，异象环生。朝内大臣把诸多灾异，归到洛阳不宜建都上，纷纷上折奏议，西还长安。一时，人心惶惶。年轻的汉章帝刘炟心神不宁。满腹诗书的傅毅，受命考察地形，看看洛阳这一带，到底适不适宜定都。在鲁阳西部，傅毅领略了温泉的奇异，感受到鲁阳百姓，虽然日子过得困顿，但都生机勃勃，对生活充满着希望，从而得出结论：洛阳周围山川拱护，精华蕴藏，的确风水宝地也。于是乎，他饱蘸笔墨，胸中气象化为笔下串串珠玑。

赋中，他把鲁山温泉描绘得神乎其神。

刘炟观罢傅毅一气呵成的《洛都赋》，龙颜大悦，遂不再生西还之念。

洛阳，这才成千古帝都。

北魏地理学家郦道元，曾任鲁阳太守多年。他利用为官之便，对滍水源头、鲁阳温泉详考细察。《水经注》称："温泉出北山阜，七源奇发，炎热特盛"；"如沸汤，可以熟米"；"道士清身沐浴，一日三次，多少自在，四十日后，身中百病愈，三虫死"；"滍水又东迳胡木山，东流又会温泉口。水出北山阜，炎势奇毒……汤侧有石铭云：皇女汤，可疗万疾者也。"

《水经注》所载"皇女"，疑是东汉明帝刘庄的第九个女儿刘臣。《后汉书·皇后纪》载"皇女臣，建初元年封鲁阳公主"。

鲁阳为刘臣的汤沐邑。皇女臣常来温泉洗浴，不足为奇。

《洛都赋》洋洋洒洒，《水经注》翔实细致。二者有异曲同工之妙。

清嘉庆《鲁山县志》载："下温泉发于乱石中，泉口百眼，水雾蒸腾，有浴室，僧人司之，有骊山神出之验。"

清道光《鲁山县志》曰："温泉即《水经》'皇女汤'也。汤侧石铭已失……"

《河南通志》曰："温泉在鲁山县，旧名皇泉，商后尝浴其处。载《水经》。下泉水热如沸，中泉平温，上泉微温，俗呼为上、中、下汤。"

通志所记，既颠倒了顺序，亦未说清哪个是皇泉。对于泉温，表述不准。

史书记载还有很多。透过这些记载，我们感受到，鲁阳温泉功效神奇，简直是圣水、药水。用来洗浴，可惜了。


## 流光溢彩　诗文颂赞


鲁阳古城，在昭平湖之邱公城，今没于水中。邱公城离下汤最近。因了温泉之水，远在唐宋，下汤就名扬中州，成为鲁山丝绸、绵纸、中药材、山货的集散地，远召山陕京绅商贾，在这里长期坐庄经营。

这一脉神泉，引得显贵们纷至沓来，雅士们流连忘返。雅士们洗浴后，免不了题咏颂赞。那脍炙人口的诗文，自然为鲁山温泉，平添无限雅韵。

唐代诗人皇甫冉有《温泉即事》："天仗星辰转，霜冬景气和。树含温液润，山入缭垣多。丞相金钱赐，平阳玉辇过。鲁儒求一谒，无路独如何。"

　　玉辇，通常，指天子驾乘。平民百姓，那是不容易见到的。诗虽费解，却是把初冬季节，鲁山温泉水景绘了出来。这一刻，平阳公主来此沐浴，她不顾山道崎岖，乘着玉辇经过，当是泉区一大新闻吧。

　　历史上有多位平阳公主，一是西汉景帝之女，一是唐高祖之女。诗中所写平阳公主，想来该是高祖之女吧。

　　清代鲁山庠生孔兴鲁《游温泉》，也别有韵味："溶溶涌自碧山阿，香暖遥分太液波。还忆当年乘翠辇，泉声池水占春多。"

　　翠辇，指饰有翠羽的帝王车驾。皇帝与皇女都来鲁洗浴。这风雅佳话，一传，就是千年之久。

　　襄城知县范纯仁抒怀："山前阴火煮灵源，昔日曾临万乘尊。历尽兴亡皆如此，不随时俗变寒温。"

　　范纯仁乃范仲淹次子。父子皆宦海沉浮，对人生的体验，自是深刻。借咏温泉，范纯仁明的说的是人间的世态炎凉，暗地喻的是自己耿介立身，不随波逐流的高情远致。

　　诗题有标《题汝州温泉》，有标《题鲁山温泉》。即便标的真是汝州，也不排除写的是鲁山温泉，因为在宋代，鲁山是隶属于汝州的。而文中"山前阴火"，明显指的鲁山。

　　"汤谷温泉"为鲁山古八景之一。八景诗多，写得各有妙趣。窃认为，最好的，还是明代《汤谷温泉》几首。

　　一首是举人江溥的："岩前滚滚燠通神，和气氤氲蔼若春。暖浪能削沉痼疾，清波堪浣世间尘。滔滔似箭源辞窦，烈烈如汤气逼人。濯罢冠缨清兴遣，豪吟欢诵化公仁。"

一首是嘉靖年间蒋希周的："水质阴柔性本凉，此泉回别却非常。不焚不烈四时暖，如沸如羹一派长。洗垢莫劳寻汉广，濯缨何必问沧浪。这边美景真堪赏，欲究源头道理茫。"

一首是成化年间黄桂林的："不假人间薪火燃，自来一脉异寒泉。燠源泡沸煎汤液，炎气氤氲不灶烟。倏忽冰霜宁许近，须曳鳞介岂容前。昨来讲罢希沂浴，顿使平生阴浊蠲。"

万历年间，举人李正儒没有全写八景，却独作了一首《皇女温泉》："灵泓深处玉涓涓，造化谁将薪火传。天地为炉烹日月，阴阳作炭煮云烟。沃膏泻去千疆润，沉痼疗时万姓痊。大治人间莫浪褒，应调鼎鼐重山川。"

解读风雅，抒发幽情。几首诗，佳句迭出，气势非凡。

今人所写温泉诗文汗牛充栋。数年前，一个叫王国宪的，写了一首五言诗，题曰《鲁山神泉千古喷涌》，很是不错，不妨录之：

天神凿伏牛，垒砌炉灶台。取下一块日，堪堪以为柴。生起连地火，烈烈温热来。烘出阴阳流，滚滚香汤开。融合矿泉素，化痹通身舒。调和五行味，消疴养筋骨。熏蒸云雾绕，冉冉紫气出。遗爱四时暖，泽被万世福。商后慕其名，频频而幸临。威仪溢入池，泉水方显尊。公主美其神，驾辇沐娇身。仙女俱已去，留下万年春。春

色随波流，春景撩人心。历史馨香浓，骚客纷沓
至。神汤煮文化，暖流淳民风。清波荡身过，邪
恶何处生。风正汤有品，涤罢一身仁。无邪泉生
德，浴后善念存。一水连千年，明珠宝地嵌。

## 妙景生辉　传说纷呈

古人对鲁山温泉成因不明，常解释为天泽赞襄。

一说，远古时期，玉皇大帝得地官报告，鲁境多旱少
雨，百姓屡遭顽疾。玉帝素知这里民勤风朴，奉天乐祀，
即遣太白金星下凡，赞襄天泽，福佑苍黎。太白金星驾云
至鲁境上空，摆动仙拂，遂有热水从地下涌出，化以流形，
生作永赖。

又说，这尧山顶，早年有一棵扶桑树，树上有十只太
阳鸟，一天一个，轮流飞到天上值班。到帝尧时，十只鸟
头脑狂热，一齐飞上天界戏耍，直烧得庄稼冒烟起火，九
州生灵涂炭。帝尧令神箭手后羿，射中天上九只，都压在
尧山脚下，只留一只，继续在天上布热送暖。九只鸟被压，
深为惹下的祸端懊悔，在地心深处，不断探听着人间悲欢
离合，思想着将功补过。有一年，天又大旱，百姓得瘟疫
者无数，九只太阳鸟意识到，机会来了。因为它们知道，
它们的汗水，能够发散瘟疫。于是，它们不停在地心翻滚，
直翻得热汗浸出，点滴成涓。那热流，冲破顽石，顺着裂

纹地缝，喷了出来。百姓们一接触到这水，瘟疫病毒尽愈。

鲁山温泉，掩映在青山怀抱中，妙景无限。伴随着这泉溪的吟唱，人没其中，像仙女浴波，似海市蜃楼。景色奇幻，免不了让人浮想联翩，物事相连。于是，人们在洗浴洁身的同时，就把帝王皇女的风流，才子佳人的风雅，都附会到了传说故事上。

先说一个温泉与曹操父女的传说。

66 岁的曹操身患重病，自知来日不多，将心腹重臣及儿女们唤至榻前，交代后事。说他早年写的那首名诗《龟虽寿》"老骥伏枥，志在千里；烈士暮年，壮心不已"后边，应再增"养生缺憾，温泉洗浴"八字为佳。

曹操何以有此遗言？却原来，曹操为"全天候"监控汉献帝，将宝贝女儿曹节，送予汉献帝当了皇后。曹节聪慧善良，既忘不了父王的养育之恩，又疼爱夫君献帝，便在忠孝两全上煞费心机。她在曹操面前常夸周文王，说文王之德，至善至美，在三分天下已有其二时，仍屈躬服侍商朝君王；弦外之意，劝父王千万别杀了献帝，让自己成了寡妇。回头，曹节又劝献帝：若非我父，你怎能再享这富贵荣华？别人雄扫天下，恐早置你于死地了；咱往后，千万别再想那光复汉室的事儿了。

由于曹节的沟通化解，献帝跟曹操的矛盾，渐趋平缓。之后，曹节带献帝经常到鲁山，洗浴温泉，直把献帝洗得满面红光。曹节一看温泉水益寿，那是比吃什么灵丹都好，就又劝父王，趁征战闲暇，也多到皇姑浴泡泡。可曹操苦于连年动荡，戎马倥偬，一直也没能抽出时间来。当生命的烛光将熄时，想起娇女平时的劝诫，曹操心里生出几许遗憾，这才有了临终，接续《龟虽寿》的 8 字遗言。

历史是多么的无情。曹操一死，曹丕便强逼献帝退位，就连洗温泉的待遇也取消了。时隔不久，献帝便郁闷成疾，驾崩而去。

献帝撒手归西，曹节又回到鲁阳，继续在神汤疗养，竟然越活越年轻。读过史书的人都知道，权欲熏心的曹丕，不到 40 岁便死了；而曹皇后，因得之于鲁山温泉水之滋润，106 岁无病而终时，依然鹤发童颜，面若桃花。

武则天 67 岁称帝。这位女皇，精力何以如此充沛？皆因其常泡温泉也。武在鲁山皇姑浴洗浴这件事，正史不便记载，鲁山民间，却广为人知。

传说，武则天登基后，狄仁杰常与她唱反调。武有心杀掉狄，又惜其相貌堂堂，为人正直，有胆有识，是个不可多得的人才。如何笼狄于己呢？武施了一计。她避开多次去过的汝州温泉，选择到鲁山皇姑浴，在正沐浴时，单独召见狄。武保养得好，虽年逾花甲，风韵犹似三四十岁。狄透过袅袅泉雾，悟出了几丝暧昧。二人惺惺相惜，一夜风流。柔情蜜意后，武问狄：朝堂之上，爱卿何以总是顶撞朕？狄语塞，片刻，解释说，他并非反对武做皇帝，而是反对武把帝位传予武家；千秋之后，武被后代供奉，接受的是李家香火，并非娘家；几时，侄儿会常祀姑母？

武聪明过人。狄这么一点拨，她就明白了。狄的话不无道理。

武点点头，说：朕记下了。

武原打算，自己死后，把江山传位于侄儿武承嗣的。她也很想把天下治理好；她也厌恶身边的溜须拍马之辈；她需要狄仁杰这样刚正不阿、敢于犯颜直谏的忠臣。

借助于鲁山温泉水之朦胧，君臣之间揭开了一层神秘的面纱。

就这样，武以柔克刚，让狄彻底臣服。

武一死，天下又回归到李唐。

鲁山温泉，改写了武周与大唐的关系。

# 红军过鲁留文物

日前，去鲁山梁洼镇采风，在一民间收藏家中，意外发现两种藏品：一件烧水器、5只草碗。引我心海激荡，掀我胸海波澜。

我驻足两物前，握之在手，仔细观察，反复揣摩。

谁能想到，这两种老物什，是红二十五军长征，途经鲁山时使用过的？

那件烧水器，管柱状，绿色，长约尺半，径约3寸，一端稍粗，粗端有盖，盖旁有耳。柱体上，书红色繁体字清晰可辨：红二十五军后勤班。字颇见功力。从字上看，料其属性。但它是干什么用的？我百思不解。追问藏主、南街村支部书记孙现松，方知是红二十五军，在行军途中，烧水用的。现在的烧水器，非壶即瓮，皆肚大底宽。这样的器型，怎么烧水？酷爱红色文化收藏的孙现松介绍，把管里灌满水，埋入火堆即可；像在灶膛里烧红薯。同观者中，有人提出疑问：盖儿不严，要漏水，严了，水热，会生蒸汽，气体膨胀，必冲开铁盖，致水溢出。最后，大家认为：要用这水管烧水，定然是不等水沸，水汽弥漫，就得从火中取出；这水，恐非做饭之用，而是战士们洗手洗脸，乃至渴了饮的。部队行军，露天宿营，急急匆匆，除了做饭垒灶支锅，防寒取暖，随便燃一堆火。火中塞进一截烧水管，可谓一工二用。

那5只草碗，大小不等，呈黑色，大者大如巴掌，小者小比拳头，摞在一起，轻飘飘的。观其工艺，细腻精致。那黑色，是漆漆的，问同行人，用的什么漆，有说山漆，有说土漆。民间有谚：头道漆密封缝隙，二道漆填凹抹平，三道漆打磨成型，四道漆光润亮泽。这几只碗，经80余年，历岁月磨洗，却未显一丝破损，料漆了不下4遍。用的什么草？众说纷纭。有说黄背草，有说金丝草，有说苏草，有说蒲草；观其细密经纬，更多人说是龙须草。我见过草席草帘、草垫草篓，却从未见过草碗。想这草碗，原是小儿们所用，热凉两隔，不怕跌摔，携带轻便。今红军们使用，也是一样便当。史载，红二十五军北征时，减少辎重，轻装行进，每人只带三天干粮，两双草鞋。这草碗，编织成了工艺，不知是出发前即有准备，还是途中群众赠送。人多知红军长征，吃野菜，吃草根，吃树皮，煮皮带，没人想红军吃饭用的是什么碗，谁曾料得，会用草碗呢？

问起这两种藏品的来历，现松说是他10年前从鲁山仓头乡一农户家中，花重金购得。二十五军并未从仓头过。户主的爷爷解放前做小买卖，常跑鲁山下汤、赵村，听过不少红二十五军过鲁山的故事，对之敬仰有加，有次他在下汤，见了这几个老物什，主家说是红军急匆匆走时遗下的，就百计千方，搜求了来。现松听亲戚们说起，心念念，辗转游说，不惜费资，自己作了收藏。

故事难考，详情难察，两物的承传应该真实。我确信不疑，它们是红二十五军留下的物品。红军长征共4支队伍：红一方面军、红二方面军、红四方面军、红二十五军，唯红二十五军平均年龄最小。红二十五军中，首长们年龄最大，军长程子华也不过29岁，军政委吴焕先也才27岁，副军长徐海东稍大些，也仅34岁。战士们多十七八岁，最小者仅十来岁。老百姓称之为娃娃军，国民党蔑其为尕娃。不排除小的草碗是小红军用的。就是这样一支队伍，1934年11月16日从河南罗山何家冲出发，10个月，过皖、鄂、豫、陕、甘5省，行程近万里，打了上百次的仗。生死关头，遭遇过激战；布阵设伏，打过歼灭战；巧妙迂回，长途奔袭，摆脱围堵，终于先行到达陕北。一路兵员未减，最后还增了800多人，成为唯一一支到达时增员的部队。被誉为长征先锋。

二十五军入鲁前，在方城的独树，刚打过一场恶仗。时值1934年11月26日，气温骤降，天寒地冻。部队行至此时，北风刺骨，雨雪交加，接天连地，一片迷茫。战士们衣着单薄，浑身透湿。许多同志，烂泥一身，草鞋黏掉，赤脚行军。因能见度差，敌四十军庞炳勋部，从两翼包抄上来。待先头部队发现时，战士们手指冻僵，拉不开枪栓。有战士事后回忆："走着走着，数不清的敌人，一下子冒了出来。"情势万分险恶。紧急时刻，军政委大声疾呼，一马当先，奋不顾身，冲上前去。将士们临危不惧，一手持枪，一手挥刀，展开白刃血斗。十多个小时，连续退敌数次。趁黑夜，绕道急行，突出重围。有个小插曲：11 月 28 日，北路"剿匪"总司令、河南绥靖公署主任刘峙，在看过庞部独树战邀功请赏电文后，复电"拜读佳报，不禁起舞"。数日后，获悉红军长驱直入伏牛山，猛一下，又慌了手脚，急电沿途专员、县长："选择要险，努力堵截。""倘因循误事，即唯该县长是问！"

11 月 29 日，二十五军人困马乏，进入鲁山，途经熊背、鸡冢、下汤、赵村、二郎庙 5 个乡镇，12 月 1 日，翻过界山，由木札岭进入嵩县。在鲁 3 天，部队打富济贫，纪律严明，虽有牺牲，却如星星之火，佳话频传。

往事在目，难以忘怀。县炎黄文化研究会会长邢春瑜，总结了红军过鲁的 5 个故事，每每见人讲述，眼含泪花。

第一个：孙白氏送花生。红军入鲁，第一站，熊背乡孙家庄。事前，国民党散布谣言，庄上人皆上山躲避，唯小脚老太孙白氏守家。她看到，战士们饥饿疲困，有的还满身血迹，却露宿屋外，不扰住户，心下犯疑：这支队伍怎么不一样呢？遂端出一筐花生，让战士们吃。战士们推辞。军首长放话，每人抓了一把，在筐里放了一块银元。

第二个：陈锡九义释红军。熊背寨外岳逢祥家，两名战士，一个17岁，一个18岁，睡着未醒，部队开拔，被寨局搜出。审问哪里人，干啥的？答："安徽人。红军。你们想咋办就咋办。"寨局派人将战士送至区自卫团团部。团长陈锡九感佩小红军处危不惊，大义凛然，把两名战士放了。

第三个：打富济贫。在鸡冢瓦窑，红军发现大户王长庚，系国军首领郜子举的妹夫，遂打开王家仓库，放粮到贫苦农家。在下汤林楼，枪决恶霸林十一、林太，抄了富户林锡三的家。浮财充作军需，粮食周济穷人。

第四个：红军买猪。在中汤村，红军用4块银元，买了一头猪，欲改善生活。刚刚宰杀，未及煺毛，开拔号吹响。情急之下，司务长剥皮去杂，几斧头，把肉劈成两扇，由人抬着，追赶队伍。首长发现，立即制止：把猪留下，送给百姓，并撤了司务长的职。司务长解释：这猪是买的。首长批评：买的也不行。光天化日，抬着猪行走，招摇过市，谁知是买是劫？

第五个：寨墙系馍。到赵村，首长提前给寨主送了信，讲明政策。军政治部的小宣传员们，可着嗓门，对着围寨大喊："老乡老乡，不要惊慌。我军所向，抗日北上。借路通过，不进村庄。奉劝乡亲，勿加阻挡。"寨上人已闻知红军秋毫无犯，竟把一篮馍系了下来。战士们在墙下接住，把两块银元放入篮内，又系了上去。

红军长征所历苦难不可想象。吾辈远离战争，躺在福窝，凭影视演绎，任画面残酷，心底的震动总不强烈。如今，睹物思景，情丝悠悠，怎不心海澎湃？想想当年，红二十五军战士，小小年纪，抛头颅，洒热血，为国捐躯，谁不潸然泪下。

2021 年，是建党百年，我们的血液中，要有红色基因融入。这两种红二十五军用过的老器物，该作文物，永久珍存。

# 英烈寂然长眠

　　党的百岁生日前夕，鲁山二高黄新成老师来电，言说县城琴台前挖出一块烈士墓碑。如今，我们正在学习党史，不忘英烈，这块碑该上报哪个单位给保护起来，不然的话，施工工人恐怕就又埋入了地下。

　　碑高一米，宽半米，右下角残缺。碑上字迹依稀可辨，上端横刻"永垂不朽"，中间竖刻"朱耀荣烈士之墓"。右上"皖合肥市"，左下署"中国人民解放军"，落款日期"一九七〇年"，生卒年无。碑上未刻烈士事迹，烈士到底是怎么牺牲的，弄不清楚。

　　我迅即把情况汇报给县政协副主席、县炎黄文化研究会会长邢春瑜。邢会长立刻联系县退役军人事务局局长徐建群。翌日，徐局长电话回复我，碑已拉往昭平湖畔烈士陵园予以保护；该烈士，我县英烈谱上有名，乃 1970 年时修建四棵树乡境"秘洞"军事设施时牺牲。至于烈士生卒年月，如何牺牲，碑何以辗转至此，没有记载。

英灵回到他应该魂归的地方。而令我惴惴不安的是，烈士的家属应该知道亲人牺牲，但路途遥远，几十年间，他们是否来过鲁山祭奠呢？

时隔一天，县政协通知我参加《鲁山文史资料》红色专辑出版发行仪式，我把此事告知县政协文史委主任石随欣。石主任叹息说，如果早把这件事详细采写成文史资料，可入编专辑。石主任还告诉我一件事，说我县辛集乡有一名烈士，1948 年牺牲，家人一直以为失踪了，直到 2018 年，才得知是牺牲在了县西团城乡境。我一听，感到新奇：英烈去世 70 余年，方得知其下落，到底是何因由？石主任说，具体情况，可询问团城乡的范钦宪先生。

范钦宪老先生是鹰城好人、市县道德模范、诚实守信河南好人，因长期义务守护团城乡烈士陵园，得到社会各界尊崇。我听过他的事迹报告。他所在的团城乡，是红二十五军长征经过的地方，也是解放战争乃至解放后剿匪的主要战场，好多位红军和解放军战士，就牺牲在这块热土上。这些烈士的遗骨，当时受条件限制，多随地葬于荒山野岭。2006 年开始，范钦宪历时两年多，走遍团城以及周边乡境，走访 80 岁以上老人 200 多人次，寻找到 19 名烈士骨骸，用自家桐树做棺，重新装殓，迁葬于团城乡烈士陵园。范老又自费买来松柏、荆桂等长青树种 600 余株，装扮美化陵园。2008 年，他干脆把家安在陵园东墙外，日日陪伴守护园内 29 名英魂。

我随即拨通范钦宪的手机，通话将近一个小时，询问石主任所说之事。

老人告诉我，这名烈士叫付大光，鲁山辛集乡荆圪垱村人。1947 年初，国民党逼丁，弟兄二人必得去一个，哥哥说：我已结婚有了孩子，为咱付家留了后，我去。弟弟付大光说：你去了，嫂子和小侄怎么办？我光棍一条，我去。两人争执不下。第二天早上，哥哥起床，收拾停当，准备走，待推开弟弟的屋门要告别，床上空空无人。弟弟付大光已先一步当壮丁走了。这一别，再无音讯。他的哥哥与侄孙们一直以为，他当的是国民党的兵，要么，是跟着去了台湾，要么早死在了战场。直到 2008 年，大光哥哥去世多年，有人建议他侄儿，可到县民政局查查。一查，鲁山英烈谱上果然有名，这才寻踪找到了团城。当年秋罢，付大光的侄儿携子女等十几口人，赶往团城烈士陵园祭奠，一家人哭得死去活来。

范老说，付大光是在团城剿匪战中，牺牲在了团城乡的玉皇庙，埋在了枣庄。与其一同牺牲的还有另外两名战士，其中一名登封籍女战士。这 3 人，都是经范老之手，把他（她）们的遗骨起到烈士陵园安葬的。在寻找骨骸、迁葬过程中，当地耄耋老人介绍，付大光是国民党军投诚起义一员，投诚后没有回家，又直接参加了解放军，在豫西剿匪。关于那位女烈士，范老曾去函并专程赴登封调查走访无果。

通话中，范老又说到团城石碑湾烈士王全，解放前为镇平地下党员，每每夜里回来看望老娘。1947 年 11 月鲁山解放，1948 年秋，王全又回来时，有人给土匪报了信。土匪捉住王全后，把王全绑在树上，用刺刀抵住脖子严刑拷打，让王全承认共产党员身份。王全至死未承认。土匪把王全母子杀害后，庄上老百姓不忍母子暴尸野外，当夜，用两块木板偷偷把他们抬到山上埋了。50 多年后，范老在把王全母子尸骨迁移烈士陵园时发现，因为埋葬匆忙，母亲的坟在上，儿子的坟在下；母亲的身旁还有三块大洋。可能是王全孝敬老母的钱，老母装在衣兜里。老母被害，没一人翻动老人衣兜。

范老还介绍，他曾前往栾川，收集烈士徐明的骨尘。家住鲁山耿集街（今被昭平湖淹没）的徐明，携全家去到栾川做地下工作，在一处叫牛屁股眼儿沟的地方，被国民党残余，用粗绳绑到两棵树间裂尸；妻子护丈夫被一枪打死；幼女哇哇哭着被摔死；长子被踢下悬崖时侥幸绊住一棵小树获救，由一户好心人家收养；次子被土匪当场卖掉。两个孩子都改了姓。解放后，徐明的妹妹把徐明的次子赎回，现其后代在团城乡泰山庙居住。

几位烈士牺牲时的凄惨状况及其全家人的遭际，听得我唏嘘泪坠。

无独有偶。我老家张飞沟有位邻居哥叫范仓，是名有着 50 年党龄的老党员。他曾多次向我介绍，1947 年 11 月 23 日夜，陈谢兵团 9 纵 27 旅解放鲁山县城，上午，解放军在我老家张飞沟村北坡阻击国民党军，一场激战之后，部队又前往追击撤退有敌军。时年 12 岁的范仓上山拾炮壳，发现一位年纪不到 20 岁、奄奄一息的伤员，就喊来鹁鸪吴村的表叔吴宝善一同施救。因小战士伤势严重，肚子上有血窟窿，肠子都流到了外面，未能救活。当夜，范仓和他父亲把烈士手脸洗净，肠子回填，遗体深埋。之后，每年的清明与农历十月初一，仓哥都要上坟祭奠。后来，汇源公司开发征地，县里规划修建北环公路，范仓又两度迁坟保护烈士墓。我让仓哥把此事写成文史资料予以记载。去年文史资料审稿，有人对这篇文史提出疑问，已过杖朝之年的范仓，又骑自行车跑了附近 6 个村庄，拜访了 8 位耄耋高龄的老人，取回 5 份证明材料予以说明。

还有一件英雄的事值得特书。这些年，鲁山文化界人士一直在致力于任应岐将军的烈士申报工作。任将军 1892 年生于鲁山仓头乡刘河，1934 年 11 月 24 日与吉鸿昌一起在北平英勇就义。任将军在 1928 年担任国民党第 12 军军长时，即代表全军将士通电全国，促蒋抗日，电文慷慨激昂。任被蒋解职后，与南汉宸、宣侠父、吉鸿昌等在天津组织成立"中国人民反法西斯大同盟"，毁家纾难，将 4.5 万元存款悉数捐出（吉鸿昌、杨虎城各捐 1 万元）。国民党报纸在报道二人就义时，有两个副标题格外醒目：一是"加入共党危害民国该两犯已供认不讳"；二是"吉微有蓄储身后不萧条，任生前无恒产在在可虑"。评论二人就义时，说二人"态度从容，谈笑自若""矜矜自持"。然而

80 余年来，任应岐将军连烈士的名份也没有。虽着近年来相关单位与人员努力，任应岐的史料进一步得到挖掘，真相逐渐浮出水面。前些日子，我欣喜地得知，任应岐追烈工作已经得到上级重视，上级部门经过认真调查研究核实，不日就要批复追认其为革命烈士。

上述几位英烈，一幕幕，活生生，仿佛就牺牲在昨天。听着知情人的介绍，我止不住一次次地感叹、落泪，灵魂受到巨大冲击。他们生的伟大，死的光荣，虽寂然长眠，但历史没有忘记他们，人民没有忘记他们。多少人都在守卫着他们的英灵。他们应该得到至高无上、至尊无限的配享。

值此建党百年，我恭恭敬敬地，用一颗虔诚的心，用有限的文字，把他们从记忆深处寻觅出来，昭告天下。